绵亘千年的夜色已经散尽，薄雾在空中时隐时现。

杨峻——著

春山空

国际文化出版公司
·北京·

目录

第一卷
山城过雨

中秋夜对话柳宗元先生

这是一个衍生思念的时节，今晚尤其是。

趁着些许酒意，我信步来到门外。不知为什么，月亮圆润得出奇，像一个硕大的玉盘，镶嵌在头顶的天空。月光似水一般，从天空泻下来，悄然无声地流淌在古城的每一个角落。

不知不觉，我穿越了大半个城市，从西门古渡过潇水，来到了柳子街。这是永州唯一的国家级旅游休闲街区：路面约两米宽，由青石板铺成，是策马和行轿的通道。在月光的辉映下，青石板路散发着莹澈的银光，一直向远处延伸。人踩在上面，一股清凉从脚底往上传递。在这样的夜晚，柳子街似乎远离了城市，隐去了往日的喧闹，触目可及的，只有月光，一切笼罩在月色的静影里。就连耳边愚溪的水声，也是那样柔和而均匀，如同婴儿的呼吸。

此时，西山脚下出现了一束灯光，出奇地明亮，牢牢地吸引住我的视线。踱步至前，原来是一间茅屋，四周围以竹篱，庭院里藤萝缠缀，其间堆砌了一些造型奇特的石头。我正诧异，一个声音悠然从屋内飘出："中秋月明，有客夜访，何不入内？"

我怀着疑惑而又好奇的心绪推开柴门。屋内，一位身着青衫、面容清癯的老先生端坐案前，旁边站立着一个手执竹扇的书童。看着先生有些熟悉的脸庞，以及头戴冠缨，手拂长髯，秉烛而读的姿态，我心中一惊："莫非……"

先生看出了我的疑惑，微微一笑："不错，老夫正是河东柳子厚。"

那一刻，我感觉像在"云深不知处"的密林里寻觅，失去方向却突遇高人指点迷津；又好像长时间饥渴难耐，眼前蓦然发现清洌的甘泉。我的喉咙似乎被什么东西哽住了："先生，这是我一直……希冀的，但是这样唐突，实在……惭愧。"

"《诗经·国风·郑风·野有蔓草》云：'邂逅相遇，适我愿兮。'既然有缘，何必拘泥于形式？"先生用亲切而又深邃的眼神看着我，"年轻人，你带着问题而来，当畅所欲言，无拘无束，方能探幽穷赜。"说完，先生示意书童给我舀了一杯茶。

茶香四溢，一时间心神俱静。

也许是感受到了先生的鼓励，我说："我仰慕先生的博学，可本人天性愚钝，对于先生处则充栋宇，出则汗牛马的著述，即便皓首穷经，也难窥一二。但是，我想说的是，我踏入柳学门槛，首先吸引我的，还是先生救国济世的家国情怀和积极进取的求索精神。有学者称之为民族精神。譬如先生自小仰慕古之大有为者，立志以兴尧舜、孔子之道，利安元元为务，实现行乎其政、理天下的抱负，并且虽万受摒弃，不更乎其内，这也是先生永贞革新，舍身忘我，永州十年著书立言，柳州刺史任上筚路蓝缕的动力和源泉所在。"

先生呷了一口茶，放下手中的书本："看得出，你是一个有心人。这也是湖湘一带民众尤其是青年的特点。谈到精神，古时楚国虽为边鄙蛮夷之地，但'楚虽三户，亡秦必楚'，湘楚一带，民风强悍，山水奇绝。湖南人也具有特别独立之根性：偏安一隅，怀治国家之方略；身无半亩，却以天下为己任。'内圣外王'是所有读书人立命的根本，但在湖南人身上有最充分的体现。昔屈大夫作《离骚》，'长太息以掩涕兮，哀民生之多艰……亦余心之所善兮，虽九死其犹未悔'。贾谊在长沙借鹏鸟抒情，'达人大观兮，物无不可……大人不曲兮，意变齐同……至人遗物兮，独与道俱……真人恬漠兮，独与道息……寥廓忽荒兮，与道翱翔……德人无累兮，知命不忧'。"说到这里，先生嘴角露出一抹笑容，"贾长沙与我，同为半个湖南人。"

先生的言谈举止，是那样大度随和，使我如坐春风、如临秋水。我说："我曾经写过一篇文章，论述先生与湖湘文化的关系，以为先生上承屈原、贾谊之功，把自己的文学、思想与湖南本地的文化特质和传统因素相结合，形成和丰富了湖南区域内的特色文化，构成了湘学原道的思想源头。下启湖湘文化的重要源流——永州文化，并使永州文化在湖湘文化的发展史上占据了重要的位置。故唐宋以降，湖南人才蕴蓄集聚，厚积薄发。宋周敦颐'出淤泥而不染'，明清王夫之'六经责我开生面，七尺从天乞活埋'。特别是近现代，中国遭遇'数千年未有之变局'，湖南英才辈出，领一时之风骚。魏源编纂《海国图志》，'师夷长技以制夷'；曾国藩'无湘不成军''千秋邈矣独留我，百战归来再读书'；谭嗣同投身维新，'我自横刀向天笑，去留肝胆两昆仑'；黄兴缔造共和，'无公则无民国，有史必有斯人'；毛泽东建立新中国，'俱往矣，数风流人物，还看今朝'……"

先生颔首道："《大学》言，'古之欲明明德于天下者，先治其国；欲治其国者，先齐其家；欲齐其家者，先修其身'。修身、齐家、治国、平天下历来为儒家的最高理想。孔子赞扬'仁以为己任''死而后已'的人生态度。孟子说：'如欲平治天下，当今之世，舍我其谁也？'即便是老子的消极无为，其实也是一种'以无事取天下'的积极政治理论，是以退为进，以屈求伸的特殊途径。读书为报国，文人成脊梁，这也是你们今天谈论的中华复兴的精神渊源。"少顷，先生像是在解释说，"你我相隔千年，生活在两个不同的世界。但从认识学的角度看，可以抛离时间和空间的羁绊。我们的世界你们知晓，你们的世界我们也了解一二，所以谈话尽可纵横古今，涵盖中外无妨。"

"时空隧道！"——我脑海里闪过这个词。

"先生，有个问题困扰我已经很久了。你也知道，从历史看，中国出大师集中在三个时期：一是春秋战国时期，产生了老子、墨子、庄子、孔子、孟子等大思想家；二是唐宋时期，出现了以先生为代表的唐宋八大家、二程、朱熹；三是五四运动前后，有梁启超、鲁迅、胡适、蔡元培等。而欧洲从14世纪中半叶到15世纪上半叶开始了伟大的文艺复兴，出现了但丁、彼特拉克、薄伽丘、达芬奇、米开朗琪罗、拉斐尔、布鲁诺、伽利略等一批伟大人物。伟大的时代和伟大人物同时诞生并相辅相成。但在今天的中国，我们在自然科学、人文科学和文学艺术各领域里缺少大师，这实在是一个前所未有的现象。"

听到我的问题，先生略显疲惫的双眼明亮了起来，声音的分贝也提高了不少："在我们的时代，是没有大师称谓的，接近的可能是'圣贤''先贤'，譬如老庄、孔孟、屈原。成为大师有两个必须具备的内在条件：一是超乎寻常的智力，二是超乎寻常的素质。比较起来，我更注重后者。有学者说，成为大师必须有一个高贵的灵魂，必须对真、善、美有一种感悟力，并且视之为生命的一部分。欧洲的伏尔泰说，伟大的事业需要始终不渝的精神。柏拉图将人的精神分为知、情、意，相对应的是人的智慧生活、情感生活、道德生活。无论是居庙堂之高，还是处江湖之远，贤者都能'不以物喜，不以己悲'；'富贵不能淫，贫贱不能移，威武不能屈'；即使是'一箪食，一瓢饮，在陋巷，人不堪其忧，回也不改其乐'。司马迁在《报任安书》中连举了八件事，'文王拘而演《周易》；仲尼厄而作《春秋》；屈原放逐，乃赋《离骚》；左丘失明，厥有《国语》；孙子膑脚，《兵法》修列；不韦迁蜀，世传《吕览》；韩非囚秦，《说难》《孤愤》；《诗》三百篇，大抵圣贤发奋之所为作也'。"

"先生，袁绪程认为，与我们几乎有同样经历和相似制度的邻国——从沙俄到苏联再到今日的俄罗斯，就不缺乏具有使命感的知识分子，这些有使命感的知识分子从来就是社会的良知和科学的脊梁。以俄罗斯文学为例，俄罗斯人的小说和诗歌对世界的杰出贡献绝不亚于同时代的法国人。怀着深深的救世精神和赎罪感，为俄罗斯野蛮专制及苦难而忏悔的俄国知识分子，即使在极其恶劣的环境中也没有停止写作。正是由于有这种伟大的精神，俄罗斯文学之花才开得如此灿烂，诺贝尔奖获得者大有人在。"

"这就需要'只为苍生不为身'的理想和精神。比如，清华大学教授——著名旅美画家陈丹青，因门下中意的学生政治和外语成绩不及格而读不了自己的研究生，遂提出辞职，并直指教育弊端为'大学国有化，教育产业化，考试标准化，学术行政化'，固然言语偏激，但其情可原，其心可鉴。"先生缓缓地说，"一个懂得尊重思想的民族，才会诞生伟大的思想。你刚才提到的春秋战国时期、唐宋时期、五四时期，有一个共同的特点，即风气开化、思想解放、言论自由。春秋战国时期'百花齐放，百家争鸣'，所以孔子才得以周游列国。我所处的唐代，被称为中国封建社会历史中最强盛富庶的时代，经济发达，国力约占世界四分之三，也就是你们现在统计的GDP。太宗皇帝废止了汉代提出的'罢黜百家，独尊儒术'思想，自由替代专制。虽然这种自由十分有限，但文化艺术创作却得以声势浩大，星河灿烂。影响整个欧洲的文艺复兴，并非简单的文化复制，事实上它是神权的式微，人性的弘扬和解放，与其后的宗教改革、启蒙运动一脉相承，就像恩格斯所说的，这是一次人类从来没有经历过的最伟大的、进步的变革，是一个需要巨人而且产生了巨人的时代。有个细节值得思考。与中国历代的崇奉历史人物尤其政治人物不同，欧洲人对文化艺术大师有着信徒般的情结。法国的先贤祠安葬了72位历史人物，其中只有11名政治家，其余大多是思想家、作家、艺术家和科学家。"

"我非常认同先生的观点。但是先生，环境靠什么来营造、来保证？是制度吗？先生不是主张'条纪纲''齐法制'，提出'凡肃之道，自法制始'吗？"我有些急切地问。

"纵观中国整个封建时代，'治民''牧民'之术是以民本主义为指导思想，其间曾开创过'文景之治''贞观之治''康乾盛世'等比较繁荣昌盛的社会局面。民本主义是以道德教化民众，用礼仪约束民众，本质仍然是'人治'。《左传·庄公十一年》记鲁国大臣臧文仲说：'禹、汤罪己，其兴也悖焉；桀、纣罪人，其亡也忽焉。'太宗皇帝李世民称得上是纳谏和'罪己'的君主，曾作《金镜》曰：'明主思短而益善，暗主护短而永愚。'并说：

'以铜为镜，可以正衣冠；以古为镜，可以知兴替；以人为镜，可以明得失。'但是罪己和罪人，只是明君和昏君的区别之一。韩非子《难势》有言：'废势背法而待尧、舜，尧、舜至乃治，是千世乱而一治也。抱法处势而待桀、纣，桀、纣至乃乱，是千世治而一乱也。'同时代的亚里士多德说得很形象，人在达到完美境界时，是最优秀的动物，然而一旦离开了法律和正义，他们就是最恶劣的动物。历代王朝之所以无法摆脱'其兴也悖焉''其亡也忽焉'周期率的支配，从根本上说，是人治替代法治的结果。"

"法制既设，高者不可抑而下也，狭者不可张而广也，必须人人平等遵守。这也是我一直思考的问题。我曾在永州作《送薛存义序》，提出'官为民役'的论断，认为官是民众所雇用的，民众所出的赋税就是所付出的酬劳，对官吏的任免、赏罚的权力在民众，就像雇佣用人一样。但是囿于时势和视野，我对此并没有全面而系统地论述。尤其是对民众的政治权力没有做更深入研究。"先生停顿了一下，继续说，"其实唐宋两朝，士大夫之待遇，亘古未有，人格独立，俸薪丰厚，'学而优则仕，仕而优则学'现象普遍。士大夫阶层即便政见相左，思想各异，也能惺惺相惜，互为敬畏，由此便形成了一个堪称'精神贵族'的士大夫阶层。这个阶层，用你们今天的话说，是政治文明的前提。可惜，如王桐龄《中国史》第三编第七章所言：'彼时之京师，又非如今世立宪国之国会，容多士以驰骋之余地也。'"先生言犹未尽，语气中带点遗憾。

"2006年，中央电视台播出一部电视系列片《大国崛起》，引发了坊间热论，更有许多专家学者参与其中，见仁见智，我搜集和整理了相关的资料和记录，大致可以得出何谓大国？图强与建设一个好国家孰重孰轻？窃以为，大国崛起的终极目的应是人民的福祉，是使人民过得幸福和快乐，而非我们记忆中的坚船利炮。清末驻外使节郭嵩焘早已提出，西洋立国，有本有末，其本在朝廷政教，其末在商贾。请问先生以为然否？"

先生目视前方，若有所思，似乎突然又走进了尘封已久的历史："就制度的历史而言，中国远比西方早。由周公始，中国的统治者就试图设计一个完善的制度来治理国家；到始皇一统，郡县制代替分封制，奠定中国两千多年的政治格局，并影响整个世界。百代都行秦政制。当然，今天看来，先秦法家强调的法制与现代意义上的法治有很大的区别；秦制是专制，与近代君主专制如出一辙。但是秦之亡失在于政，不在于制，这方面贾谊的《过秦论》与我的《封建论》都有述及。"

由于统治者抱残守缺，故步自封，不注重学习借鉴，每与机遇失之交臂。有唐一代，尚称得上风气开化，玄奘西使，鉴真东渡，辟通丝绸之路，引入印度佛教。有个资料你也知晓，古代中国创造出的一系列发明多发生在唐代和宋代，构成了欧洲后来产业革命的雏形。然天不假年，朝代更迭，无以为继。明清以来，更以天朝自居，逆时而退，所谓'中国之物自足于用，而外国不可无中国之物'思想盛行。执政者视天下为一己、一家、一族、一团体之私，唯恐国门一开，民心思变，专制动摇。"

"先生，俄国作家列夫·托尔斯泰有句名言：'幸福的家庭都是相似的，不幸的家庭却各有各的不幸。'吴敬琏认为，从公元 1500 年以来西方各国发展的历史看，有四条是促进一个国家兴旺发达的最重要的因素：自由市场经济、法治、宪政、思想自由与学术独立。或许也可以这样讲，民主、法治、自由、人权、平等、博爱，不是资本主义所特有的，而是整个世界在漫长的历史进程中共同形成的文明成果。"我接过先生的话题说。

"大国消长如月之盈亏，是人间正道。天欲堕，赖以拄其间。这个'拄'，就是制度的生命力……"

先生正欲就此展开，忽然，窗外传来一声清脆的鸡鸣。书童走上前去，轻轻说："先生，是归去的时候了。"

整理了一下衣冠，先生离席而起，眼神仍然深邃而亲切："年轻人，今晚的谈话颇有意思，但愿它只是开始，而非结束。"

我深深一揖："感谢先生的耳提面命。"

抬起头，先生、书童连同茅屋倏然不见，像一缕轻烟消失在苍茫的夜色之中……

2007 年 12 月

无功无作

　　站在柳子庙前，是这样容易衍生怀旧的情愫。

　　这是一座灰墙青瓦、飞檐翘角的古建筑，为纪念唐代历史文化名人柳宗元而建。它位于带有强烈楚南色彩的永州零陵柳子街民居区的中段，背倚青翠的西山，前临一条不知已流淌了多少年却依然清澈如昨的愚溪。古色古香的祠庙和街圩掩映在葱郁的山水之间，不禁使人目光流连。仔细看，一袭青衣的柳宗元先生的身影就像在眼前——他在庙旁边散发着清新气息的土地上耕耘自己的菜园，在山花烂漫、古藤缠绕的小道中与几个老农闲谈，偶尔在怪石嶙峋、游鱼灵动的溪水里洗一洗手。当然，更多时候，他是在略显暗淡的油灯前著书立说；或者，与几个慕名而来的学子席地而坐，一边品味恬淡的茶水，一边点拨他们心中的迷津。

　　时间再往前推移，约 1200 年前的中唐时期，是一个波谲云诡、危机四伏的多事之秋。军阀割据，宦党专权，民不聊生，盛极一时的帝国风雨飘摇。朝野的权力斗争也日趋白热化，一边是安于现状的保守派，一边是除弊鼎新的改革派，双方势力起起伏伏，此消彼长。这个时候，是极易站错队的。从超取显美、前途广阔的新晋朝官，转变成踔厉风发、前途未卜的革新斗士，其中的利害关系，学识过人的柳宗元不是不清楚。但是，柳宗元没有片刻的彷徨，立即加入改革派的队伍，并以其特殊的才华、地位和声望，很快成为改革派的中坚力量。

但是，改革派失败的命运，一开始就是注定了的。因为人数占少数、地位不稳固的他们，面对的是势力根深蒂固的宦官集团和守旧派官僚，后来还加入势力坐大、飞扬跋扈的藩镇。何况此时，因为政见的不同，就连柳宗元的挚友、诤友韩愈，也是站在对立面的。

局势如此恶劣，柳宗元等人仍然"冲罗陷阵，不知颠踬"，明知不可为而为之，没有那么一股子救世济民的家国情怀和舍生取义的英雄气概，是难以做到的。用孙昌武先生的话说，动乱积衰中的唐王朝一直较牢固地维护着统治，不断聚集起和内外腐败势力较量的力量，就因为有包括"二王、刘、柳"在内的从事革新的人们不断地做出革新或变革的努力，其中不少人是以个人的牺牲换取了国家和民生的利益的。更纵深地看，在古代中国这个沉疴缠身、蹒跚前行的封建巨人的历史上，像这样没有胜算的改革并不在少数。譬如奠定百代政制的"商鞅变法"，范仲淹主持的"庆历新政"，王安石的变法，以至后来的清末"戊戌变法"。这样的变法大多失败了，变法者也大多没有好下场。成者英雄败者寇，在相关的历史著述中，对变法者的评价也不高，这是腐朽的政治体制所决定的。

"自古圣贤皆寂寞"[1]，显然，柳宗元是寂寞的。王安石变法时曾掷地有声地说："天变不足畏，祖宗不足法，人言不足恤。"当然，他也是寂寞的。只是这种寂寞并不单单指落寞的环境、孤寂的心态，而是知者甚少，所谓"知我者谓我心忧，不知我者谓我何求"。因而这种寂寞甚至是痛苦的，它长期被摒弃于主流之外，束之于庙堂之高，寂寞者最后的结局可能是"材不为世用，道不行于时，猝死于穷裔"。这是历史的悲剧。

1〔宋〕史浩《临江仙·劝酒》

然而，历史永远是相对而言的，比如昨天相对于今天，今天相对于明天，它并不以生命长短、成败得失作为标尺。归根结底，历史是人民书写的，群众的眼睛是雪亮的，历史也终究是真实的、客观的、公正的。一个国家、一个民族真正需要的，永远是"为生民立命，为万世开太平"的理想，是追求真理、勇于献身的精神。具备这种理想和精神的人，才能镌刻在历史躯体坚硬的河床上。

法国年鉴学派第二代代表人物布罗代尔这样认识历史：历史是阳光永远照射不到其底部的沉默之海。在巨大而沉默的大海之上，高踞着在历史上造成喧哗的人们。但恰恰像大海深处那样，沉默而无边无际的历史内部，才是进步的本质。我亦认为，历史不只是湮灭的云烟，在人们笑谈或叹息之后很快被淡忘；一个有希望的国家和民族的历史，应当如盛开在天地间的鲜花，常开常新，并且历久弥新。

山城过雨

2007 年 12 月

勤力而劳心

一千两百多年前，唐朝思想、文学的宗师柳宗元，同时亦是卓越的革新政治家，他的"生人之意"的民生政治思想和"官为民役"的民权政治思想，闪耀着政治文明的光芒，对后世影响深远，至今仍有重要的借鉴意义。

1

柳宗元本质上是一个政治家。夜静更阑之时，当我们秉烛虔诚地阅读这位巨人的著作，透过历史尘封的云烟，我们可以强烈地感受到他经国济世的抱负和仁民爱物的情怀。在他短暂的 47 年生命和更短暂的政治生命中，他忧国利民的家国主张贯穿始终。当然，这亦是其能够成为中国思想和文学史上一座大山的不竭动力和源泉。正如他自己在应制举落第时给大理卿崔儆的信中说："有爱锥刀者，以举是科为悦者也；有争寻常者，以登乎朝廷为悦者也；有慕权贵之位者，以将相为悦者也；有乐行乎其政者，以理天下为悦者也。然则举甲乙、历科第，固为未而已矣。得之不加荣，丧之不加忧，苟成其名，于远大者何补焉？"对于柳宗元来说，登科第，做高官，不是目的；取文名，为鸿儒，亦非所愿。他所追求是实现"行乎其政""理天下"的远大目标。

说到柳宗元的政治思想的形成，有两个人不能不提及。一是柳宗元的父亲柳镇。唐初柳氏是权贵兼外戚，在朝廷上下势力显赫，高宗朝，一族里同时居官尚书省的就有二十多人，可以说是典型的门阀贵族，盛极一时。至柳宗元父亲柳镇时，已由"奕叶贵盛，而人物尽高"的显贵世家沦落到五六代以来，"无为朝士者"的衰败不振的地步。柳镇虽然一直未得高位，但却一生游宦四方，奔走仕途，以文名、政声享誉士林。朝廷诏书上曾这样称赞他："守正为心，疾恶不惧。"柳宗元欣赏父亲的品格、学识和文章，赞扬他"得《诗》之群，《书》之政，《易》之直、方、大，《春秋》之惩劝，以植于内而文于外，垂声当时"，并受其影响和熏陶，养成了积极用世的人生态度和刚正不阿的品格。二是当时的思想家陆质。陆质、啖助、赵匡形成了著名一时的《春秋》学派。他们抛开汉代以来解说《春秋》的"三科九旨"之类的谬说，而宣扬"以生人为主，以尧、舜为的的'大中之道'"又表现出对民生疾苦的关切。陆质的《春秋》学以"明章大中，发露公器"为主旨，主张"生人为重，社稷次之之义"，深得柳宗元的推崇，视其为精神上的导师，曾说自己"恒愿归于陆先生之门"。后于贞元二十一年（805年）"始得执弟子礼"。陆质的著作，对于柳宗元政治思想的形成和政治实践起到了重要的启迪作用。

无论是作为"超取显美"的入仕朝官，"踔厉风发"的革新斗士，还是十年南荒"系囚"，四载柳州循吏，柳宗元把以民为本、解救民众于疾苦放在从政致仕的核心位置，并以"兴功济物""安利于人"作为自己的人生指针。他进一步发扬了"民贵君轻"的儒家民本主义的社会政治观，指出了为政的根本道理是符合"生人之意"，即让老百姓休养生息，安居乐业，国家才能"中兴"。其思想核心就是"以生人为主，以尧、舜为的"[1]，他在永州写的《与杨京兆凭书》中，强调为官者必须"有补于万民之劳苦"。在《答周君巢饵药久寿书》中表达自己谋求"生人之性得以安，圣人之道得以光""仕虽未达，无忘生人之患"的崇高理想和一贯信念。他一生中挥毫泼墨写过大量同情民众、关心民生疾苦、批判统治者的苛暴政治的作品，如《捕蛇者说》《种树郭橐驼传》《晋问》等；积极参与永贞革新，"以兴尧、舜、孔子之道，利安元元为务"[2]；在柳州任刺史四年，以"百病所集"之躯，鼓余生毕集元气，大刀阔斧推行"善政"，使柳州发生了"民业有经，公无负租，流逋四归，乐生兴事"[3]的巨大变化。

同时，柳宗元推翻了传统的官吏牧民的说法，颠覆了统治阶层与被统治者的关系，创造性地提出了"吏为民役"的民权政治观。他在《送宁国范明府诗序》中明确表示："夫为吏者，人役也。"直接表达了吏为民仆的政治主张。在《送薛存义序》中，他高度赞扬其同乡薛存义是"民之役"的楷模，在零陵做代理县令期间，能"蚤作而夜思，勤力而劳心"，鲜明地提出了"官为民役"的著名论断，进一步指出官是民众所雇用的，民众所出的赋税就是所付出的酬劳；民众有黜罚"怠事""盗货"官吏的权力，对官吏的任免、赏罚的权力在民众。"今我受其直，怠其事者，天下皆然。岂惟怠之，又从而盗之。向使佣一夫于家，受若值，怠若事，又盗若货器，则必甚怒而黜罚之矣。以今天下多类此，而民莫敢肆其怒与黜罚者，何哉？"柳宗元提出"吏为民役"，明确"民"的主体地位，要求官吏为民众做事，而不是做民众的主宰，他的这些进步思想突破了传统的民本政治思想，闪耀着民主政治的光芒，在当时可谓振聋发聩、石破天惊之论。

1《唐故给事中皇太子侍读陆文通先生墓表》
2《寄许京兆孟容书》
3 韩愈《柳州罗池庙碑》

勤力而劳心

政治是经济的集中表现，是上层建筑的主体，是以执行其社会职能为基础；文明是指人类社会的开化程度和进步状态，是改造世界所取得的成果。政治文明是指人类改造社会的政治成果总和，是人类政治活动的发展程度和进步状态的标志。《中国大百科全书》政治学卷将其定义为："人们改造社会所获得政治成果的总和。一般表现为人们在一定的社会形态中关于民主、自由、平等、解放的实现程度。"

以史为镜，可以知兴衰。一部人类政治文明发展史，就是追求民主和法治、效率和公平、秩序和稳定的历史。在欧洲的古代政治文明史上，政治"广场化"的希腊和"混合政体"的罗马是其最为典型的代表。古希腊政治文明基本的形态特征是人类政治史上很少见的政治"广场化"的直接民主制。正如卢梭所描述的那样："在希腊人那里，凡是人民所需要做的事情，都由人民自己来做。"[1] 概括而言，古希腊民主制度的特点，就是除奴隶、外族人和妇女以外，由全体公民直接管理国家。每个公民可以通过抽签，担任一定的官职；可以通过公民大会、法庭等机构，亲自参加国家大事的管理。与古希腊直接民主制所表现出的"广场化"特征不同，古罗马的政治体制则是民主制、贵族制和君主制融合而成的混合体制。既调和了元老院、执政官和民众大会的权力，又充分发挥了各自的长处。其主要特征是：执政官由民众大会产生，是国家最高行政首脑；元老院控制着国家政治大权；民众大会有权选举执政官，批准或否决执政官的各种提案。古希腊和古罗马的政治文明强调了民众权利的重要性，将政治思想引向平等化和人道化的方向，为西方政治文明的发展作出了积极贡献。

随着文艺复兴、宗教改革和启蒙运动三场伟大的历史运动的开展，欧洲开始由古典政治文明转变为近代政治文明，政治权力的本源从君权、神权，到自由民主下，人的权利得到张扬

1〔法〕卢梭《社会契约论》，何兆武译，商务印书馆，1980年出版

和释放。对此，恩格斯评价说："只有现在阳光才照射出来。从今以后，迷信、偏私、非正义、特权和压迫，必将为永恒的真理，为永恒的正义，为基于自然的平等和不可剥夺的人权所取代。"[1] 资本主义逐渐取得政治上的统治地位，并经过大约三个世纪的时间，建立和完善了一套适合于资本主义生产、生活的政治制度，即代议民主制。其基本原则是人民主权、法治和权力制衡，基本制度是选举制、议会制、政党制和司法制。它充分说明了政治统治既不是神的旨意，更不是由第一任家长亚当为起点的遥远而漫长的血缘延续，而是源于自由、平等的人们的约定，这是近代民主政治理论的一个基本结论；体现了政治统治是基于民众同意的，民众是权力的最终所有者，同时通过制度量化保证公民的权利。

在中国早就有"天下文明"之说，孔颖达释《书·舜典》曰："经天纬地曰文，照临四方曰明"。在世界史上，中国古代的政治文明独树一帜。为此，钱穆先生说："西方在政治经验上都还比较短浅。能讲这句话的只有中国。中国政治比西方先进步，这是历史事实，不是民族夸大。"[2] 如钱先生所言，中国古代官僚制进步的特征，一是政治分化程度相对较高，即皇权与相权之划分；二是政治开放。在隋之前，汉代就有察举孝廉的选官制度，形成了学而优则仕的政治制度。隋炀帝时，创设进士科，以考试成绩的优劣选拔官吏，即为延续一千三百多年的"科举制"。作为唐著名政治革新家的柳宗元，即是在贞元九年（793年）21岁时参加科举考试中举，之后开始步入仕途。

当然，作为中国传统政治文明的另一个重要特征，德治思想不可不提。早在周朝时期，周公就提出"以德配天"的政治伦理观。春秋时期，儒家思想的开山鼻祖孔子说："道之以政，齐之以刑，民免而无耻；道之以德，齐之以礼，有耻且格。"也就是说，统治者依靠政令和法律等外在的约束方式去治理国家，虽然民众也可能不去犯罪，但他们则失去了廉耻之心；而以道德和礼教来治理国家，民众不但会心生廉耻感，并且还会

勤力而劳心

1《马克思恩格斯选集》第3卷，人民出版社，1972年出版
2 钱穆《中国历史政治得失》，三联书店，2002年出版

心悦诚服地服从统治，这才是政治的最高境界。奠基于儒家学说的德治，基本表现就是"仁政"和"修身、齐家、治国、平天下"的个人修养，也就是所谓的"王道政治"。德治在中国古代社会产生了广泛而持久的影响，对社会的政治运行、社会评议、社会监控以及政治人物的政治行为都发挥了巨大的价值导向作用。

确切地说，"以民为本"的思想和"以仁为本"的德治主张一直是中国历代贤明的统治者所采用的治国方略，其目的是建立一个理想的道德社会。但其局限性在于，它只是认识到以民为国本的问题，但对民为权本的问题缺乏根本的认识。直到近代中国资产阶级革命运动的兴起，孙中山在东京《民报》创刊周年庆祝大会的演说中，指出"中国数千年来都是君主专制政体，这种政体，不是平等自由的国民所堪忍受的"。只有推翻君主专制，才可实现民权。把民为邦本变为民为邦主，这是中国政治思想史上的大突破。20世纪20年代，以李大钊、陈独秀、毛泽东等人为代表的共产主义者提出了民主革命的思想，强调建立人民自己的共和国，自己当家做主人，为被儒家思想统治长达数千年的人们，指明了以民权为主要特征的政治文明的发展方向。

3

以民众的利益作为政府工作的出发点和归宿，让人民当家做主，是社会主义政治文明的基本价值原则。是指只有人民才能拥有国家最高的权力。这些原则与一千多年前柳宗元提出的"生人之意"和"官为民役"的政治思想可以说是异曲同工、息息相通，这里我们不得不佩服柳宗元政治智慧的远见卓识。

改革开放以来，特别是近几年来，中国政治的变革和进步是世人有目共睹的：行政机构的多次改革及公务员制度的初步建立，基层民主的发展和选举制度的改革，干部人事制度的改革，等等。中国共产党第十六次全国代表大会提出了政治文明建设的纲领，宪法第四次修正案又正式将"推动物质文明、政治文明和精神文明协调发展"的国家发展目标以根本法的形式确定了下来。

中国共产党提出"三个代表"重要思想，其中代表最广大人民的根本利益是最本质的内容。要维护和实现人民的利益，必然要求我们把群众高兴不高兴、答应不答应、拥护不拥护，作为衡量一切工作正确与否的标准，真正做到权为民所用、情为民所系、利为民所谋。必须认真贯彻依法治国方略，切实全面推进依法行政。这也是"三个代表"重要思想的本质要求——执政为民的具体体现。

法治是现代政治文明一般形式。古代的哲人们早就已经认识到了法治的优势。柏拉图认为法律的治理是最现实的选择。亚里士多德认为："人在达到完美境界时，是最优秀的动物，然而一旦离开了法律和正义，他们就是最恶劣的动物。"[1]中国古代的大思想家韩非子在《难势》文中更加精辟地说："废势背法而待尧、舜，尧、舜至乃治，是千世乱而一治也。抱法处势而待桀、纣，桀、纣至乃乱，是千世治而一乱也。"柳宗元从历史上"人存政举，人亡政息"的经验中清醒认识到人治的巨大缺陷。他主张"凡肃之道，自法制始"[2]"佐天子相天下者，举而加焉，指而使焉，条其纪纲而盈缩焉，齐其法制而整顿焉；犹梓人之有规、矩、绳、墨以定制也"[3]，认为"条纪纲""齐法制"是治国安邦不可或缺的基础，并强调守法必须人人平等，"高者不可抑而下也，狭者不可张而广也"。[4]

在我国社会主义政治文明的历史进程中，法治进步的一个集中表现是："作为历史传统的人治方式和 20 世纪形成的革命的治理方式正在逐步向法治的治理方式转换。"[1]学者普遍认为，中国政治体制适应法治发展必须具备的三项原则是：执政党必须在宪法和法律的范围内活动，权力制约原则，司法独立原则。

勤力而劳心

1〔古希腊〕亚里士多德《政治学》，吴寿彭译，商务印书馆，1997年出版
2《监祭使壁记》
3《梓人传》
4《梓人传》

²其一，党主要通过法律的方式建立对司法的领导关系，即将党的司法政策通过人大转化为法律的形式。其二，制度性的权力制约，即完善人大对"一府两院"的制约和司法机关对行政机关的职能监督。其三，司法机关行使司法权只服从法律，不受行政机关、社会团体和个人的干涉。2004年7月1日，《行政许可法》正式实施，被称为中国政府依法行政的"标志性工程"。依法行政的重心和实质是依法治官而非治民，是依法治权而非治事；依法行政是行政机关在概念、组织、人员、职能和制度建设等各个方面从人治行政到法治行政的全面转变，是中国政府管理模式的一场真正深刻的革命。³可以这么说，依法治国和依法行政能否真正得到贯彻实施，关系到民众的利益能否真正得到维护和实现，关系到中国特色社会主义事业的成败，这是时代赋予中国共产党和中国人民的使命，是亟待解决的重大政治命题。

人民主权原则可以追溯到18世纪欧洲启蒙思想家洛克、卢梭和百科全书派的学者所倡导的以反对绝对君主制而兴起的民主主义思潮，其核心思想认为国家是人民根据社会契约组成的共同体，只有人民才是国家的最高主权者。此后，人民主权原则逐渐成为各民主国家的宪法原则。20世纪40年代，中华人民共和国的缔造者毛泽东说："我们已经找到了新路……这条新路，就是民主。只有让人民起来监督政府，政府才不敢松懈；只有人人起来负责，才不会人亡政息。"

人民当家做主是社会主义政治文明建设的出发点和归宿。在中国当代政治制度的结构中，人民代表大会制度是人民当家做主在制度上的直接体现。现行《宪法》规定："中华人民共和国的一切权力属于人民。人民行使国家权力的机关是全国人民代表大会和地方各级人民代表大会。"⁴因此，在社会主义政治

山城过雨

---

1 孙国华主编《社会主义法治论》，法律出版社，2002年出版

2 程竹汝等著《政治文明——历史维度与发展逻辑》，上海人民出版社，2004年出版

3 刘小敏主编《"三个代表"与政治文明》，人民出版社，2002年出版

4《中华人民共和国宪法》第二条

文明建设中，人民代表大会制度的完善具有极其重要的地位。

　　历史潮流，浩浩荡荡。在建设社会主义政治文明的过程中，必然要海纳百川，吸收和借鉴古今中外优秀的政治成果。柳宗元民生和民权政治思想的精华，凝聚了其经国利民的家国情怀，蕴含着深邃的政治智慧，体现了历史发展的必然，既是过去黑暗中的火炬，也是今天百花中的奇葩，对我们发展社会主义政治文明具有弥足珍贵的价值。

2005 年 12 月

勤力而劳心

山城过雨百花尽

1

　　湖湘文化是一个逐渐形成并有特色的地域性文化概念。与中国其他区域文化一样，湖南的历史文化也经历了三个重要的阶段，即部族文化、方国文化、地域文化，并产生了苗蛮文化（部族文化）、楚文化（方国文化）、湖湘文化（地域文化）三种文化形态。准确地说，湖湘义化是指在建立统一帝国及确立湖南行政区划以后才出现的一种地域文化。先秦时湖南一带属楚国，秦汉以后，逐步形成以长沙为中心的地方行政区划。唐代后期设湖南都团练守捉观察处置使，宋代设湖南路，五代时期出现了"湖湘"的地域名称。两宋时期，中国文化中心南移，儒学地域化的发展，使得南下的中原文化与湖湘本土文化结合，产生了独具特色的湖湘文化。湖湘文化发展的三个阶段具有明显的继续性，楚文化的产生，就是中原文化与苗蛮文化相结合的产物，苗蛮文化的一些特质融入楚文化之中；同样，湖湘文化的产生，也是中原文化与本地的楚文化相结合的结果，楚文化甚至苗蛮文化的一些特质也融入湖湘文化中来。在这种相互融会贯通之中，湖湘文化不断演变、重构、发展，终于形成了底蕴深厚、个性鲜明的地域性文化。

在两宋时期湖湘文化产生之前的前湖湘文化阶段，出现了三位里程碑式的人物，即屈原、贾谊、柳宗元。历史总是惊人地相似。三位先贤情志相通、命运相似。三人皆为伟大的文学家、思想家和政治家，少时通达，著名一时，后因倡导政治革新失败被贬。例如，屈原是楚国参与内政和外交的大臣，想通过楚怀王来实现自己"举贤授能"、国富法立的政治思想，却因触犯反动贵族势力，受到卑鄙的诬陷和残酷的迫害，被长期放逐在楚国的南方，终在楚国衰败时自投汨罗江而死。贾谊十八岁就知名郡中，汉文帝召他为博士时，才二十多岁，一年之间就被越级提拔为太中大夫，但他的一系列推动社会前进的政治主张，遭到权贵们的排斥和打击，被贬长沙，三十三岁就郁郁而死。柳宗元二十一岁就考取进士，二十六岁考取吏部博学宏词科，"俊杰廉悍，议论证据今古，出入经史百子，踔厉风发，率常屈其座人。名声大振，一时皆慕与之交"[1]。三十三岁时参与王叔文政治革新集团，成为朝廷要员和改革中坚，改革失败后，一贬永州，再贬柳州，终客死他乡。明朝严嵩在《寻愚溪谒柳子庙》曰："才子古来多谪宦，长沙犹痛贾生辞。"正是对这种景况的写照。

"屈原放逐，著《离骚》"，屈原被放逐到湖南之后，以对理想的热烈追求和不懈的斗争精神，著《离骚》《九歌》《天问》《九章》等，在独特的楚国地方文化基础上，汲取北方中原文化，产生了代表当时文化艺术最高成就的"楚辞"，开创了我国抒情诗光辉的起点。屈原一生，忧国忧民，"举贤才而授能兮，循绳墨而不颇"[2]，"奉先功以照下兮，明法度之嫌疑，国富强而法立兮，属贞臣而日娭"[3]，并出于对楚国统治者"隆祭祀，事鬼神，欲以获福助"而对百姓疾苦无动于衷、迷信误国的极

1〔唐〕韩愈《柳子厚墓志铭》

2〔先秦〕屈原《离骚》

3《楚辞·九章·惜往日》

度忧愤，作《天问》而对天命神学进行了比较全面系统的清算，出一百七十多个问题，涉及天地万物、人神史话、政治哲学、伦理道德，鲜明地表现了他思想的博大精深和探索真理的强烈愿望。同样，才华与遭遇和屈原相似、情志与意气和屈原相投的贾谊，承屈原之脉，成为"西汉诗骚"的代表人物。文人学士作诗造赋，学拟屈骚仪表，祖式屈骚模范。贾谊作为汉初名士，被贬长沙时，作《吊屈原赋》《鵩鸟赋》等名篇，"阘茸尊显兮，谗谀得志；贤圣逆曳兮，方正倒植"。借凭吊屈原不见容于君、不受知于后的悲叹，抒发了自己怀才不遇的抑郁不平情绪，表达了自己的不幸遭遇和爱国求索的远大抱负。

作为唐朝文学和思想史上一代宗师的柳宗元，一生也景仰屈原、师法屈原，既通晓屈说要义，又深得骚学精髓，在哲学和文学上都对屈原进行了继承和发扬。柳宗元在被贬往永州途中，特地临汨罗凭吊屈原，并仿效贾谊而作《吊屈原文》，"穷与达固不渝兮，夫惟服道以守义"。借吊屈原而表明自己革新除弊却壮志未酬的心迹。柳宗元被贬楚南之地永州期间，"投迹山水地，放情咏《离骚》"[1]，其辞赋创作后人评价甚高，"唐人惟柳子厚深得骚学"[2]。他的"勤勤勉励，唯以忠正信义为志，以兴尧、舜、孔子之道，利安元元为务"[3]等言论提出的民本思想和德治主张是对屈原表述的"彼尧舜之耿介兮，既遵道而得路"[4]的政治思想的继承和发扬。柳宗元在《天对》中，针对屈原《天问》中提出的疑问，作了精辟的回答。在答疑中，柳宗元继承了屈原《天问》中的朴素唯物主义思想，发展了荀况的"天人相分"的唯物主义观点，弘扬了王充等人的"元气一元论"的唯物主义学说，创造了古代朴素唯物主义的又一高峰。一代湖湘伟人毛泽东对此评价甚高，指出："屈原写过《天问》，过了一千年才有柳宗元写《天对》，胆子很大。"[5]

1 《游南亭夜还叙志》
2 〔南宋〕严羽《沧浪诗话诗评》
3 《寄许京兆孟容书》
4 〔先秦〕屈原《离骚》
5 陈晋主编《毛泽东读书笔记解析》，广西人民出版社，1996年出版

山城过雨

由此可见，柳宗元在前湖湘文化的发展阶段被贬永州，与他之前的屈原、贾谊被贬的谪居之地都在后来湖南行政区域内，他们的文学、思想与湖南本地区域内的文化特质和传统因素互为交融、相得益彰，既创造了自己文学和思想上的成就，又丰富和形成了湖南区域内的特色文化。他们以其忧国忧民的经世情怀、探求宇宙的原道精神、道德修养的人格魅力、不屈不挠的文化性格，成为湘文化杰出的代表，构成了湘学原道的思想源头。

2

湖湘之地永州，是一部厚重的书，历史文化内涵十分丰富，孕育了柳宗元、周敦颐等一大批圣贤人杰，世称"舜帝藏精之土，光武发祥之地，柳子成名之野，濂溪修学之所"。永州、零陵，一地二名，据张传玺、杨济安编，北京大学出版社出版的《中国古代史教学参考地图集》标注，零陵为夏代以前三十四处重要的古地名之一。舜帝"南巡狩，崩于苍梧之野，葬于江南九嶷，是为零陵"[1]。近年来，在永州玉蟾岩发掘出土了世界上最早的稻谷和陶片。柳宗元来永州时不过三十三岁。在此之前，他虽然才华横溢，早有盛名，但他在文学、思想上的成熟、深化和提高、发扬，则是到永州之后的十年间。《柳宗元全集》共收集他的诗歌、散文 547 篇，而在永州写就的就达 317 篇，占了五分之三。像《天对》《天说》《封建论》《江雪》《渔翁》以及《非国语》的绝大多数篇章，"永州八记"等最能反映其思想和文学成就，奠定其历史地位的作品都写于永州。柳宗元是生活的强者，在谪居永州的十年中，是逆境玉成了他文学上和思想上的辉煌，是湖湘之地的因素和特质，尤其是永州的因素和特质孕育了柳宗元，成就了他彪炳千古的事业。

同样，柳宗元在永州期间，登高临水，咏物遣怀，用如椽

山城过雨百花尽

---

1 〔西汉〕司马迁《史记·五帝本纪》

之笔描述了永州的秀美景色和风土人情，使永州声名得以远播。受柳宗元的影响，永州本地的文学家、艺术家、思想家辈出，形成了富有湖湘地方特色的文化现象——永州文化。"衡、湘以南为进士者，皆以子厚为师，其经承子厚口讲指画为文词者，悉有法度可观。"[1]说明是柳宗元造就了永州文化的繁荣，并使永州文化在湖湘文化的发展史上占据了重要的位置。

唐宋时期出现"湖南""湖湘"的行政单位和域名之后，中国文化重心南移，湖南当地文化与中原文化相互交融发展。在此期间，晚柳宗元两百年的永州人周敦颐统合儒、释、道三教，著述了《太极图说》《通书》等，开创了影响巨大的理学门派。南宋时从福建迁移到湖南的胡安国与胡宏父子将理学发扬光大，并形成了湖湘学派。后经张栻、朱熹两位理学大师在岳麓书院设坛进行学术会讲，逐渐形成了"博于问学，明于睿思，笃于务实，志于成人"的湖湘文化精神和教育传统，从而构建了湖湘文化。

柳宗元、周敦颐这两位在中国文学史和思想史上享有盛名的大师级人物，都是在楚南之地的永州成长、成熟起来的。两人在文学上和思想上乃至修身为官上，都有相通相似之处。如两人的言行都笃行着儒家的"立德、立功、立言"之说，哲学思想都继承和发扬了儒家《周易》的正统思想。柳宗元的"合焉者三，一以统同。吁炎吹冷，交错而功"，源自《周易》"刚柔相推而生变化""一阴一阳之谓道"。周敦颐阐述的"二气交感，化生万物，万物生生而变化无穷焉""太极动而生阳""分阴分阳，两仪立焉"，主要是依据《周易》"易有太极，是生两仪"。柳宗元哲学思想以儒学为本，尝试统合儒释，提倡儒、释、道三教的调和。他说："'余观老子，亦孔氏之异流也，不得以相抗''吾之所取者与《易》《论语》合，虽圣人复生不可得而斥也'。"可以说是周敦颐三教合一理学的先声。周敦颐也是以儒家思想为基础，他的著作《太极图说》以道家的图解释儒家的宇宙观，《通书》主张"主静""无欲"，完成了儒、释、道三教的统合。

山城过雨

1〔唐〕韩愈《柳子厚墓志铭》

柳宗元和周敦颐修身为官皆奉行"外行儒术，内修黄老"之途，因而淡泊名利，为官廉洁，高风亮节，为后人所推崇。

柳宗元贬谪楚南之地永州十年，远离政治斗争的空间，以自己深厚的文学理论功底与楚文化，尤其是永州的风俗民情和山山水水绝妙地结合在一起，既获得了自己在文学、思想等诸多领域卓越的丰收，又以自己的身体力行和道德文章，对湖南行政区域内的文化产生了巨大影响，可以说是湖湘文化的重要开启者。

2003 年 7 月

山城过雨百花尽

第二卷
东西流水

百战归来再读书

　　书籍于我，应当是一个须臾都不离分的陪伴。无论是少年时喜欢的连环画、古典名著，还是青年时喜欢的文学、诗歌，抑或是工作时喜欢的历史、经济，它对我而言，是前途的导师，为我释疑解惑；是忠诚的朋友，伴我黑夜沉默；是灵魂的伴侣，给我慰藉希望。高尔基在自传体小说《童年》里说："我读书越多，书籍就使我和世界越接近，生活对我也变得越加光明和有意义。"毫不夸张地讲，我对此有着深刻的体会和认同。

　　读书是一个目标。诗，言其志也；歌，咏其声也；舞，动其容也。明代顾宪成在东林书院撰联："风声雨声读书声声声入耳，家事国事天下事事事关心。"提倡"读书不忘救国"，成为多少读书人的奋斗目标。少年周恩来发出的"为中华之崛起而读书"的声音，在万马齐喑的年代，是多么振聋发聩。漫无目标地读书，如同漫无目标地行走，浪费时间和精力。读书，既要强调基础和积累，也要强调方向和目标。在什么阶段就读什么书，有什么样的爱好和兴趣就读什么书，有什么需要就读什么书，否则，就如无源之水、无本之木。

　　读书是一种方法。"讲究实际者鄙薄读书，头脑简单者仰慕读书，唯英明睿智者运用读书。"[1]历史发展到今天，书籍之多，浩如烟海，而一个人的生命有限，穷其一生，也难窥一二。应当如鲁迅所言，运用"拿来主义"，海纳百川、博采众长，取其精华、弃其糟粕。当然，有些书，是需要循序渐进地读的，甚至要下笨功夫，必须经常读、反复读、深入读。最好的创新是先学习，要"站在巨人的肩膀上"，读名人的书、成功人士的书，才能迅速把他们的经历变成你的经验，才能少走弯路、少摔跤，才能补短板、强弱项、解难题。

读书是一项坚持。"书中自有黄金屋，书中自有颜如玉。"但读书又是一项辛苦活、枯燥活、体力活，需要坚定、坚持、坚守。明代学者胡居仁有一自勉联："苟有恒，何必三更眠五更起；最无益，莫过一日曝十日寒。"对读书的坚持，考验一个人的耐心、毅力、韧劲，这也是一个人成功的必备条件之一。在今天倡导全民学习、终身学习的学习型社会，对读书的坚持显得尤为重要。58岁的湖南常德市民周亚松，2022年收到了韩国大学院的博士研究生录取通知书；四川绵阳75岁的李启君奶奶，仍坚持高自考，2015年起通过了9门课，他们生动地诠释了"吾生也有涯，而知也无涯"的真理。

读书是一份操守。古人云："学皆成性。"读历史使人明兴衰，读经济使人熟实用，读哲学使人懂逻辑，读文学使人涵修养，读数学使人趋精细。真正会读书、读进去又出得来的人，必然智慧、修养、品格、胸襟与众不同。"千秋邈矣独留我，百战归来再读书。"这副湘军创始人曾国藩的名联，已经成为许多著名商学院的座右铭。记得我当年阅读唐浩明所著长篇历史小说《曾国藩》时，就把这句话写在我工作本的扉页上。少年时秉烛夜读、兀自求索，青年时衔枚疾进、不懈奋斗，再后来沉淀智慧、回归平静，一生与书为伴，这该是怎样成熟而圆满的人生境界？

2020年7月

1〔英〕培根《论读书》

千年一梦

1

一个晚秋的清晨，我独自驱车前往岳麓山。

我喜欢这样简单的登山形式，既有心灵的澄清和虔诚，又有貌似孤独，实则圆融，并且可以自由放飞思想的状态。

唐人刘得仁在《青龙寺僧院》中说："常多簪组客，非独看高松。此地堪终日，开门见数峰。"但这样能够开门见山的意境，对绝大多数蜗居在城市里的现代人来说，只能在故纸堆里沉湎怀旧。或者像我这样，虽然在乡村的山脚下长大，但却少小离家老大难回，大多只能在梦境里回看大山的模样，回忆背倚大山、前接水库的村落。从这个角度讲，长沙人是幸运的，作为一个省会城市和正在建设中的国际大都市，与山如此亲近，实在是稀奇得珍贵，并且随着岳麓山所在的大河西"两型社会"建设先导区的推进，岳麓山坐落其中，触手可及，进而变成长沙的"客厅"了。

我在岳麓山的南门处停好车。推开车门，一股凉意扑面而来，眼前更是一片朦胧，车里车外竟然是两个世界，雾特别大，特别浓，水汽氤氲。条条半透明的乳白色的飘带，缠绕在山坡上、树林里、草丛中，远处的凝如巨石，近身的则翩如游龙。未曾走几步，我就被白雾包裹其中，无法自拔，像是踏入了传说中的蓬莱仙境，既有一丝的兴奋，又感觉从鼻窍到心脏，漫溢着宁静的愉悦。回望身后的长沙城，也已经几乎消失了轮廓，出奇地静谧，像是沉浸于一个幽深而漫长的梦寐之中。

就高度而言，岳麓山海拔仅为300.8米，与中国那些体形巨量、拥有令人生畏的海拔数字的巍巍高山根本不具可比性，大约只能够算是一处不起眼、不足道的山头，或者可以说是一钵盆景。并且岳麓山山体较平、山势较缓，不是危峰兀立，不见深壑峡谷，没有怪石嶙峋，自然也不能与那些以悬崖绝壁、险峻陡峭见长的崇山峻岭相比。查阅岳麓山的得名由来，南北朝刘宋时《南岳记》载"南岳周围八百里，回雁为首，岳麓为足"，故名岳麓。因此，这座仅是作为衡山余脉的山，实在也无法与那些动辄数千年前，甚至皇帝御驾亲往、封禅许愿或者作为龙脉传承、富贵逼人的帝王陵寝宝地的山们相提并论。

但就是这样一座再普通不过的山，以别样姿态崛起于中国的千峰万仞之中，人杰地灵、一时多少风流，其聚合效应和深远影响力远远超过许多名山大岳，在中华民族的图腾中占据着不可或缺的一席之地。

刘禹锡说，"山不在高，有仙则名"。仙在哪儿？我今寻之。

2

上岳麓山有好几条路。比如，从北门驱车，不用多久就可登上山顶，或从南门出发，可到香火鼎盛、烟雾缭绕的道教二十三洞真虚福地——云麓宫，或另辟蹊径，在深涧幽谷、泉林环绕中游览。

我却喜欢穿过岳麓书院的这条路。

原因无他，只是我对书院有着一份天然的好奇或者说是好感。我时常在想，作为在中国古代历史，特别是在教育、文化上有着重要地位的书院，其生发兴衰，是一条怎样的脉络？它与时代、政治、社会又有怎样的关联？

　　曾在湖南大学岳麓书院工作、以研究书院见长，可惜英年早逝的青年学者江堤，提出过这样的观点：天下乱，则书院起；官学弊，则书院兴。比如朝代更替之际，"礼坏乐崩，天下大乱"，由于连年战乱，官学废弛，很多读书人，当然是那些胸怀"修身、养性、齐家、治国、平天下"理想和具有"穷则独善其身，达则兼济天下"抱负的读书人，选择在山林僻静处置田建屋，聚书收徒，从事讲学活动，后来逐渐形成影响极大、特点突出的教育组织。而到国家初兴、政权稳固的时候，统治者为了更直接地控制教育，一方面由朝廷赐敕额、书籍，并委派教官、调拨田亩和经费等，使书院逐步变为半民半官性质的地方教育组织。另一方面大力兴办官学，推崇科举。在这种背景下，读书士子不经过科举的途径，就难以找到入仕的办法，因而不愿长守山林，偏居一隅，那些真正意义上的书院便渐渐无人问津，慢慢衰落。此时，"民办官督"便变成真正的"官办"，官学一统天下。吊诡的是，一旦官学成为唯一，特别是变成科举的附庸，便会很快弊病丛生，腐败堕落，万马齐暗究可哀。这时书院又会像散落在岩缝中的种子，破土而出，生根发芽。

　　书院能够在唐、宋两朝兴起而至一时之盛，从为官方修书、校书或为皇帝讲经的场所变成主要是私人讲学的场所，这与当时风气开化的大背景，用现在的话说"思想解放"有极大关系。现在许多研究表明，中国古代文化自从在秦汉时期出现了历史上第一个繁荣阶段之后，经过魏晋南北朝的一段徘徊和沉寂，到了唐宋时期又出现了一个新的鼎盛繁荣时期。得之于唐宋空前发达的生产力、开明的政治氛围、蓬勃向上的社会风貌、多民族统一的局面以及多元相容的精神世界。特别是统治者，即便是昏庸之辈，也懂得礼贤下士，行怀柔之策，因而士大夫人格独立，俸薪丰厚，待遇亘古未有，形成了一个堪称"精神贵族"的士大夫阶层。书院也成为读书人"学而优则仕，仕而优则学"

千年一梦

的最佳场所。读书人置身其中，羽扇纶巾，或教书育人、春风化雨，或评天论地、状物抒怀，何其快哉！

元朝的书院，虽然据称"几遍天下"，但受官方控制甚严，缺乏论辩争鸣的气氛，与暮气沉沉的官学几乎没有区别。到明代，书院更是随着统治者的意志而摇摆，随着统治者注意力的改变而改变，随着统治者的喜恶而兴衰。"四毁书院"事件成一代之最，让英雄气短，志士心寒。尤其令人纳闷的是，"四毁书院"事件的肇事者既有魏忠贤这样的奸佞之徒，也有张居正这样的改革之臣，由此可见，当时书院存立的环境不可谓不艰险。到了清初，统治者鉴于明末书院"群聚党徒""摇撼朝廷"的教训，更加投鼠忌器，极力对书院采取抑制政策，书院由此完全沦为科举应试的场所。清朝在内忧外患中走向分崩离析，书院作为革命和改革的牺牲品，也被弃如敝屣。但并非所有人都同意书院的改制和消亡，胡适先生曾经就感慨过："书院之废，实在是吾中国一大不幸事。一千年来学者自动的研究精神，将不复现于今日。"

卡尔·马克思有句名言："有什么样的制度，就会有什么样的人。"对中国两千多年的皇权专制制度而言，有什么样的统治者，就会有什么样的书院。

当然，书院的兴衰除了封建统治者的政治因素外，背后还有着那些大师巨匠的身影。比如宋张栻、朱熹、吕祖谦、陆九渊等，明王守仁、湛若水、顾宪成、高攀龙等。在他们眼里，"天下不患无政事，患无学术"。因此虽然政局多舛，人事多变，他们却始终不改初衷，有的甚至为此付出了生命的代价。比如，北宋岳麓书院的首任山长周式，办学很有一套，德行也有口皆碑，在他治下的岳麓书院风生水起、影响一方，当时的主政者宋真宗为此特别召见周式，并拜为国子监主簿，请他留在京城讲学做官，但周式却心系岳麓书院，请求回院讲学教书，真宗皇帝为其情所动，御口亲允，还亲赐"岳麓书院"御匾和经书等物。又如，明天启五年（公元 1625 年）四月，阉党诬蔑东林党人杨涟、左光斗、袁化中、魏大中、周朝瑞、顾大章受贿，将他们送到北镇抚司诏狱，严刑拷打，杨涟等五人死于狱中，

東西流水

顾大章自杀，史称"东林六君子"。当位于江苏无锡的东林书院被魏忠贤阉党拆毁时，东林学派的领军人物、因得罪魏忠贤而被削籍为民的高攀龙写下悲愤激昂的诗句："纵令伐尽林间木，一片平芜也号林。"随后自沉于自家后花园池中。

正是有了这些人"许国不复为身谋"，登高望远，竭忠尽智，开风气之先，拯一时之衰，才会"流风所被，倾动朝野，于是搢绅之士，遗佚之老，联讲会，立书院，相望于远近"，书院这朵奇葩才会绽放在中国文化的园林里，从而对中国历史的进程和社会的发展产生重要且持续的影响。

3

迈进书院大门，穿过礼殿，便是赫赫有名的岳麓书院讲堂。

这是一座始建于北宋年间的讲堂，是岳麓书院讲学、讲会、宣教等重要礼仪活动的场所，地面是青石条砖，四周是绿瓦灰墙，面积约数百平方米。

我站在讲堂正中，绵亘千年的夜色已经散尽，薄雾在空中时隐时现。窗口的腊梅并没有开放，银杏也没有春天的诗意，但我却感到一种从未有过的宁静，鼻腔中吸入芬芳的愉悦。我甚至无视自己之外其他物体的存在，除了这座庭院。我不禁合上双眼，只伸出一双手，想握住什么，是深秋银杏的遗香，还是它落寞的萧瑟；是历史残留的智慧，还是它斑驳的衣角？

……

公元1167年，注定要成为中国文化史上极具标志性意义的年份。

仲秋九月的一天，安静的岳麓书院忽然喧嚷了起来。山长张栻也一改往日的严谨持重，在大声地指挥学生打扫环境，布置讲堂。这一切，源自一个人的到来。

他就是朱熹，南宋著名的理学大师，与张栻、吕祖谦合称"东南三贤"。当时他的名声还没有以后那么大，但已经在这个不大的皇朝称得上是名闻遐迩了。作为同时代的两大高手，朱熹师从李侗，张栻师从胡宏，皆为理学名家。从师承来看，他们都是理学宗师二程的四传弟子；从思想取向和人生经历来看，他们都反对和议，力主抗金，都曾在地方担任官职。所以，虽然朱熹、张栻一个在福建，一个在湖南，远隔千里，但他们都在关注着对方，心仪已久。

朱熹从福建崇安启程前往潭州（长沙），走了近一个月，行程约 1500 公里。我猜想，张栻是在岳麓书院的门口，不，或许是在岳麓山下的湘江渡口迎接朱熹的。碧空如洗，秋高气爽。两人携手步入岳麓书院，自此掀开了一场震天撼地、冠绝古今的学术会讲。

现在讲堂正中的那个讲坛仍然可以作证，上面摆着的两把椅子正是为了纪念张栻和朱熹这两位大师论讲于坛上而设的。这不是两把普通的座椅，它们虽经沧桑不移，风雨不蚀，至今仍保留着来自朱熹、张栻两位大家的余温；这也不是两个文人间的简单的论辩，这是一场真正意义上的大师级学术辩论会；这更不是一个普通的讲坛，这是中华文化弦歌不绝的神坛。

朱、张会讲风云际会，盛况空前，听讲者众多，以致把进出岳麓书院的道路都堵塞了，骑来的马几乎把书院前池里的水都喝干了。张栻和朱熹"举凡天地之精深，圣言之奥妙，德业之进修，莫不悉其渊源，而一归于正大"[1]，尤其是对"中和""太极""仁"等理学中的一系列重要概念进行了深入探讨。其实，原本两人对"中和"问题的理解很不相同。张在本体论上主"性为未发，心为已发"，在工夫论上主"先察识后持养"，这和朱主张"于静中体认大本未发时气分明象"相差较大。所以在会讲过程中竟"三日夜而不能合"，出现了两位大师三日三夜不下讲坛的惊人场景。

"一官雎系几何年，一代文章万古传"，"朱张会讲"奠定了理学在中国文化史上的地位。两人之间的碰撞，产生了耀眼的火花，照亮了南宋小朝廷大多数人的迷津，成为之后很长一段时间朝野共同仰仗的精神食粮。

1〔清〕戴震《原善》

东西流水

与中国历史上"文人相轻，自古而然"不同，两位大儒的学术争论始终在光明正大、堂而皇之的气氛中进行，两人互敬互重、惺惺相惜。两位名家经常相约登岳麓山观日出，于是把岳麓山峰命名为赫曦峰，并且张栻筑台，朱熹题"赫曦台"。朱熹应邀到湘江对面的城南书院讲学，张栻常常陪同朱熹横渡湘江，那个渡口，后来被称为"朱张渡"。告别时，张栻作《送元晦尊兄》诗赠朱熹，朱熹以诗作答，称"我行二千里，访子南山阴。不忧天风寒，况惮湘水深""昔我抱冰炭，从君识乾坤"。张栻早逝后，朱熹接到讣告，罢宴恸哭，并在相当长一段时间内心悲痛难抑。他在写给哲学家吕祖谦的书信中说："两月来，每一念及之，辄为之泫然。钦夫之逝，忽忽半载，每一念之，未尝不酸噎。"张栻的弟弟张杓写信请朱熹为其兄撰写碑铭。张杓在信中说："知吾兄者多矣，然最其深者莫如子。"朱熹不仅答允，后来在湖南任职时还专程到张栻的墓地——官山（在今长沙宁乡市巷子口镇官山乡官山村罗带山）进行吊祭，并亲手编定了张栻的文集。

　　这是真正大师的心胸和气度，无论是风轻云淡，花好月圆，还是波谲云诡，流急浪险。"君子和而不同，小人同而不和。"只有放弃私见的学术，才是独立的学术；只有不带情绪的思想，才是自由的思想。

千年一梦

4

　　在岳麓书院古老而庞大的建筑群中，那些祭祀建筑是我每次必去的地方。

　　岳麓书院的祭祀建筑，不是祭祀神仙和祖宗的，而是祭祀与书院相关的人物。其中，要么是中国的文化巨擘，要么是对岳麓书院建设和发展有功的先贤。如专祀孔子的文庙，专祀周敦颐的濂溪祠，专祀朱熹、张栻的崇道祠，专祀岳麓书院山长罗典的慎斋祠，专祀程颢、程颐的四箴亭，专祀明末著名学者王夫之的船山祠等。这些人物塑像被供奉在庄严肃穆的祠堂里，既体现了岳麓书院的厚重深沉、影响远大，也是书院饮水思源、继往开来文化的充分体现。

我想起最初踏入书院讲堂，就被正面壁上高挂着的一块横匾震住了，其上赫然书写着几个大字——"实事求是"！这原本是书院一脉相承的治学思想，后来成为中国共产党立党的思想路线。据考证，"实事求是"，最早见于东汉史学家、文学家班固撰写的《汉书河间献王传》，班固高度评价刘德的研究精神，称其"修学好古，实事求是"。民国初年，受书院改制的影响，岳麓书院与新式现代高等学校合并，时任校长宾步程为学校题写了"实事求是"匾额，作为校训。将"实事求是"作为一个大学的校训乃至成为一个政党的信条，岳麓书院堪称开创者。

就湖湘文化而言，祀奉人物中有两个人是值得大书特书的。

前者是周敦颐。昔有儒家以半部《论语》治天下，而周敦颐则用《太极图说》和《通书》，提出了太极、理、气、性、命等一系列哲学概念，成为宋以后哲学的发端者，尤其是理学的开山鼻祖，也是湖湘文化的重要源头。《宋史》对其评价为："其言约而道大，文质而义精，得孔、孟之本源，大有功于学者也。"其后，理学的两大开创者胡宏和朱熹都对周敦颐推崇有加，朱熹把周敦颐思想作为自己思想之要义，评价云："道丧千载，圣远言湮，不有先觉，孰开后人。"胡宏在《通书略序》说："今周子启程氏兄弟以不传之妙，一回万古之光明，如日丽天，将为百世之利泽，如水行地。其功盖在孔孟之间矣。"

后者是王船山。作为先求学于岳麓书院，后又以自己的学术影响光大岳麓书院的标志性人物，王船山称得上是一个"百科全书式"学者，学术涉及天文、历法、医学、数学、地理、文学、史学、哲学、政治伦理等领域，影响最大的，是其人本主义哲学思想，被称为"西方有一个黑格尔，东方有一个王船山"。王船山又是湖湘文化的承前启后式人物，船山思想是湖湘文化发展过程中极为关键的一极。比如，湘军领袖曾国藩深受船山思想影响，不仅熟读王船山著作，还在繁重的治军理政之余，亲自整理、出资篆刻船山遗书。而曾国藩及其思想又对谭嗣同、黄兴、毛泽东等后来者影响颇大。

王船山还称得上是一代奇人。他忠心于明朝，始终不堕其志。清兵南下时，王船山投笔从戎，举兵抗清，屡败屡战，明知不可为而为之。王船山还对明以外的政权视若无物，一拒张献忠，再拒吴三桂，三拒清朝廷，不肯出来任职做事，宁肯"栖伏林谷，随地托迹"，在贫苦的条件下潜心治学，著书立说，长达四十年之久，并且，他在清一朝至死都坚持不剃发留辫子，得"完发以终"。毛泽东的老师和岳父杨昌济说："船山先生一生之大节，在于主张民族主义，以汉民族之受制于外来民族为深耻极痛。"这种孤高耿介，非一般人所能望其项背，在中国知识分子中也极其稀缺。

楹联也是祭祀建筑中的一大特色。比如，极高地评价周敦颐和湖湘文化的一副对联"吾道南来，原系濂溪一脉；大江东去，无非湘水余波"，曾经高悬武昌湖南会馆、南京金陵湖南会馆，是那样气吞山河、舍我其谁。王船山自题的"六经责我开生面，七尺从天乞活埋"，又是何等豪迈潇洒。"是非审之于己，毁誉听之于人，得失安之于数，陟岳麓峰头，朗月清风，太极悠然可会；君亲恩何以酬，民物命何以立，圣贤道何以传，登赫曦台上，衡云湘水，斯文定有攸归"，不禁让人联想起岳麓书院大门口的那副著名的对联："惟楚有材，于斯为盛。"两副对联一长一短，异曲同声，一种中国古代士大夫特有的对国家、对民族、对社会的责任感扑面而来。

这是怎样地大气磅礴、掷地有声，又是怎样地激情燃烧、仰天长啸！假设没有学识的沉淀、智慧的蕴藏，没有视野的广袤、胸怀的炽热，没有才能的丰满、力量的凶猛，断不可能如此指点江山、激扬文字，也断不可能这样满怀以天下为己任的家国情怀。

这是一种自信，"横尽虚空，天象地理无一可恃，而可恃者唯我"。

这是一种胸怀，"仰观宇宙之大，俯察品类之盛"。

这是一种进取，"天行健，君子以自强不息；地势坤，君子以厚德载物"。

5

我从岳麓书院出来，经过爱晚亭，然后沿中间一条陡峭的石阶拾级而上。

这条路看起来不像一条旅游线路，既不平坦宽阔，也不会带给你旅游的闲情逸致。它高高低低、弯弯曲曲地在树林间盘旋，有时让你感觉像进入了一个大迷宫，有时干脆淹没在浓郁的树林间。它毫不起眼，甚至只有两三尺宽，但曾经辟开了一条中华民族救亡图存的大道；它很幽静，却曾经勃发着生机，史无前例地搅动了百年前的历史风云。

这条路的两旁，密密麻麻地长眠着一群英烈：黄兴、蔡锷、蒋翊武、刘道一、禹之谟、焦达峰、陈作新、陈天华、姚宏业……在那场影响中国进程乃至世界进程的革命中，他们或身先士卒，无畏地牺牲在拼杀的战场；或蹈江海以殉，用自己的死警醒国人奋起；或身陷囹圄坚贞不屈，惨死于敌人的屠刀之下……

"赢得湖湘子弟来，扶危济困。造成时势英雄去，虽死犹生。"他们的生或死，都曾经那样英勇激烈，那样惊天泣地，在那个万马齐喑的年代横空出世，勇立时代洪流的前头，敲碎鬼魅的迷梦，挺起民族自立的脊梁。

林增平先生曾指出，湖南辛亥革命有几个特点，"其一，人数最多，居全国首位；其二，最早响应武昌起义，并派兵援助武昌起义"。譬如，引发辛亥革命这场大火的保路运动，首先是在湖南点燃的。其后，蔡锷在云南发动起义，李燮和在上海发动起义，孙道仁在福建发动起义，黄钺在秦州发动起义，刘先俊在新疆发动起义，唐群英率领女子北伐队参加了攻克南京之役，姜爱林在宁远永安发动武装起义。各省光复后担任军政府都督的就有7位是湖南人。因此孙中山说："革命军用一个人去打一百个人，像这样的战争，是非常的战争，不可以常理论。像这样不可以常理论的事，是湖南人做出来的。"

还有在日本蹈海自尽的陈天华和在黄浦江投江而殁的姚宏业，以个人的赴死唤起大众的觉醒，当时称得上是惊世骇俗之举。两位烈士遗骸运抵长沙时，长沙全城学生出动，送葬队伍多达几万人，长达十余里"送葬学生皆着白色制服，自长沙城中观之，全山为之缟素""清朝官绅咸为属目，以为民气伸张至此，其祸至足以沦宗社"，在摇摇欲坠的清王朝躯体上踏上了有力一脚。有一首挽联写得这样荡气回肠："其所生在芳草美人之邦，宁赴清流葬鱼腹；以一死作顽民义士之气，奚问泰山与鸿毛。"

据统计，在作为划时代历史转折点的辛亥革命中，湖南前后牺牲的人士数以万计，其中有50多名饮誉中外的风云人物，就埋葬在岳麓山上。可以说，岳麓山就是一册辛亥英烈传，一卷中国近代史，一首民族正气歌。

湖南人的慷慨激昂，前赴后继，归根结底还是湖湘文化精神的传承和发散。特别是近代以降，无论是曾国藩创办湘军的卓绝崛起，还是维新变法运动时陈宝箴任湖南巡抚主持新政的一时领先，抑或是辛亥革命的开天辟地，湖南人才辈出，灿若星河，深刻影响着历史的发展轨迹。陈独秀在《欢迎湖南人的精神》中写道："二百几十年前的王船山先生，是何等艰苦奋斗的学者！几十年前的曾国藩、罗泽南等一班人，是何等'扎硬寨''打死战'的书生！黄克强历尽艰难，带一旅湖南兵，在汉阳抵挡清军大队人马；蔡松坡带着病亲领子弹不足的两千的湖南兵，和十万袁军打死战，他们是何等坚忍不拔的军人！"

我环顾四周，那些激壮的墓铭、静穆的墓庐、感怀的挽联还在，那些昨日移栽的树木愈见苍翠，那些飒飒作响的风声犹在耳畔，历史的硝烟却似乎远去了。沿着这条路而行的人并不多，到这些墓庐旁边驻足停留的人更不多。或许是这条路不好走，或许这里的风景太过于肃穆，或许是走的人没有时间。

6

西晋潘安《秋兴赋》这样描绘："悲哉，秋之为气也！萧瑟兮草木摇落而变衰。憭栗兮若在远行，登山临水兮送将归。"

秋天并不都是收获与登高，还有萧瑟与衰败、远行与送别。

对于 1916 年的湖南来说，对于 1916 年的中国来说，这个秋天不太好。

10 月 31 日，霏霏淫雨之中，开国先驱黄兴猝然病逝；8 天之后，凄凄秋风之中，护国将军蔡锷撒手人寰。前者 42 岁，后者 34 岁。

在麓山寺后上方的一片平缓的山坡上，蔡锷静静地躺在这里。我默然肃立在苍松翠柏之间，任带些寒意的秋风吹拂脸面，脑海里一遍遍涌现蔡锷戎装着身、清癯却又英气逼人的形象。

用现在流行的话语来说，那是民国"范儿"。与现在相比，那是一个风雨晦暝、国力羸弱、物资匮乏的年代，却又是一个风起云涌、方兴未艾、英雄辈出的时代。让今天的人不解或者说今天很难见到的是，那时的人，无论高贵还是卑微，无论才高八斗还是不通文墨，无论居庙堂之高还是处江湖之远，大都铁骨铮铮、志怀高远。如曾国藩所言："盛世创业之英雄，以襟怀豁达为第一义；末世扶危救难之英雄，以心力劳苦为第一义。"多少人身怀理想、足踏实践，壮怀激烈、慷慨悲歌，可谓"一时多少豪杰"。

在这当中，蔡锷如同一道短暂但却耀眼的闪电，刺破了黑色重幕的长空。

1897 年 10 月，15 岁的少年蔡锷从邵阳步行来到长沙，成为湖南时务学堂中文总教习梁启超的学生，自此与梁结下了不解之缘。这对师生，一文一武，亦师亦友，改写了中国近代史。蔡锷"宁为百夫长，胜作一书生"，东渡日本留学时就被誉为"士官四杰"之首，30 岁就成为威甲一方的云南都督，后更以首先起兵反对袁世凯称帝而名垂史册。而梁启超，时为名震天下的思想家、政论家。黄遵宪称之为"惊心动魄，一字千金，人人笔下所无，却为人人意中所有，虽铁石人亦应感动。从古至今，文字之力之大，无过于此者矣"。

1915 年，正当袁世凯私欲膨胀、做起皇帝美梦，杨度等组织"筹安会"为袁世凯称帝鼓吹之际，梁启超发表了他著名的《异哉所谓国体问题者》，直指"筹安会"以立宪为名恢复帝制、实为破坏国体的荒谬，令袁世凯成为万夫所指、天下公敌。蔡锷则机智甩掉袁世凯的掣肘，从天津辗转日本，再回到云南，立即与已经称帝的袁世凯公开决裂，掀起震动天下的护国战争。

黄兴的墓已近岳麓山顶，前坪宽阔，隐映在千顷松涛之间。墓碑石与周围石上刻有孙中山、梁任公、章太炎、于右任等名流的挽词或挽联。黄兴先于蔡锷病逝，故而蔡锷的绝笔是写给黄兴的挽联："以勇健开国，而宁静持身，贯彻实行，是能创作一生者；曾送我海上，忽哭君天涯，惊起挥泪，难为卧病九州人。"最能概括黄兴一生并且影响最大者，当推章太炎的挽联："无公则无民国；有史必有斯人。"

人们一般认为，孙中山是思想家，黄兴是实干家。"孙氏理想，黄氏实行"。两人分工合作，配合默契。孙中山为革命辗转海外，奔走呼号，播种思想，筹集钱粮。黄兴则组织和策动武装起义，履险蹈危。特别是在著名的"黄花岗起义"中，虽然敌众我寡、敌强我弱，黄兴率革命党人浴血冲锋，被子弹打断右手的食指和中指。革命党人绝命搏杀、不留后路的英勇行为震惊中外。胡元炎因此说："自黄花岗事出后，全国人心皆趋向，革命自成功矣。"

湖南人中，有两个屡败屡战却最终成就大业的英雄。一个是曾国藩，另一个就是黄兴。黄兴一生参与、指挥过起义和战争有十多次，无一成功，却以其身先士卒、九死一生，赢来辛亥革命，"起共和而终帝制"。正如他在自述中说："我的名号（黄兴，号克强），就是我革命终极的目的，这个终极的目的，就是兴我中华，兴我民族，克服强暴。"

这是黄兴的勇。黄兴的静，体现在他的成事不必在我的信念和大公无私、顾全大局的胸怀上。在与孙中山共创共和的过程中，虽然他们不免有分歧，但黄兴始终坚定地维护孙中山的领袖地位。在辛亥革命前的几次倒孙和后来另组中华革命党的风波中，很多人倒孙挺黄，黄兴不为所动，称："领袖惟有孙中山，其他不知也。"

"国民赖公有人格，英雄无命亦天心。"这是一代大儒梁启超写给最挚爱的弟子蔡锷的挽联，其实又何尝不是黄兴的最好写照。

历史是不能假设的。费正清、费维恺共同编撰的《剑桥中华民国史》中写道："无论倾向于哪种观点，你都必须承认辛亥革命的矛盾性：它徘徊于成功与失败之间，并且将政体中诸多紧张关系传递给了早期民国。"以此推论，以蔡锷之勇、黄兴之名及维护共和的能力和决心，在一批叱咤风云的辛亥人物中足执牛耳，他们深刻影响了共和乃至后来中国的走向。

7

山巅上几株绽放的菊花引起了我的注意。这显然有别于山下盆栽作为展览的那种。它们的颜色简单，只有黄色和白色两种，花瓣也不大，却是骨骼清奇，超拔飘逸，卓尔不群，长于一片常绿的灌木丛中，让人不禁想起"空谷清音""惊风芙蓉"这样的词语。

菊花因其幽香、风姿、异质、奇态，常常被文人雅士引为知己，并用手中的笔装点出一个风骨无限的世界。岳麓山和岳麓书院成为湖湘文化的滥觞和图腾，正是因为凝聚和造就了一大批像菊花般凌霜贞秀、孤标傲世的人物，他们"独立不羁，遁世不闷"，视天下为己任，敢当天下之先，并以自己的追求和实践，形成"淳朴重义、心忧天下、经世致用、自强不息"的湖湘文化的基本精神。屈子赋辞，成楚辞之不朽；贾谊哀鹏，定爱国之情操；（柳）宗元谪野，写民生之根本；濂溪（周敦颐）播学，开理学之鼻祖；宋明胡（安国）、张（栻）、王（船山），创书院，传学问，形成湖湘学派的渊源；清之曾（国藩）、左（宗棠）、胡（林翼），起湘军，开洋务，赢得"中兴将相，什九湖湘"的美称；近代黄（兴）、宋（教仁）、蔡（锷），创民国，造共和，留下惊天地泣鬼神的壮举；现代毛（泽东）、刘（少奇）、胡（耀邦），建新中国，写历史，推进民族复兴的伟大进程。

百年锐于千载，时势造就英雄。在数千年未有之剧烈变局中，如珍珠般散落的湖湘英雄谱中，曾国藩是一个绕不过去的

东西流水

人物。曾国藩除了是湘军的缔造者和洋务运动的开启者，更是湖湘文化的集大成者。他开创性地把儒家典籍和儒生对人格完善追求的"诚""明"的理念，与荆楚山民血管中涌动的"血""强"的基因完美地结合，使湖湘文化中忠诚、刚毅、血性的精神得以蝶变，演化成心忧天下、经世致用的湖湘文化新高峰，并在"西风东渐"中推开了湖南乃至中国的现代之门。

有人评论说，如果以人物断代的话，曾国藩是中国古代历史上的最后一人，近代历史上的第一人。梁启超对曾氏倾心推崇，称"吾谓曾文正集，不可不日三复也"，并称之为立德、立功、立言三不朽。毛泽东曾说："愚于近人，独服曾文正。"蒋介石最推崇的人物有两个：一个是王阳明，一个则是曾国藩。

湖湘文化精神的另一个高峰，应当是辛亥革命前后的黄兴、宋教仁、蔡锷。他们继承和发扬了晚清曾、左、胡思想中儒家经世致用的传统，并将这一传统与所处时代特别是国外的优秀文明成果相结合，转变成新的国民人格和社会理想。这种人格和理想概括起来讲，就是民主、共和。

1912 年，黄兴辞去南京留守的职务，回到长沙。1913 年宋教仁遇刺后，在以孙中山为首的主张举兵讨伐的声音中，黄兴认为应该寻求司法，走和平路线，守住共和的成果。但是国民党人热血沸腾，匆忙中祭起"二次革命"的大旗，结果在老谋深算的袁世凯面前一触即溃，中国从此步入党同伐异、武力纷争的乱象时代。

蔡锷和袁世凯本来私交不错，当年蔡锷东渡日本留学时还曾得到过袁世凯的资助。事实上，只要袁世凯拥护共和，蔡锷就表示支持。南北和议成功，清廷退位，蔡锷认为共和告成，电贺袁宣誓就任大总统，说他"闳才伟略，群望所归"。4 月 11 日他给各报馆的电文中也称袁是"一代伟人，中外钦仰"。但是一旦发现袁世凯反对共和，蔡锷就毫不犹豫地挺身而出。1913 年 3 月宋教仁被暗杀，蔡锷在"痛切陈词，声与泪并"的同时，也是坚决反对用兵，主张宋案应由法庭解决，严禁军人干预。他说宋教仁"生前于南北意见极力调和，若令身后惹起南北恶感，恐九泉之下亦不心安"。

比较起黄兴、蔡锷的共和理念，先于他们早逝的宋教仁有更深入的理解。

1912 年，共和初成，民国肇始，袁世凯当上总统，革命党人几作鸟兽散。唯有宋教仁先是通过起草《临时约法》，进而通过政党内阁来限制袁世凯所代表的旧势力，实现真正的共和民主。他将一盘散沙的同盟会与其他小党合并，成立国民党，推动实现政党内阁主张。"进而在朝，就可以组成一党的责任内阁。退而在野，也可以严密地监督政府，使它有所惮而不敢妄为，应该为的，也使它有所惮而不敢不为。"

宋教仁要在中国建立起一个以议会制和地方自治为基础的民主制度的宪政思想当时可谓先知先觉、振聋发聩。但是，由他开启的中国民主政治的航船，面临的并非宽阔的大海，而是激流险滩，因此注定驶不出多远。1912 年 12 月的民初国会选举，称得上是中国历史上第一次非暴力方式的政权角逐，在这次选举中，宋教仁领导的国民党取得多数席位。但是，1913 年 3 月 20 日，随着上海火车站（老北站，现上海铁路博物馆）一声枪响，踌躇满志的宋教仁倒在了血泊之中。

年轻的宋教仁用他的鲜血染红了自己的宪政理想，也染红了近代中国的沧桑百年史。一百年来，人们似乎已经淡忘这位才华横溢、风采慑人、充满激情的国民党的缔造者和他用生命为之奋斗的宪政事业，或者，人们情愿花大量的时间在"谁杀了宋教仁"的问题上纠缠不休、刨根问底，却没有多少人愿意花时间思考，宋为之拼命的理想和事业，为什么随着这个三十一岁年轻人的肉体的消失而烟消云散？

8

不经意间，我抬头一看，面前矗立着一面巨大的石壁，壁中嵌有一块高约 2 米、宽约 1.5 米的石碑，右上方写着两个字：禹碑。传说这是为纪念大禹在岳麓山治水而立的禹王碑。另外，还镌刻着数十个茶杯般大小，状如蝌蚪的字，字体难以辨认，好像一部"天书"。"天书"之奇，据说连著名历史学家、甲骨文专家郭沫若也束手无策，钻研了此碑的拓本 3 年只认出 3 个字。

禹王碑处于岳麓山的最高处。举目四望，因为雾气还没完全散去，视野仍有些影影绰绰，但湘江北去，青山逶迤，长沙城郭，已充盈可辨。我独自啜饮拂面的清风，并以一种放松的姿态，沐浴着大自然天成的灵气，或者用心倾听一两片从树枝上飘落的叶子的声音。我确信，这并不是寂寥，而是天高地迥的旷达，是"自疑此身或恐飞"的潇洒。

天空开始破晓，我已不是一个人在舞蹈。麓山寺的钟声穿出林隙，穿过雾气，由远而近，间或夹着几声清脆的汽笛，让人清晰地感觉到这个城市的存在。

这是一个让我倍感亲切却又常常有些陌生的城市。

我第一次亲近它，应该是上小学前的岁月。父亲因为工作，偶尔会到省城出差，如果不是很忙，会连带捎上我。我至今仍清晰地记得跟随父亲在橘子洲头游泳的情景。那个时候的湘江，要比现在澄澈很多，游泳的人也很多。因为年龄小，我最多的时间是在岸边戏水，以羡慕的眼神看江中的人头攒动。江面的宽阔，江水的湍急，江西如带的青山，江东鳞次栉比的高楼，是那样深刻地印在我的脑海里。

后来我读到的有关长沙并令我印象深刻的文字，是大诗人李白在《秋浦歌十七首·其六》中的诗句："愁作秋浦客，强看秋浦花；山川如剡县，风日似长沙。"我在想，这个令诗仙李白舒展愁眉、聊以自慰、可以类比的地方真的那样美吗？

山川胜美并不是长沙的唯一。与李白同时代的刘长卿在《自夏口至鹦鹉洲夕望岳阳寄源中丞》写道：

> 汀洲无浪复无烟，楚客相思益渺然。
> 汉口夕阳斜渡鸟，洞庭秋水远连天。
> 孤城背岭寒吹角，独戍临江夜泊船。
> 贾谊上书忧汉室，长沙谪去古今怜。

物质的表象掩盖不住精神的灵光，纵情山水寄托的是悲悯的情怀。长沙的美，是岳麓书院中绵延的读书声，是爱晚亭前的红枫凝霜，是天心阁上的断垣残壁，是橘子洲头的水波潋滟、浪遏飞舟。

　　这还是一座英雄的城市。东晋初期王敦之乱，虞氏兄弟、易雄、桓雄等一批忠义之士勇于赴难，在长沙古代历史上写下了扶正抗邪、英勇善战的湘精神。两宋时期，因为长沙军民拼死抵抗金兵南下，金兵破城之后进行血腥屠杀，留下了"金人掠潭州六日，屠其城而去"的记载。辛弃疾"上马杀贼，下笔成诗"，在任潭州知州兼湖南安抚使期间，为南宋王朝建立了一支当时最精锐的特战部队——飞虎军。现在长沙营盘路即以辛弃疾练兵的营盘命名，并且还留有辛弃疾挽缰持卷的塑像。"有井犹名贾太傅，无人不祭李潭州。"南宋末年抗元将领，潭州知州兼荆湖南路安抚使李芾率领长沙军民死守潭州三个多月，城破后杀身殉国。最令人感动的是，岳麓书院的几百名学生，投笔从戎，书生报国，大多战死或自杀，充分表现了湘人慷慨赴死的特质。抗战时期，长沙更以焦土政策中的"文夕大火"、4次惊心动魄的"长沙会战"震惊中外，粉碎了日军"以战迫降"的妄图，提振全国人民抗战的信心。

　　可能是这个城市太多的故事吸引了我，可能是机缘巧合，成年后的我，重新在岳麓山下学习工作了一段不短的时间。那时对我而言，清早湘江旁的晨跑，傍晚岳麓山的登高，基本是必修课。只要有闲暇，我几乎以一种饥渴的心态徜徉在长沙的山水间，流连于熠熠闪亮的青石板上和浓荫如盖的古树下。到前几年，我定居长沙，真正与这座城市同呼吸、共冷暖。

　　后印象派画家高更的代表画作《我们从哪里来？我们是谁？我们向何处去？》，表明了文明人内心的迷惘、忧伤和焦虑。我的内心深处也时常有些矛盾。一方面，我迷恋这个城市散落的幽深的文化，它的每一条古街、每一块古砖、每一棵古树，都是那样独特而珍贵，我担心城市的飞速发展逼仄山水的空间；另一方面，我又乐见它的日新月异的变化，希望它现代化、国际化的气息更浓厚些、更明显些。

昨天是今天的历史，今天是明天的历史。痕迹总会留下，不同的是，留下的是文化的传承、思想的延续，进而擦亮城市的面孔，凝聚发展的要素，启蒙前进的脚步，还是留下几张灰白的故纸，或者一段崩塌的城墙。

　　我深信，伫立在橘子洲头的身影不止一个。在馨香阵阵的稻田，在郁郁青青的森林，在熙熙攘攘的人潮，那些思考的头颅从没有真正消失过，那些飞翔的翅膀总是迎风而上、愈加坚强，纵使云遮雾盖、山重水复。

　　长沙城依然安静，长沙城已经醒来。

2012 年

千年一梦

归化

中国足球并不缺乏新闻。从上届世界杯预选赛到亚洲杯再到中国杯，中国足球如同中国股市，一路唱好，一路下行，一路热议不断。"留给中国队的时间不多了"，成为网络热语。

当下，围绕下届世界杯中国队"归化"的议题又甚嚣尘上。不少人自愿充当中国足球的"设计师"，设计出一条条从俱乐部到国家队的归化之路。不少媒体也乐此不疲。有人总结说：媒体炒作，变成媒体吵闹；球迷关心，变成球迷糟心。甚至有人说，干脆归化中国足协，云云。

足球，被称为"和平年代的战争"。其实这句话不能完全诠释足球相比于其他体育运动在人们心目中的位置，诠释不了人们对足球的爱与恨、欢与悲、笑与泪。

暂且把中国足球比作自己的一个孩子吧，不过肯定是不怎么争气的那一个。一方面，你常常讲它是扶不起的"阿斗""哀其不幸、怒其不争"，另一方面又割舍不了，剪不断、理还乱。

想一想你也为此努力过、抗争过，花了不少钱，费了不少神，还认真搞过"设计"和"规划"，可看到它被叫日本和韩国的邻居远远地抛在后面，连原来看不上眼的马来西亚之流也能过来叫板了，确实羞辱难当，徒叹奈何！

痛定思痛，除了不断地在自身找原因外，你不由得把目光投向它成长的环境、氛围和社会。

从联赛历史看。20世纪90年代，中国足球几乎与日本、韩国足球同时"职业化"，以中国的地大物博和人口体量看，本应是中国足球"雄起"在先，事实上却是我们被日、韩迅速拉开差距。如日本职业化伊始，就以归化球员推动了崛起和自信，我们直至今天才将其列入议事日程。中国足协管理中国足球能力不足，效率低下。因此还出现诸如"头球得分，一个算两""抽签决定升级""禁止国脚留洋"等奇葩规定。同样看中国篮球，市场化改革更彻底，真正的职业化时代来临，成绩基本是亚洲顶级、世界一流。

从人员基础看。看球的人多，踢球的人少，成为中国足球的一大特色。据统计，中国14亿人口，仅有8万多注册球员，比例为0.0057%，而韩国5000万人口中有50万足球注册球员，比例为1%，是中国的将近200倍，可谓云泥之别。在2018年世界杯上大放异彩的冰岛队，全国仅有33万人，足球注册人口却达到2万人，比例达到6%。有足球人士分析，中国2001年以后出生的注册球员只有1000人左右，也就是说，至少未来10年，中国足球都将面临人才短缺的窘境。再如目前，在中国国家队11名主力中，竟然将近一小半来源于一个徐根宝足球基地，这是幸事还是悲哀？

从社会条件看。中国足球联赛一再上演"烧钱"的闹剧，只注重短期利益和眼球效应，忽视基础和长远。城市规划的弊端，使公共足球场所稀缺，即便有，也是成年人在花钱买锻炼。教育体制的弊端，更使中国基数庞大的孩子只能把踢球作为奢想，那些建设漂亮的中小学足球场地变成摆设。而中国足球的天才们，都是在参加"小考""中考""高考"的路上。2015年，备受瞩目的《中国足球改革发展总体方案》，提出了规模庞大的校园足球计划。

放眼全球，市场规律、发展规律、自然规律已成为人们共

归化

同遵守的法则，适者生存，逆之者亡，足球也不例外。不顺应世界足球发展潮流，不深刻进行一场触及灵魂，包含体育、教育乃至社会的"自我革命"，中国足球只能像杜牧在《阿房宫赋》中所说："秦人不暇自哀，而后人哀之；后人哀之而不鉴之，亦使后人而复哀后人也！"

2019 年 7 月

东西流水

麓山情

　　山者，破地而出，聚土而成。或高陵万仞，或秀极八方，或连绵千里。

　　岳麓山，上承南岳，下启洞庭。卓立于崇山峻岭之中，声震三山五岳，更以人杰地灵，源远流长，标情夺趣，继往开来。

　　曰欢悦之情。若夫春光萌动、绿肥红瘦，秋日寥廓、枫叶胜火，携好友知己，树影迂回，拾级而上，嗅清风之扑鼻，闻鸟语之悦耳，可倾诉，可謦欬。人生如梦，风花雪月，岂不快哉！

　　曰英雄之情。湖湘滥觞地，古今报国情。书院刻文化图腾，朱、张立学者师表。深涧菊洁，幽谷兰雅。多少书生慷慨赴死，战士血荐轩辕。扶危救困，弦歌不绝。匡时济世，精神永存。

　　曰天地之情。会当登高望远，开阔视野，荡涤心胸。纳日月光华，养浩然正气。彩云南来，高高低低，卷舒无意。湘江北去，浩浩荡荡，浮沉自知。横尽虚空，思接千载，可恃者谁？

　　嗟夫！湘地多情，麓山为最。然众皆为睹风情一时之美，其情之深浅、远近、雌雄，惜不为人所识也。

2018 年 9 月

永州三品

如果说张家界是一幅画，那么永州就是一部书。

永州是一部需要用眼睛细察、用步履丈量、用心灵感知的大书。

这里的山水，钟灵毓秀、绚丽多姿，是旅游探幽的天堂；这里的文化，古老神秘、震古烁今，是灵魂寻根的圣地；这里的自然，天蓝地绿、至璞至真，是身心停泊的佳境。

中国最古老的地理书籍《山海经》记载："湘水出舜葬东南陬，西环之。"司马迁《史记》载：舜"南巡狩，崩于苍梧之野，葬于江南九嶷，是为零陵"。永州、零陵一地两名，潇、湘二水在零陵古城萍岛汇合，因此永州自古雅称"潇湘"。潇水是湘江的发源河，永州是潇湘的原生地。

有人说，世上最美的风景，都在古人的诗里。用这句话来形容永州最是不错。柳宗元描绘"春风无限潇湘意"，陆游感叹"挥毫当得江山助，不到潇湘岂有诗"，欧阳修赞"画图曾识零陵郡，今日方知画不如"，这些诗句都是为永州而写的。

古人钟情永州，或是讴歌其山水之清绝，或是表达自己思古之幽情，或是抒发"忧乐天下"的感慨。今天翻开永州这部书，则是优美自然风光和深厚文化底蕴所绘成的一幅山水人文长卷。其中最有概括性的，就是永州的"三山""三水""三文"。

　　中华境内，从来不乏崇山名岳。但像永州这样，集俊秀风光、神奇色彩和丰富内涵于一体的，并不多见。

　　"九嶷山上白云飞，帝子乘风下翠微。"这是伟人毛泽东的吟唱。因为与舜帝融为一体，九嶷山变得无比神奇。这里的山，群峰叠翠，千姿百态，不输桂林的奇秀，更让人啧啧称奇的是，方向都朝着舜帝陵所在的舜源峰，如众星拱月，故有"天下万仞朝九嶷"之说。耸立在九嶷山深处的"三分石"，高达数百米的三块巨石并峙，云蒸霞蔚，瀑布飞空，留下了种种传说。

　　舜皇山也因为舜帝南巡驻足过而得名，大庙口、天宁寺遗址、舜皇岩等景点印证了那些美丽的传说。舜皇山主峰海拔1882.4米，为湘南第一峰。境内谷幽峰险、瀑布纵横、熔岩奇丽，是旅游观光、夏季避暑和考察探险的绝好去处。舜皇山还是红军长征翻过的"五岭"中的第一座大山，陆定一同志为之写下著名的革命回忆录《老山界》。

　　阳明山则是佛教圣地，素有"灵山福地"之称。阳明山山顶生长有多达十万亩的野生杜鹃花，每年春夏之交，漫山遍野姹紫嫣红，绵延数里，极为壮观，被称为"天下第一杜鹃红"。据说蒋介石在抗日战争时期曾专程拜谒阳明山，后来还把台北的草山改名为阳明山。现在阳明山已经与台湾的阳明山结成了姊妹山，成为中华和美的象征。

　　永州的水，虽然不以恢宏雄壮著称，却碧澈清莹，充满神韵。

　　三百里潇湘，两千年古城，潇、湘二水浸润和孕育的永州，成为湖湘文明的重要滥觞之地。即便是在其他地方看似不起眼的小溪，却也在永州风生水起，潺潺不息，随湘江入洞庭，汇长江，奔大海。

　　唐代文人元结在乘船经过祁阳湘江时，因为非常喜爱江边的一条小溪，竟然辞官来隐居，将小溪命名为"浯溪"，即我的溪，这种境界大可比拟陶渊明。他还在溪边的苍崖石壁上作文刻字，不经意间造就了一个矗立在天地间的书法宝库——浯溪碑林，其中元结撰文、颜真卿书写《大唐中兴颂》以文、字、书被称为"三绝碑"，历来为人们所珍爱。

愚溪称得上是一条励志的溪。柳宗元谪居永州十年，从居庙堂之高变为处江湖之远，但柳宗元没有自暴自弃，他将住所的冉溪更名为愚溪，"投迹山水地，放情咏离骚"，进行了一生中最重要的创作，形成了一座难以企及的文学高峰——柳学。永州成就了柳宗元，柳宗元也使永州名扬天下。南宋文学家汪藻总结道："盖先生居零陵者十年，至今言先生者必曰零陵，言零陵者必曰先生。"

一方山水养育一方人。就像江南的烟雨造就了苏杭，道县城郊的濂溪，走出了理学的开山鼻祖，北宋思想家、哲学家、文学家周敦颐。这条小得不能通航的溪水，因为周敦颐在这里生活成长、读书悟道，而闻名遐迩。今天，在湖湘文化的图腾岳麓书院，还镌刻着"吾道南来，原是濂溪一脉；大江东去，无非湘水余波"的对联。

"永州"这部书，太过久远和厚重，或许穷吾一生，也难窥一二。不妨品读其中的三篇，感悟人生精髓。

"永州之野产异蛇，黑质而白章"，多少人朗朗上口、难以忘怀。柳宗元在永州创作的《捕蛇者说》，揭露并无情批判"苛政猛于虎，赋税毒于蛇"的社会现实，闪烁着"利安元元"的民本政治思想，值得当政者深思。

周敦颐的《爱莲说》全文不到150字，表现的内容却丰富无比。"出淤泥而不染，濯清涟而不妖"，展现的是一首流芳千古、铿锵有力的律诗，一幅水墨丹青、栩栩如生的国画，时刻提醒我们，要坚守对高尚情操的崇奉。

永州籍的革命家陶铸是一个大写的人，不唯上，不唯利；只唯实，只唯民，他的文章《松树的风格》，称得上是一篇新时期的共产党员宣言，表达了正直不阿、一心为民、自我牺牲的理想追求。

永州，一个神奇而美丽的地方。"三山""三水""三文"只是缩影。这里还有2万年前的石棚遗址，发现人类最早栽培水稻和制陶的玉蟾岩遗址，有瑶族的发源地，世界上独一无二的女性文字——女书，有位列中国历史上三十位大书法家之列的怀素、何绍基，湖南古潇湘八景之一的"潇湘夜雨"，一粒粒文明的种子如玉珠散落、生根发芽，等待人们去发掘、去解读。

　　"永州"这部书，蕴藏着千古之谜，称得上千古奇书。为我们今天饱览山河、激发热情，或者仰望星空、寻求真理，或者传承文化、守望家园，提供了绝佳的去处。

2017 年 12 月

永州三品

第三卷
空山夜静

现实是一道河流

40 年弹指一挥间，改革开放这一"前无古人的伟大实践"已经行进到新的历史关口。一方面，"改革开放是当代中国最鲜明的特色，是决定当代中国命运的关键一招"，因为改革开放，中国经济社会发展水平、国际地位和全球影响力达到历史新高度，继续高举改革开放的旗帜已经达成共识；另一方面，经济社会发展中的顽症、痼疾仍然不同程度存在，利益阶层的羁绊和改革过程中主体的缺位、空转、低效等问题凸显，距离十八大、十九大提出的各项改革目标还有不小差距，改革仍然在路上，并且已经步入攻坚期和深水区。

过去是一面镜子，现实是一道河流。处在承前启后的时间节点上观察，改革虽然在路上，但其进度、力度似乎使人感觉不明显，其原因除了容易改的都已经改了，剩下的都是难啃的"硬骨头"外，还是缺乏像 20 世纪 80 年代突破"两个凡是"、废除人民公社体制、实行家庭联产承包责任制、开创性提出社会主义商品经济等重大、突破性的改革举措及所产生的标杆和旗帜作用。伟大的时代需要伟大的创新，需要巨大的历史担当和政治勇气去破藩篱、涉险滩、闯难关，特别是在一些重大方向性理论和制度问题上不能左支右绌、徘徊不前，而必须廓清迷雾、与时俱进、开拓创新。

所有制问题是中国改革的一道必须迈过去的坎儿。改革40年的实践证明，什么时候思想解放、在所有制问题上有突破，改革就会阔步向前，经济就会跃上新台阶，反之亦然。例如，20世纪80年代初打破农业所有制越大越公越好的迷信，迅速解决了解放后长期未解决的吃饭问题；1992年邓小平在"南方谈话"中，以"不要问姓资姓社"，突破了市场还是计划的瓶颈，打破了沉闷的局面；而2004年那场席卷全国，长达半年的"郎顾之争"，延宕甚至停滞了原有的国企改革的推进；2018年出现的所谓"民营经济离场论"、混合所有制是新一轮"公私合营"等论调甚嚣尘上，直至最高领导人召开民营企业座谈会正本清源、一锤定音。

理论的生命力在于不断创新，而不是简单套用马克思主义经典理论的模板。恩格斯深刻指出："马克思的整个世界观提供的不是现成的教条，而是进一步研究的出发点和供这种研究使用的方法。"首先，国有企业和民营企业都是为国家创造财富、提供税收、解决就业，都是社会主义市场经济体制和社会主义基本经济制度的主体。事实上，只有"国有资本"和"非国有资本"之分，没有"国有企业"和"非国有企业"之分。要探索一种新的更有效的、既不姓私也不姓国的公有制实现形式。另外，将"竞争中性""所有制中立"作为市场竞争的原则并具体化，是以自由贸易体系为特征的市场经济体制最基本的要求，也是应对国际贸易规则博弈、中国走向全方位开放的需要。最后，将加快以混合所有制为实现形式的国有企业改革作为下阶段全面深化改革的支点和牛鼻子，特别是在重要领域、关键行业和垄断环节要敢于"动刀子"，明确引进非国有资本，并且取消股比限制。制定国有企业退出竞争性领域的清单和时间表。明确把国有企业包括企业利润和国有股份出让资金划入全民社保基金。政府和国企救助有股权质押平仓风险的民营企业，应同时建立和规范后期的退出机制。

中国农村正站在新的十字路口，或者说正面临刘易斯拐点。数以亿计的农民背井离乡、进城务工，留在农村的被称为"三八六一九九部队"，即妇女、儿童和老人，大量土地无人耕种，土地撂荒现象日趋严重。更让人忧心的是，"70后不愿种地，80后不会种地，90后不提种地"，"下一个十年谁来种地"已经成为一道迫在眉睫、亟待解决的问题。另外，即便是在耕种的土地，基本上也是沿用一家一户的小农生产模式，这种模式虽然较之原有的僵化的公社土地集体所有制，生产力已经得到很大释放，但劳动生产率仍然远低于欧美发达国家的社会化大生产农业经营模式，生产形态体现不了先进性。

土地是一种生产要素，生产要素的自由流动是市场经济的一个基本要求，必须用市场决定性配置生产要素。据统计，目前中国农村可流转的土地价值（包括耕地、林地、宅基地）约100万亿元，只有"唤醒沉睡的土地"，把死的资产变成活的资本，才能最终解决土地和农民问题，消除城乡差别。土地改革要"破"字当头，即破除"现代乌托邦"式的农地集体所有制框架下的农村经济合作社形式，从"以地为本"向"以人为本"转变。首先，在当前"三权分置"改革的基础上，通过农村土地承包权的长期化稳定土地权利，并从法律上明确农民承包土地的交易、继承、抵押、入股、出租等权利，使土地权利由"我们的"变为"我的"。另外，在不改变土地现有用途的前提下，开放包括农田在内的所有类别土地的自由交易，建立"同地、同权、同酬"的城乡统一的建设用地市场。必须摒除为农民操心、代农民思考的"家长"心态和只允许农户宅基地在本村村民之间流转的"画地为牢"做法。考虑到改革的渐进性，逐渐放开集体经营性建设用地入市，将允许宅基地和农民住宅城乡之间有前置条件（如新建住宅面积、型式必须经乡镇规划建设部门批准）的自由交易作为突破口，鼓励城市商业等资本下乡进村，推动新时代"乡贤""乡绅"帮贫致富，实现城乡要素自由流动和高效配置。同时，加快出台房产税，破除政府征地冲动和"土地财政"，进一步完善财政、产权、户籍、社保等体系，促进城乡基础设施网络化和基本公共服务均等化。

"法者，天下之程式也，万事之仪表也。"宪法是治国安邦的总章程。依宪治国是政治体制改革的重要内容，是实现市场化、法治化的根本保障。市场化和法治化是"一体两翼"。

没有依宪治国，市场在资源配置中起决定作用就无法实现，实现国家治理体系和治理能力现代化也无从谈起。习近平总书记指出："坚持依法治国首先要坚持依宪治国，坚持依法执政首先要坚持依宪执政。"当前我国采取了设立国家宪法日、举行宪法宣誓仪式等一系列树立宪法权威地位的重大举措，标志着我国已经进入"依宪治国"新时代。

马克思说，社会主义是对资本主义的继承和超越。中国的崛起与复兴，也最终取决于道德的复兴和制度的改良，即能否大胆借鉴、"扬弃"资本主义政治成果，创造一种符合普遍规律、体现共同价值、具有中国特色的先进政治文明。当前，要把落实全面依宪治国、依宪执政作为阶段任务和奋斗目标。宪法具有最高的法律地位、法律权威、法律效力，任何组织或个人都不得有超越宪法的特权。要建立和完善"合宪性审查"制度，确保宪法的权威性和实用性。首先，要以推进实现个人的价值和尊严，来实现国家的价值和尊严。其次，要把全面落实富强、民主、文明、和谐，自由、平等、公正、法治，爱国、敬业、诚信、友善为基本内容的社会主义核心价值观，作为推进国家治理体系和治理能力现代化、实现中华复兴的"中国梦"的题中应有之义和必由之路，明确其路线图和时间表。最后，要把政治体制改革列入下阶段重要改革议程。邓小平说："我们所有的改革最终能不能成功，还是决定于政治体制的改革。"要加快实施"以扩大党内民主带动人民民主"。进一步理顺人民主权和党的领导的关系，使党的意志和决策通过人大的法律权力得到贯彻实施。在农村和乡镇、社区和街道办事处全面进行党的领导人直选，把 20 世纪 80 年代末实施的农村村委会和社区领导人直选推进到乡镇和街道办事处并在县一级试点，县级和县级以下人大代表全部实行直选。在海南、深圳、厦门等地试行更大范围、更高层次的民主改革。在世情、国情和党情都发生深刻变化的新形势下，以一种新改革方略来回应党心民意、整合改革力量，最终使中国特色社会主义的政治制度成熟和稳定。

2019 年 5 月

山、水、洲、城

随着全球经济深度调整，中国进入高质量发展的新时代，城市的重要性日益凸显，影响力越发深广。"变局＋机遇"，中国城市的竞争与分化正在形成，城市体系面临重塑。长沙，作为湖南省会和首位城市、长江经济带中心城市，如何在新一轮城市竞争中找准位置、走在前列，对长沙和湖南的发展至关重要。

1

没有人遗忘它荣光的过去。长沙，"山、水、洲、城"，是一座经三千年历史而地名、城址不变的城市，被公布列入第一批国家历史文化名城。汉长沙国曾是西汉开国七大诸侯国之一。"惟楚有材，于斯为盛"，岳麓书院成为中国文化人的重要图腾；时称"超一流"的长沙时务学堂左右半部中国近代史；长沙会战是第二次世界大战时中国战场上规模重大的一次中日会战，极大程度上决定了抗日战争的成败。

这座城市孕育和走出了曾国藩、左宗棠、谭嗣同、黄兴、蔡锷、毛泽东、刘少奇等伟人，执时代之牛耳，开风气之先河，深刻影响着中国乃至世界。

也没有人忽视她耀眼的今天。

近年来，长沙致力于打造国家智能制造中心、国家创新创业中心、国家交通物流中心。相继出台"工业30条"、"人才新政22条"、"1+4"科技创新政策体系等战略，打造内陆开放新高地，岳麓互联网峰会、智能网联汽车抢占制高点。2017年，长沙GDP总量10535.51亿元，成为全国14个"万亿俱乐部"城市之一，居全国大中城市第13位、省会城市第6位，经济总量首度居全国第10位，人均GDP、人均社会消费指数和上市公司总数排名中部省会城市第一，经济活跃度领跑中部。

长株潭两型社会试验区、湘江新区、长株潭国家自主创新示范区、长沙临空经济示范区、长株潭衡"中国制造2025"试点示范城市群、"宽带中国"长株潭示范城市群等一系列"国家级名片"相继落地长沙，凸显了长沙在国家经济社会战略布局中的重要地位。

长沙连续十年获评"中国最具幸福感城市"，获批2017年"法治政府建设典范城市"，成功获评"东亚文化之都"、"国际美食之都"、中国首个"世界媒体艺术之都"，作为广电、出版、动漫"湘军"的大本营蜚声海内外，坡子街的美食、解放路的酒吧、橘子洲的焰火引人注目，这座城市具备了鲜明的"国际范""幸福感""宜居度"。

空山夜静

2

英国人类学家、牛津大学荣休教授大卫·帕金认为，一座超级城市的影响力甚至大过国家。今天，城市的光芒前所未有地璀璨夺目，城市的竞争前所未有地跌宕起伏。

每一个志向远大的城市都怀着忧患感、紧迫感和责任感。近年来，成都、杭州、武汉、南京等城市通过不同方式表达了这种愿景。长沙也不例外。

2017年，住建部联合多个部委推进、中国城市规划设计研究院负责编制的新版《全国城镇体系规划》引发了关于"国家中心城市"的竞争。而国家层面先后通过不同途径确定了8个国家中心城市，分别是北京、天津、上海、广州、重庆、成都、武汉、郑州。

搜狐财经在一篇名为《这十年，成功与失败的城市》的文章中，列举了过去十年中国最成功的5座城市，分别是腾飞的合肥、飞跃的郑州、励志的贵阳、梦幻的杭州、图腾的深圳。中国发展研究基金会联合普华永道发布《机遇之城2018》报告，对30座中国城市进行了排名，报告显示：杭州、武汉、南京、成都、厦门已崛起成为中国城市化发展新势力。2017年10月，中国社会科学院与联合国人居署共同发布《1007个全球城市竞争力报告2017—2018》，中国排名最高的城市是深圳，排名第六位，长沙排在第七十一位。

这些并不是简单的排名。作为中国第一个举办G20峰会的城市，今天的杭州，已不再是以诗人和画家闻名世界，而是凭着以数字经济为标志的新经济走在前列。从全国来看，杭州独角兽企业数量列北京、上海之后居第三位，估值仅次于北京居第二位。杭州的雄心显然不止于此，2018年1月，中共杭州市委制定了《关于高举习近平新时代中国特色社会主义思想伟大旗帜加快建设独特韵味别样精彩世界名城的意见》，紧接着市人大表决通过了《杭州市城市国际化促进条例》，这在全国都是第一次。

郑州是国家首个"米"字形高铁建设城市，郑州航空港是国务院批复的中国首个航空港经济综合实验区，也是内陆地区功能性口岸最多的城市。2017年郑州机场全年货邮吞吐量突破50万吨，居全国第七位，跻身全球前50强；旅客吞吐量跃升至全国第十三位，客货运规模均超过武汉、长沙，实现中部机场"双第一"。富士康、苹果代工厂、专利审查协作河南中心等一大批国内外知名企业和国家级功能平台落户郑州，2017年郑州外贸进出口完成产值596.3亿美元，居中部首位，在全国省会城市排名中位列第四。

毗邻长沙的武汉，2017年GDP总量13410.34亿元，比长沙多出约 2875 亿元，稳居中部第一。从"满城挖"到成立全国首个"招才局"，实施"百万人才留汉""百万校友资智回汉工程"，关于"大武汉复兴"的新闻从未停歇。投资 1600 亿元的国家存储器基地、460 亿元的京东方等高新产业聚集地，武汉"光谷"呈现出"光一样的发展速度"，正在打造世界级的集成电路产业创新中心。科技部火炬中心发布《2017 中国独角兽企业发展报告》，武汉上榜企业数量在全国各城市中排名第五，仅次于北京、上海、杭州和深圳。对标雄安新区、高标准建设的武汉第四镇长江新城，高光地吸引着世界的关注。

在湖南卫视《歌手》节目上，赵雷一首《成都》，让人们记住这座城市的脉脉温情。事实上，更需让人记住的，是成都的快速成长。2017 年，成都不仅蝉联中国最具幸福感的城市第一名，快速的外资增长率和世界 500 强落户数，使成都荣登中国最具投资吸引力城市榜首。近年来，成都在集成电路、新型显示器件、计算机制造和物联网方面取得重大进展。成都蓉欧班列开行 1012 列，开行数量稳居中欧班列首位，占中欧班列总数的四分之一。成都甚至还开建国内最大、国际顶尖的专业足球场。"国际化"已是成都赶超东部沿海地区的最强原动力。美国《福布斯》发布"中国未来 10 年发展最快城市"榜单，成都强势夺冠。国际权威的全球化与世界级城市研究小组公布了 2018 年世界城市体系排名，成都排名紧随国内的城市北京、上海、深圳之后。

3

长沙在哪里？国内外各大研究机构的数据或许可以表明，长沙在中国城市和世界城市中的位置。

长沙在哪里？这是历史和时代之问。长沙既然能在近代中国救亡图存中心忧天下、敢为人先，也必然能在新时代中华复兴中兼容并蓄、勇立潮头。

长沙在哪里？前有标兵，标兵领先优势加大；后有追兵，

空山夜静

追兵紧追势头迅猛。"不进则退，慢进也是退。"

长沙在"大"。空间经济学认为，城市的规模与体量是一个经济中心极化与带动能力的基本体现。自超级城市成为代表国家参与国际竞争的主要力量提出以来，以人口、产业、消费规模为标志的"大城"已经成为区域乃至国家经济竞争的重要筹码。长沙，无论是作为人口、国土和经济大省湖南的省会和首位城市，还是拥有的资源、土地、劳动力等传统要素，以及人才、科技、资本、信息等高端要素，都具备了建设"大长沙"的基础和底气。建设"大长沙"，应当成为今天长沙的施政纲领和宣传主题。

建设"大长沙"，首要的是将长株潭行政一体化提上重要议事日程。2017年长株潭地区生产总值15000多亿元，人口1500多万，超过武汉、南京、杭州、成都。作为"中国第一个自觉进行区域经济一体化实验的案例"，长株潭一体化虽然取得了很大成效，但规划建设一体化滞缓、城市群引领作用不突出等问题逐渐显现，比如三城之间还没有高标准的城市干道。主要原因还是行政体制的制约。要在目前湘江新区的基础上，划入湘潭九华工业区、昭山示范区、株洲云龙示范区，考虑将湘阴、汨罗"两型"片区划入或实行托管，设立副省级行政区或行政管理区。改正在规划的长沙南部新城为长株潭新城，区域包括长沙天心区、雨花区，湘潭岳塘区，株洲云峰区，引入湖南奥林匹克中心等重要资源，对标雄安新区，学习郑东新区打造5.6平方公里龙湖、两江新区打造亚洲最大中央公园、东莞打造松山湖科技总部等举措，打造原生态和后现代结合的世界级未来城。逐步调整行政区划，第一步与湘潭合并，再与株洲合并，形成带动全省经济发展、体现经济发展实力和提升湖南地位的国际化大城市，实现"大长沙"的百年梦想。

加强合纵连横，加大与长江中游城市群特别是武汉的大开放、大合作。抓住国家鼓励城市群组团发展的机遇，形成产业、资源聚集效应的战略走向，学习成都与重庆从争锋走向合作，打造成渝国家级双城经济圈的经验，以长江黄金水道、武广高铁、高速公路、国道为中轴，大力提升交通、信息、市场一体化水平，推动武汉、长沙成为引领中部崛起的"双子星座"，打造中部连南接北、承东启西的战略支撑点和国家经济发展新增长极。

长沙在"新"。"未来城市的竞争将是新经济的较量。"新经济已经成为提升城市竞争力和助推高质量发展的澎湃引擎。目前全国很多城市都在着力发展新经济：广东提出建设广深科技创新走廊的战略，打造"中国硅谷"；成都在全国率先成立新经济发展委员会；西安成立了新经济产业发展局等新机构；北京出台 10 个高精尖产业指导意见；武汉设立 500 亿元的未来光谷产业发展基金。长沙市近年来在大数据产业、新能源汽车、移动互联网、工业机器人等重点"新经济"领域推出"（2017—2020）三年行动计划"，取得了明显成效。

工信部赛迪研究院城市经济研究中心认为，未来城市新经济的快速发展，将呈现出强者愈强与弯道超车并存、创新动能要求城市功能快速变化、政府管理模式亟需变革三大趋势。长沙要发挥地理、资金、产业基础和商业环境等方面的禀赋优势，打造中国城市新经济发展的中心、策源地和新引擎。进一步做大做强互联网岳麓峰会，添加新经济交易元素，形成"冬有乌镇，春有岳麓"互联网论坛高端品牌，同时与中国（长沙）智能制造峰会暨长沙国际智能制造装备与技术博览会相呼应、互促进。加强与美国、德国、以色列、新加坡等新经济活跃国的联系与合作，在长沙设立其新经济发展基地。紧跟当前世界信息经济研究前沿，大力发展数字经济、智能经济、创意经济、流量经济和共享经济，突出抓好产业链、区块链、人才链建设。加大对新事物和初创企业的接纳和包容度，加快引进、培育行业领军的独角兽企业和成长性强的瞪羚企业，促成本土"黑科技"和"隐形冠军"生根发芽。抓住国家扩大开放，缩减投资负面清单，取消股比限制等新契机，主动引进一批世界性企业，形成影响力和效应力。

"惟改革者进，惟创新者强。"要使改革创新成为长沙的新形象、新标签，使"心忧天下，敢为人先"的长沙精神在改革创新中蓬勃体现，不断形成在全国具有原创性、突破性、示范性的改革，以改革创新促进营商环境的大优化和经济社会的大发展。对标国内最好水平、国际最高标准，进一步加强政务环境、市场环境、法治环境、社会环境、开放环境、设施环境建设，维护契约、公平竞争等基本原则，加大各类所有制产权和知识产权保护、诚信评价体系建设力度，突出优化法治和金融的政策体系及环境，推动长沙成为市场福地、投资洼地、开放高地。同时着力提高经济外向度，大力发展加工、转口和新型贸易，既要"引进来"，又要"走出去"；对标国际标准、沿海自贸区和海关特殊监管区做法，加强各类开放平台建设和创新，加快长沙国际化步伐。

长沙在"长"。城市发展、区域竞合中需要引入比较优势的方法论。长沙在中国城市中有自己独特的优势。首先是交通区位优势。"湖南通，中部通；中部通，全国通。"习近平 2013年 11 月视察湖南时从全局视野和战略高度科学阐述了湖南"一带一部"的区位优势，其实也是对长沙的最好定位。国务院原总理李克强在调研湖南时强调，希望湖南当好承接东部产业转移的"领头雁"，长沙更要当好标兵和示范。在"八横八纵"高铁时代，长沙地处京广、沪昆、厦渝三条高铁大动脉交会处，直通京津冀、长三角、珠三角、成渝四大增长极，全国性交通枢纽位置非常明显，打造新的"内陆枢纽经济"城市优势突出。长沙要发挥地方和民间投资的积极性，加快规划高铁建设，考虑将呼南高铁引入长沙西站，支持加快建设永清广高铁，放大长沙的区位和高铁枢纽优势。

2018 年 2 月央视《新闻联播》报道，湖南在制造业领域诞生的全国首台（套）产品数量名列全国第一。在 2018 年中国工程机械行业 10 强榜单中，长沙三一重工、中联重科、山河智能、铁建重工 4 家企业入榜，这 4 家企业同时也进入全球50 强。这是长沙打造"国家智能制造中心"和发展实体经济的强大底气，也是长沙第二产业 GDP（2017 年）占比（47.4%）高于武汉（43.7%）、郑州（46.5%）的重要原因。长沙要乘势而上，发挥长沙智能制造研究总院等国家级创新平台作用，加强高端液压元件等核心技术自主创新能力。以"互联网 +"为

山、水、洲、城

手段，提升生产制造的自动化、精益化程度和服务的智能化水平。以开放、共享的理念，推进产业研究、精准招商和企业培育，既在全球范围内引商、引人、引资，又要提升工程机械本地配套率，形成产业链大格局。奋力把长沙工程机械产业打造成世界级先进制造业集群，迈向全球价值链中高端，成为名副其实的"世界工程机械之都"。

长沙还有科教实力之"长"。长沙拥有高等院校55所、科研机构96家，国家工程（技术）研究中心17家，国家重点（工程）实验室19个。2016年在校研究生有5.55万人，本科生59万人，排在广州、武汉、北京、南京、西安、上海之后。在中国39所985高校中，长沙占3所，与西安并列位于北京、上海之后，特别是国防科技大学作为唯一军事院校位列其中。这个"长"要紧抓不放，还要"争先进位"，推动产学研融合、军民融合集群式发展、名校名所与名城融合发展，在平台建设、机制创新、产业引领、人才类聚、成果转化等方面抢跑全国、抢占市场，同时以合作办学方式吸纳北京、上海、香港乃至海外优质大学资源，鼓励创办"西湖大学"类新型大学，外引内联智慧力量，将科教的"长沙资源"转化为"长沙优势"。

长沙在"特"。青山绿水是长沙的既有优势。2007年开始的长株潭城市群两型社会建设，被国家发改委总结为"湖南模式"，长沙先后获评全球绿色城市、中国可持续发展示范城市，资源节约、环境友好已经成为长沙最具特色的世界级名片。长沙要进一步打好这张名片，做足"山、水、洲、城"的文章，强力吸引人才和客商。率先探索生态文明建设和绿色发展新路径，树立"绿色GDP"理念，着力实施"绿色新政"，加快形成相应配套的指标体系、政策体系、标准体系、统计体系、绩效评价、政绩考核，同时大力培育全民绿色文化，加快形成绿色生活新方式，使每一个人既是受益者，又是参与者。如在公共汽车按分类区域进站、乘客排队候车、居民垃圾分类处理等方面先行一步落实到位。

长沙是楚文明的发源地和湖湘文化的代表之地。世界文化名城论坛组委会研究认为，城市的成功除经济繁荣外，城市的世界性、文化资产、时尚氛围、创意经济以及文化领导力和文化愿景等无形特征也至关重要。必须承认，长沙城区目前还缺乏如成都太古里、宽窄巷子，武汉楚河汉街这样有世界影响的文化产品。长沙要以文化为根基、创意为灵魂、产业为支撑，像新华联打造铜官窑古镇一样大手笔、高水准、快节奏地打造湘江古镇群、以曾国藩墓为核心的湘军文化园、"汉长沙国"国家考古遗址公园等拳头文化产品，恢复并扩建天心阁和古城墙，主动申报世界性文化组织，举办世界性文化节日，搭建与世界文化名城开展文化交流、文创产业合作新平台，打造世界文化名城。此外，长沙"文化湘军"虽然闻名遐迩，但与武汉、成都相比，2017 年服务业首位度差距分别为 12.5 个和 9.4 个百分点，必须大力发展文化、金融、物流、房地产、教育等第三产业，补足短板。

宜居、宜业、宜游应当成为长沙之"特"。数据表明，2005 年至 2015 年，长沙市 GDP 增长 460%，增速领跑全国，但房价收入比却在全国 35 个大中城市中垫底，这在全国也是"特例"。理性、健康、稳定的房价，是长沙用"房价洼地"来形成"人才高地"的重要砝码。除了房价，建设一个蕴含人情味、舒适性和幸福感的长沙也极其重要。要把握好"精明增长"与"大方服务"、"紧凑城市"与"高位规划"的关系，在城市的舒适与包容上，对标成都；城市精细管理，对标杭州；社会治理创新，对标上海；提升国际化程度，对标广州。在"心怀天下，敢为人先"的长沙精神中植入创新创造、快乐时尚、开放包容、合作守信的元素；在"一圈两场三道"外增加"四区"（文化街区、绿色社区、翡翠城区、湖山新区）的内容，实现生产空间集约高效、生活空间宜居适度、生态空间山水交织，全力打造世界一流、国内领先、湖湘特色的"大美长沙、机遇之城"。

2018 年 7 月

山、水、洲、城

一湖四水

"新常态"已成为当前和今后一个时期我国的经济大逻辑和大态势。新常态必然要求用新理念、新思路、新方法，来把握新机遇、战胜新挑战、实现新发展。实现建设富饶美丽幸福新湖南的美好愿景，需要在传承"敢为人先、实事求是、经世致用"的湖湘精神基础上，加快形成新时期"开放包容、诚信合作、创业创新"的湖南品格，走出一条具有湖湘特色，有质量、有效率、可持续的发展之路。

1

千百年来，湘楚文化在中华民族一体多元的大文化中独树一帜。近代以降，曾国藩、左宗棠创建湘军并首开洋务之先，魏源、郭嵩焘、谭嗣同倡导"睁眼看世界"，黄兴、宋教仁、蔡锷建造共和，深刻影响着历史的发展轨迹。美国学者裴士锋在

《湖南人与现代中国》总结，几乎每个重要的改革或革命团体的领导阶层里，都可看到湖南人的身影，为中国境内所仅见。旷代逸才杨度将湖南人精神比作德国普鲁士精神。陈独秀说："人类文明传统就是经由一代又一代的历史人物艰苦奋斗创造出来的一座宏伟大桥。我们欢迎湖南人的精神，是欢迎他们奋斗造桥的精神。"

　　需要指出的是，湖湘文化的形成和发扬，既有内因的深厚基础，也离不开外因的巨大推动，特别是籍贯外地、深耕湖南的一批人杰。如屈原、贾谊、柳宗元等奠基了湖湘文化；张栻创办城南学院、主讲岳麓书院，构筑湖湘文化的风骨；清末陈宝箴任湖南巡抚时，"变法开新"，大兴现代工业和新式学堂，支持刊行《湘学报》《湘报》，使湖南维新风气大开，成为全国最有生气的省份。

2

　　从人文资源看，湖南既有毛泽东、刘少奇等中华人民共和国的缔造者，又有胡耀邦、朱镕基等站在改革开放前沿的领导人，同时在科学、社会、文化、艺术等领域，湖南人才联袂而起、灿若星辰，为推进中华民族复兴伟大进程作出了卓越贡献。湖南高校云集、智力密集、人才汇集，教育实力、科学研究、专利发明等位居全国前列。湖南人善学习、肯吃苦、重义气、敢担当的特点，在市场发挥决定性作用的时代更有用武之地。

　　从经济条件看，以三一重工、中联重科、华菱钢铁、湘潭电机等为代表的"湖南制造"声名鹊起，广电湘军、出版湘军、动漫湘军影响海内外，超级水稻、"天河"超级计算机、轨道磁浮交通技术等重大科研成果处于领先水平，高新技术和新兴产业迅速崛起。省会长沙深入推进"中国制造＋互联网"行动，努力打造"移动生活之都"，互联网企业数、电子商务交易额、服务外包业务总量迅猛增加，创业创新文化走在前列。

　　从区域地位看，习近平总书记要求湖南发挥"一带一部"

的优势，即东部沿海地区和中西部地区的过渡带、长江开放经济带和沿海开放经济带的接合部，湖南在国家战略中处于重要几何点。目前高铁通车总里程居全国第一位，内河航道总里程居全国第三位，高速公路通车总里程居全国第六位。黄花国际机场跻身全球旅客吞吐量百强机场，居中部第一位，我国第一条商业化中低速磁浮交通快线——长沙磁浮快线已投入运营，岳阳港、长沙港通江达海。

3

空山夜静

　　贯彻绿色共享的新理念。绿水青山是湖南的最大优势和最具特色的世界级名片。近几年湖南大力推进"两型社会"建设，实施湘江保护与治理省政府"一号重点工程"，取得显著成效。行百里者半九十，要打好这场攻坚战、持久战，并以此为突破口促进"一湖四水"和山水林田湖生命共同体的保护与治理，更好地造福人民。牢固树立"以人民为中心"的发展理念和把实现"人民对美好生活的向往"作为奋斗目标，坚持规划先行、集约发展、有序实施，推进新型城市化和新型城镇、新农村建设，永葆自然、文脉和乡愁，下大力气解决群众关心的"衣食住行、生老病死、安居乐业"问题，加快推进户籍和土地制度、农业转移人口市民化激励机制等各项城市改革，打破体制、机制桎梏，使城市和农村互为依托、协调发展。

　　打造改革开放的新高地。持包容之心，取开放之态，跃出湘江逐浪长江，跳出大湖奔赴大洋，学习和对接长三角、珠三角的开放度和影响力。加快推进长株潭一体化，特别是舞好长沙这个龙头，应先期在湘潭融入长沙取得突破。放大湘江新区的核心和示范作用。在管辖范围方面，应将湘潭的九华、湘阴的滨湖纳入；在行政体制改革方面，应从管委会阶段迈入一级政府阶段，建立"大部制、扁平化、强基层"的管理架构，实现"一颗印章管审批"。以湘江新区牵头省内的5个综合保税区，按照"边研究、边申报、边改革、边建设"的原则，积极推进自贸区申报工作，进一步激发市场主体活力，成为带动全省、辐射全国的重要增长极。出台鼓励改革创新、干部容错免责的制度文件，积极在省内开展试点，鼓励大胆探索者，宽容改革失误者，鞭策改革滞后者。

建设诚信合作的新文化。制度、契约、规则是市场经济的基石，诚信、宽容、合作是市场经济的特征。引导干部群众进一步树立开明诚信、合作共赢的新观念，克服个人主义、斤斤计较的旧观念。注重覆盖全民的诚信教育，倡导以诚信为本的价值观；加快建设以政务诚信、商务诚信、社会诚信、司法公信为支撑的社会信用体系，构筑诚实守信的经济社会环境；打造服务政府、责任政府、法治政府、廉洁政府，发挥政府诚信的引领和示范作用；鼓励企业讲质量、讲信誉，打造"百年老店"，使"湖南制造"媲美"德国制造"；完善有关法律法规，加大产权保护力度，打击和治理假冒伪劣现象，使诚实守信的行为不吃亏，缺失信用的行为必问责，对触犯法律的行为依法惩处。

培植创业创新的新风潮。推动湖湘文化从政治文化向经济文化转换。进一步推进以商事改革为标志的简政放权，做好"放管服"文章，不断改善"硬环境"和"软环境"，有效解决融资、土地、用工、社保等要素瓶颈，打造中部地区乃至全国最好的投资环境。处理好政府和市场的关系，构建"亲""清"新型政商关系。扩大经济组织依法参与社会治理的空间，实现政府和企业之间的良性互动。鼓励"官员下海"和"老板从政"，最大化激活创业创新的动力、潜力。创新人才的培养、引进和使用方法，"不拘一格降人才"。既不使"孔雀东南飞"，着力造就一批具有国际视野、家国情怀、创新精神的本土新型企业家；又要"筑巢引凤"，大力引进海内外创新的领军人才、重点人才和骨干人才，使人才成为支撑湖南中部崛起和后发赶超的坚实基石。

2016 年 9 月

一湖四水

万木争春

日前，湖南省促进非公有制经济和中小企业发展工作领导小组召开会议，聚焦非公经济发展中的"堵点""痛点"，研究促进非公经济和中小企业健康发展政策措施。

从省情看，非公经济贡献了全省 50% 以上税收、60% 以上的 GDP、70% 以上的发明专利，吸纳了 80% 以上的就业，占据了 90% 以上的企业数量，非公经济体和中小企业已成为湖南经济的支撑主体。但横向比较，湖南非公经济在规模总量、产业层次、市场话语权、科技创新、核心竞争力等方面，与兄弟省份还存在一定差距，与浙江、广东、江苏等省差距更大。如浙江连续第十五年在上榜"中国民企 500 强"企业数上居全国首位。

非公经济是就业经济、富民经济，也是强省经济。非公经济活则全局活，非公经济转则全局转，非公经济兴则全局兴。加快湖南非公经济的发展，推动非公经济从"草根经济"发展为"大树经济"，从"盆景经济"发展为"园林经济"，进一步发挥非公经济在市场经济中的主体效应和基础作用，是湖南实现中部崛起和建设富饶美丽幸福新湖南的关键所在。

思想观念要更"新"。十八届三中全会提出："公有制经济和非公有制经济都是社会主义市场经济的重要组成部分，都是我国经济社会发展的重要基础。"首次提出"坚持权利平等、机会平等、规则平等"。可以预见，非公经济在社会主义市场经济中与公有制经济平等竞争、相互融合，将成为中国特色社会主义的重要特征。要发挥市场的决定性作用，就必须进一步鼓励、引导、提升非公有制经济发展，着力形成非公经济的市场主体效应，充分发挥非公经济的市场基础作用。

打破非公经济发展的"玻璃门""弹簧门""旋转门"现象，形成发展的万木争春态势。要尽快将党中央、国务院发展非公经济的新要求具体化、制度化，提高落实执行力，防止在执行中"打折扣"。抓紧清理，全面取消不合理的各类证照，全面推行"五证合一"，进一步提高市场准入效率。借鉴自贸区经验，全面推进负面清单管理，实施"非禁即入""法无禁止皆可为"。在工商、税收等方面扶持小微企业做大做强，对涉及"大众创业，万众创新"，新经济、新产业、新技术、新模式以及节能减排的企业和产品，适当调低增值税率。

要鼓励非公有制企业参与国有企业改革，在混合所有制经济中非公资本持有比重、高管人员的市场化选聘等方面力求突破。放开管制，制定非公有制企业进入特许经营领域的具体办法，鼓励和引导民间投资进入垄断行业，促进全要素生产率提高。支持民间资本投资 PPP 项目，给予民间投资更多的话语权和决策权。创新预收款质押等融资模式，解决非公经济融资难、融资贵的问题。全面推动深化开放，如服务业中的民营银行、教育、医疗、文化传媒等，优先向民间资本开放。

要把非公经济发展纳入党委政府重要议事日程和党政主要领导绩效考核内容。处理好政府和市场的关系，构建"亲""清"新型政商关系。以制度为根本，为政商交往提供可操作、规范化、具有普遍约束力的制度体系；以法治为保障，打造廉洁、安全、公平的法治环境。要推动非公经济企业加快发展转型，不断提升企业的技术能级、产品能级、品牌能级、管理能级等，尤其

万木争春

要通过吸引人才、内部激励机制建设以及股权改造等建立现代企业制度，形成企业的核心竞争力。支持非公经济做改革开放的积极探索者、发展要素的整合者、创业创新的直接推动者和解决居民就业、推动民生改善的承担者。

2016 年 8 月

空山夜静

善弈者谋势

改革是发展的根和魂，改革特别是制度的变革，是经济增长新引擎，是促进发展成本最低、动力最足、效果最持久的方式。作为中部地区的湖南，能否实现习近平总书记提出的"一带一部"（东部沿海地区和中西部地区过渡带、长江开放经济带和沿海开放经济带接合部）的战略地位，取得经济社会发展的后发赶超，复兴近现代的湖湘文化荣光，取决于能否在新一轮千帆竞发的改革大势中勇立潮头、一马当先，取决于改革的力度、广度、深度，取决于能否形成"天时、地利、人和"的改革开放大环境，取决于广大干部特别是领导干部是不是真正想改革、谋改革、善改革，争当改革促进派、改革实干派、改革创新派。

1

"中国历史上一些重大变革，都跟湖南有着渊源关系。"自曾国藩、左宗棠到清末民初，湖南一度开风气之先，造就了一批心忧天下、敢为人先的人才，在中国近现代史上占据过极其重要的位置。但是，在经济建设成为中心、市场发挥决定性作用的今天，以程朱理学为内核的湖湘文化过分强调重官轻商、重名轻利、不善合作的价值取向，显得思维僵硬、动力不足。

有什么样的人，就会有什么样的思想、什么样的事业。地处内陆、位居中部的湖南，要在新一轮改革开放中不输在起跑线上，前提是打开解放思想这个改革开放的原动力和总阀门，关键是需要一批思想解放、改革创新的人才。

进一步开展解放思想的活动。改革的程度决定发展的高度。对湖南来说，能否实现"小康梦""两型梦""崛起梦"，复兴近现代湖湘文化的荣光，这一轮全面深化改革是最好的机遇，也是"最后的机遇"。要通过组织解放思想大讨论、搭建国内外具有影响力的改革开放论坛等活动，引导干部群众树立"错过一次机会，就会错过一个时代"的机遇意识，树立"地处内陆，不能为内陆意识所缚；位居中部，不能甘居中游"的开放意识，树立解放思想、改革创新的担当意识。

全面增强市场经济观念。建立"重官主义"向"重商主义"，个人主义向合作思想转变的新观念、新思维。破除以官为生、以官为荣的"官本位"思想，鼓励"人才创业""官员下海"，通过多种形式实现自身价值和社会价值；树立开拓创新、开明包容、互利共赢的现代观念，扫清故步自封、狭隘守旧、地方主义的"思想障碍"，增强接触外部事物的气量、接收外部经验的肚量、接纳外部人才的容量。

形成改革创新的制度文化。在全球一体化条件下，国家之间、地区之间发展的快慢，已由要素的集聚变为制度的竞争。让市场这只"看不见的手"进行资源配置，加大以电视、出版、动漫、创意为代表的湖南文化体制改革，加快公司制、股份制改造，引导社会资本以多种形式投资文化产业，发挥文化的引领作用。着力推进政府职能转变促进改革创新，通过用政府权力的"减法"换取市场、社会活力的"加法"。加大干部人事制度改革力度，不拘一格降人才，建立和畅通干部能上能下、能进能出机制，形成人尽其才、人才涌流、人才兴业的大好局面。

增强改革创新的机制保障。完善和统筹医疗、工伤、生育、失业、养老保险制度，建立公平可持续的社会保障制度。建立和落实就业创业扶持、救助体制机制，鼓励全民创业、创新、创造。通过设立改革创新奖等具体措施，保障改革创新，宽容失败，鼓励地方破除"唯条件论"，大胆试点、先行先试，不断探索加快发展的新措施、新办法，努力实现经济社会发展的新突破、新跨越。

2

改革与开放是中国发展崛起的双引擎。一是对内改革，即政府主导自上而下的改革；二是对外开放，即全球化对中国由外及里的影响。十一届三中全会开始了中国对外开放的历史性转变，加入世界贸易组织标志着对外开放进入一个新阶段。

黑格尔说，历史就是回头看。中国四十多年的改革开放史证明，越是改革力度大、开放程度高的地区，就越是经济社会率先发展、跨越进步的地区。我省与发达地区比较，差距在改革开放，出路也在改革开放。

优化开放型经济的发展布局。以"一核两极"带动全省，即以长株潭城市群为核，以湘南衡阳、郴州、永州融入沿海开放经济带，湘北岳阳、常德融入长江开放经济带为南北两极，实现交通、产业全方位、高标准、无缝隙对接。大力打造、提质升级综合保税区、国家级园区、"无水港"、市场群、物流园、会展、"飞地"、标准厂房等重要载体和平台，实现"企业集中、资本集聚、产业集群、土地集约"。深入推进口岸大通关、区域通关一体化，促进贸易便利化。加强与长江中游城市群、长三角、泛珠三角区域联动，深度参与区域竞争与合作，实现共生发展、共生崛起。

放大"一带一部"的区位优势。进一步完善交通基础设施，高速公路在通车里程突破5000公里的基础上，重点打通断头路，加密长株潭城市群、重要出省通道，形成大联网、大循环；

在京广、沪昆高铁在长沙交会的基础上，推动渝长厦高铁建设，利用社会资本新建邵、永、郴等城际铁路；在民航方面，争取将长沙黄花国际机场建设成中西部地区复合型枢纽机场；水运以洞庭湖为中心，建设岳阳港、长株潭港口群、衡阳港等国家内河主要港口。

从政策洼地到环境高地。主动对接和复制上海自贸区经验，加快构建开放型经济新体制。要以自我革命的决心和意志，建立政府权力清单制度和企业准入负面清单，发布企业投资核准办法、外商投资核准备案办法，对市场主体"法无禁止即可为"，对政府"法无授权不可为"。优化政务、司法、人文、生活环境，进一步完善外资、外贸、外商服务管理体制，推动思想观念、城市功能、知识素养、企业管理、资本经营等更深层次、更广领域的国际化，引进优质跨国企业、外资银行、总领事馆以及高层次、复合型、国际化人才。积极对接、引进央企集团和区域总部。中国工商联发布"2013 中国民企 500 强"，浙江共有 139 家企业进入 500 强，连续第 15 年在上榜企业数上居全国首位，民营企业已成为浙江经济名副其实的"发动机"。应学习借鉴浙江经验，鼓励、引导、推动非公有制经济发展，着力形成民营经济的市场主体效应，充分发挥民营经济的市场基础作用。加快国有企业股权多元化和管理市场化改革，勇于吃螃蟹，敢于做先锋，在国有资本持有比重、高管人员的市场化选聘等方面力求突破。

空山夜静

3

"郡县治，天下安。"从发达国家的进程看，在城市化 30% ～ 70% 的阶段和工业化中后期，行政区划的调整、都市群和城市群的崛起成为明显特征。可以预见，随着中国经济社会的发展特别是新型城镇化的推进，中国行政区划的大变革必将开始。

抓改革，关键是抓机遇、抓创新。设立跨行政区域的"湘江新区"，既是对湖南历史上社会各界一直呼吁长株潭一体化的回应，也是深化"两型"综合配套改革试验区建设、发挥省会城市龙头作用的现实需求，更是湖南优化行政区划设置，筑建区域经济社会发展高地，进而带动全局发展的必然选择。

设立"湘江新区"首要是准确定位。湖南地处中国长三角、珠三角、长江、西部大开发的南方十字路口，"湘江新区"应定位为中国南方十字路口的核心区，按照国家发展战略新区进行规划建设，打造国家级新型城镇化示范区、创新型经济示范区、"两型"社会建设示范区、现代服务业示范区、开放型经济示范区，成为长株潭"两型"社会建设的升级版和扩容提质一体化的前驱，实现中央对湖南"东部沿海地区和中西部地区过渡带、长江开放经济带和沿海开放经济带接合部"新引擎的定位，成为带动全省、引领中部、辐射全国的重要增长极。

建设"湘江新区"的关键是打破行政区域的壁垒。长株潭城市群"两型社会"建设综合配套改革试验区获批后，成立了长沙大河西先导区等5个先行先试区，在很多方面取得突破，在全国起到了探路的作用。但规划建设一体化滞缓、产业项目同质化竞争、城市群引领作用不突出等瓶颈问题逐渐显现。归根结底还是行政体制的制约。第一步，"湘江新区"应以湘江为纽带，长沙大河西先导、大托暮云片区、湘潭九华工业区、昭山示范区、株洲云龙示范区、湘阴滨湖示范区为基础，南部以长株潭城市群接合部为重点建设，北拓湘阴作为长株潭城市群建设通江达海大都市的大通道，设立副省级行政区或行政管理区，突破行政区域的体制机制障碍，统筹新区规划、开发、建设和经济、社会管理。第二步与湘潭合并，最后与株洲合并，形成带动全省经济发展、体现经济发展实力和提升湖南地位的国际化大城市，实现"大长沙"的百年梦想。

设立"湘江新区"的根本是发挥龙头引领作用。一方面，在新区内实行更加开放和优惠的特殊政策，进行各项制度改革与创新的探索工作，推进以大部门制和简政放权为主要内容的政府职能改革，复制成功经验在全省加以推广。另一方面，着眼新一轮行政区划改革的趋势，以设立"湘江新区"为契机，推动优化全省行政区划设置。推进津市、澧县融城，打通津澧至湖北荆州的水陆交通，打造环洞庭湖经济圈西北部增长极。着力推进人口大县和经济强县实行省直管县（市）体制改革，在财政直管的基础上推进行政直管；推动有经济实力和发展潜力的地级市增区、并县和强县改市。进一步向市、县下放经济社会管理权限。大力推动新一轮并乡（镇）合村，扩大乡（镇）、村规模，优化基层政权和基层自治组织建设。释放地方经济社会发展的活力，夯实基层发展和治理的基础。

4

空山夜静

　　"善弈者谋势。""两型湖南"已经成为中部地区的闪亮标牌，更是湖南最大、最响、最具特色的世界级名片。让天更蓝、水更清、地更绿、家园更美的"两型"梦，既是崛起梦、小康梦的初衷，也是终极。如果说五区十八片作为湖南"两型"示范区、核心增长极，形成了一批"盆景"，那么当前湖南已经进入了由"盆景"向"花园"乃至向"森林"转变的阶段。全面深化湖南"两型社会"建设综合配套改革，全力推动生态文明制度创新，其势已成，其时已至。

　　抓住顶层设计的牛鼻子。"两型社会"建设已经由试验区向全省、由微观向宏观推进，必须进一步强化推进机制。应统一生态文明体制改革、"两型社会"建设、绿色湖南建设的组织领导机制和考核评价体系，各市州、县市区相应成立工作班子，形成省、市、县、乡、村联动的推进机制和工作格局，保障上下对口、统筹对接、责任落实。"两型"建设考核指标纳入各级党委政府政绩考核和全省分类指导全面建成小康社会考评指标体系。"两型"建设的重点项目优先列入省重点建设项目计划，并在资金、技术、用地、税费、信贷、风险投资等方面给予政策扶持。

　　进一步推进先行先试的改革。敢于在现有的法律体制范围内，充分发挥、大胆尝试。对领导干部实行以"两型"为重点的自然资源资产离任审计，建立生态环境损害责任终身追究制。着力推进以生态补偿为重点的区域性环境联动机制改革、以排污权交易为重点的市场化减排改革、以绿色 GDP 评价为重点的评价和监管体系改革。通过地方立法和地方让税的形式，加快区域性服务业发展。进一步扩大资源环境、土地管理、财税、投融资、行政管理等方面改革的覆盖面。成立碳排放权交易所或环境能源交易所，借鉴美国加州碳市场经验，碳排放权的分配以企业的产量以及每个行业的先进值为参照值，进而对高能效的企业给予奖励。

突出分级治理和源头治理。合理划分生态功能区，优化产业和城市空间布局，进一步明确长株潭地区、洞庭湖地区、湘南地区、大湘西地区四大区域的"两型"建设重点。加强森林、湿地生态系统建设与保护，国家和省级森林公园、自然保护区、湿地公园、风景名胜区和"三边"地区应封山育林并实施优材更替，增加森林蓄积量。加大水、土、气等突出环境问题治理力度，加强工业污染、农业污染、农村污染的预防和治理，彻底整治、取缔以小矿山、小化工、小作坊、小冶炼为代表的"四小"企业。变招商引资为择商选资，实行环保准入一票否决制。倡导绿色食、居、行、用的"两型"理念，深入推进创建"两型"企业、学校、园区、机关、门店、家庭、村镇活动，形成全民动员、全民参与、全社会共建共享的格局，实现产业发展两型化、城镇建设低碳化、农村环境生态化、生活方式环保化。

加快创新型湖南建设。整合创新资源，完善创新机制，激发创新激情。一方面，改革科研项目的形成和支持方式，加强创新成果运用和知识产权保护，建成以企业为主体的技术创新体系，打造一批国家级企业技术创新平台，提高企业自主创新能力和综合竞争力，加快经济提质增效升级。另一方面，大力发展高技术含量和高附加值的高新技术产业和现代服务业，抓住移动互联网、三网融合、云计算、物联网等新技术带来的发展机遇，将信息化作为经济转型升级的"新引擎"，加快发展移动互联网创意产业。同时，积极推进社会管理理念、体制、机制、制度、方法创新，积极培育社会组织，健全支持发展志愿服务组织机制，打造一批公共环保品牌，助推"两型社会"建设，提高社会治理水平。

2015 年 7 月

空山夜静

荣光

历史潮流，浩浩荡荡。改革是主潮流和大趋势，改革发展中出现的问题需要用改革的办法来解决，停顿和倒退没有出路。但是要看到，改革从来不会一锤定音、一蹴而就，特别是今天的改革，新旧观念激荡，不同利益抵牾，各种诉求博弈，改革的风险和难度在增加。对改革过程中出现的不和谐杂音，改革举措上执行不到位的现象，官员的懈怠思想和不作为，要引起高度重视并加以解决，否则就会影响、延宕改革，甚至会颠覆、葬送改革的成果。

事业发展，关键在人。20世纪80年代改革的成功，关键是对改革促进派的大胆起用，一大批年富力强、德才兼备的改革者走上各级领导岗位，为改革注入动力、活力，形成了在内和在外联动、中央和地方齐举的新局面和大气候。如中央委派习仲勋、任仲夷、项南等改革派大将主政广东、福建沿海地区，目的就是"打破死气沉沉的局面"。当前，在改革已经进入深水区和攻坚期的关键阶段，提出"重用改革促进派"，既昭显了中央改革的决心，也切中肯綮。

重用改革促进派，要旗帜鲜明，树立一种导向。"用一贤人，则贤人毕至；用一小人，则小人齐趋。"要按照十八届三中全会的部署，着眼改革大局和事业发展，加快干部人事制度改革，打破身份、资历、学历、年龄的限制，拓宽选人视野和渠道，构建有效管用、简便易行的选人用人机制，择天下英才而用之。研究制定干部破格提拔办法，对破格提拔的范围、对象、具体条件和工作程序做出规定。同时，不断完善政绩考核和干部评价体系，建立"第三方评估"制度，推动官员由"对上负责"向"对下负责"转变。打通上下进出渠道，杜绝"牛骥同槽，庸杰不分"，真正做到"贤者上，庸者下"。

推动改革顶层设计和基层探索互动，鼓励地方、基层、群众解放思想、积极探索，特别要鼓励支持改革者在遵守中央大政方针和法律法规的前提下，大步走、大胆试。当前，继续做好市场经济、创业创新创造的"加法"和政府精简机构、简政放权的"减法"；适应"省直管县"要求，推进行政区域体制改革；加大国企改革、户籍改革的纵深力度，加快推进学校、医院去行政化改革；确保基层政治民主改革的实施等，这些都还有很大的改革空间，能较好实现改革的溢出效应。在这些领域，必须用改革的魄力和刚性来破除改革的"塔西佗陷阱"。

面临稍纵即逝的"改革窗口期"，更加要依靠改革促进派的冲锋陷阵、多点开花。允许改革犯错误，不允许不改革。要坚持惩治犯罪与保护改革相统一，正确把握改革创新失误与严重失职渎职、一般性错误和严重违纪违法的界限，鲜明地支持干事者、保护改革者、宽容失误失败者，追究诬告者，惩处腐败者。同时，有效化解在一些官员中存在的"干净和干事""守规矩和干事业"对立的思想，引导和支持官员"想干事、会干事、干成事、不出事"。加强纪检监察机关、效能管理部门和社会对官员的监督，并形成合力。推动新闻立法，鼓励新闻舆论在法律的框架下对政府和官员进行监督，营造为官有为、为官敢为、为官必为的环境和氛围。

2015 年 5 月

无法替代的资本

企业是微观经济学研究的对象,是从事生产、流通、服务等经济活动的一种营利性的经济组织。企业管理是对企业的生产经营活动进行组织、计划、指挥、监督和调节等一系列职能的总称。从 1602 年世界上第一家股份制公司诞生,到 19 世纪末 20 世纪初现代企业的兴起,企业管理成为社会化大生产发展的客观要求和必然产物,直接关系到企业的兴衰存亡乃至整个市场经济的发展。在科技高度发达、产品日新月异、市场瞬息万变的今天,如何在波澜壮阔的企业史中分析梳理、研究并得出企业管理的一般性原则,对于推动我国企业的良性健康规范发展,充分发挥企业在社会主义市场经济中的主体作用,显得愈益重要。

现代企业在 20 世纪初诞生于美国。由于工业技术的发展，生产规模不断扩大，竞争加剧，产生了大型企业；经营权与所有权分离，形成职业化的管理阶层；普遍建立了科学的管理制度，形成一系列科学管理理论，从而成为现代意义上的企业。

与之相对应，企业管理从 19 世纪末开始形成一门学科，到今天已走过了一百多年的历程，其间经历了一些重要的发展阶段，产生了许多具有重大影响的思想和学派。主要有：以弗雷德里克·温斯洛·泰勒为代表的科学管理学派、以亨利·法约尔为代表的古典组织理论学派、以哈罗德·孔茨和西里尔·奥唐奈为代表的管理程序学派、以亚伯拉罕·马斯洛、弗雷德里克·赫兹伯格为代表的行为科学学派、以埃尔伍德·斯潘塞·伯法为代表的管理科学学派、以弗里蒙特·E·卡斯特为代表的系统论和以琼·伍德沃德为代表的权变理论。

科学管理学派认为，可以科学地制定各种类型工作的方法和对从事工作的人员进行选择、培训和激励考核。古典组织理论的产生是为了实现对庞大的组织系统进行管理，该理论试图确立有效管理的原则和技能。管理程序学派把管理人员的工作划分成计划、组织、人事、领导、控制五大职能，然后对这些职能进行研究，并从丰富多彩的管理实践中探求管理的基本规律。行为科学学派运用社会学和心理学以加深对员工的了解，提倡要善于用人，强调个人目标和组织目标的一致性。管理科学学派是伴随着计算机的广泛应用而出现的，认为组织、决策的人均是理性人，重视定量分析在管理过程中的应用，依靠建立一套程序和数学模型以增加决策的科学性。系统论要求管理者能从总体上对组织和外部市场的变量给予把握，提倡用系统的观念来考察组织结构及管理的基本职能。权变理论则侧重管理变量之间相互关系的研究，提倡管理方式随着情境因素或者权变因素的不同而改变。

在企业组织和管理理论不断演变的过程中，呈现出一些带

空山夜静·

有共性的特征和趋势。

从经验到科学。企业管理作为一门学科的兴起，改变了传统的以个人经验为主的管理方式，形成了新的认识论和方法论。比如，泰勒的科学管理原理如今已发展为工业工程学，以人为本的管理已发展为行为科学，将数学运用于管理已发展为运筹学。

从生产技术层面到组织层面。法约尔的古典组织理论发展了泰勒的科学管理原理，将管理思想从生产和技术层面扩展到组织和制度层面，管理成为对组织状态与结构精心并持续的整合过程。

从"组织"到"人"。霍桑实验、马斯洛的需求层次理论以及人力资源理论，认为人是组织的重要资源，是企业价值的创造者，将调动人的积极性和创造性作为管理的重要内容和课题。

从封闭系统到开放系统。由于我们今天所面临的是一个大信息、快节奏、高频率且充满不确定性的外部环境，企业管理必须引入外在变量和动态因素，包括：组织与组织之间的互动关系、全球化、社会责任以及信息技术革命对企业管理的影响等。

2

我国企业经历了长期有计划的社会主义经济、社会主义商品经济、社会主义市场经济等历史阶段。改革开放以来，中国经济逐渐以开放的姿态，融入世界经济和市场经济的大潮。特别是加入世界贸易组织（WTO）后，我国企业直接面对国际市场和国际竞争。以全球化的视野审视我国企业，我们会发现，我国企业在规模、装备、技术等硬实力方面和国外先进企业的差距已不是很大，但是在软实力方面，尤其在管理方面，我们和国外先进企业的差距比在硬实力方面所显示出的差距要大得多，已经成为严重制约企业做强做优、科学健康发展的瓶颈。

制度不健全、不到位。公司的法人治理结构不够完善，或者是有形无实。产权关系模糊不清，导致政企不分、产权主体虚置。管理经营模式行政化、官本位色彩浓厚，公司治理隐含内部人控制。比如，我国上市公司法人股"一股独大"的状况比较严重，许多独立董事是由公司的领导或管理层拉来或请来的"人情董事"。2022 年深交所曾在网上发布"上市公司治理结构调查问卷"，调查结果显示，上市公司独立董事 86.36% 是由公司董事会提名，15.06% 的独立董事则直接由大股东或实际控制人提名，由上级主管推荐的占 5.7%，公开招聘的独立董事只占 1.99%。

多数中小企业实际上仍然属于家族所有型企业，产权集中于创业者及其家庭成员手中。家族式管理模式主要是以血缘和亲缘关系为主建立起来的。凝聚力和团结力较强，管理层级少，成本低。但这种原始的企业产权形态的弊端在于企业拒绝内部市场化，限制了企业在经营者选择方面的灵活性，致使管理效用大打折扣，甚至阻碍企业自身的发展。

"人本"管理观念淡薄，管理以物为主。企业在管理理念上"物本"观念突出，强调对设备、厂房、资金、物料等的管理。企业对人员的管理只是生产要素式管理，通过下达指令对其生产行为进行组织、安排，忽视了人力资本这种特殊生产要素的增值潜力。没有充分调动各种人才的积极性和创造性，更没有把人才价值上升到人力资本的高度去认识并加以落实，直接影响企业重大决策及日常生产经营管理工作的效果。比如，国企普遍存在的体制内、体制外员工在薪酬、待遇、保障方面差距巨大的"两张皮现象"。

发展规划、经营战略及经营方针不明确。首先，企业在发展过程中，缺乏制订企业长远发展规划的意识，对企业自身定位也不够准确。其次，由于企业家自身素质的局限性，以及体制、机制的原因，往往无法应用科学的决策手段和方法规划企业的发展战略，决策中主观臆断占主要地位。最后，企业管理战略执行力度不够。企业管理战略的实施需要有相应的制度和机制来保证，而且在管理战略应用中一旦发现问题，还要有健全的改正机制引导战略发展走向正轨。

创新意识不强，缺乏核心竞争力。这些发展多是以资源的滥用、环境的恶化及低廉的劳动力为代价换来的，多数企业并没有沉淀下自己的核心技术，研发投入与产品创新不足。随着成本的日趋增高、经济全球一体化的加剧，以及节能、环保责任的加重，企业经营和竞争的压力增加。

需要指出的是，改革开放以来中国所进行的经济体制改革和对外开放政策的实施，极大地促进了中国企业现代管理思想的发展，中国企业现代管理思想发生了极为深刻的变化。

企业开始面对市场，打破封闭型的管理，市场、竞争和效益观念逐步增强。注重市场研究，提高产品质量，加强市场营销，从而增强企业的活力，扩展发展的空间。

在新的形势下，企业在转变经营机制的过程中，以提高企业效益、调动职工积极性为目的，逐步建立有效的运行、激励和约束机制。

现代企业在经营管理中，更加重视资金、技术等企业内部条件和外部资源环境问题的研究，并针对企业自身的特性和发展目标，按照需要有效配置和利用各种资源。

企业组织在继承民族文化传统的基础上，结合本企业特征，逐步形成企业的基本信念、价值观念、道德规范、规章制度、行为准则、文化环境、产品品牌和经营战略等精神支持系统。

3

企业管理发展到今天，已经形成一套固有的"现代公司法则"，具有较为规范的公司治理结构。我国企业必须主动适应企业全球市场竞争和国际化经营的需要，尊重、学习和借鉴发达国家企业管理的一般规律和基本原则。

邓小平同志说："制度好可以使坏人无法任意横行，制度不好可以使好人无法充分做好事，甚至会走向反面。"吴敬琏先生在《发展中国高新技术产业：制度重于技术》一书中指出，美国硅谷的成功是制度的成功。要想基业长青，制度比人更靠得住。

产权制度改革是公司法人治理结构的核心。现代公司治理结构是建立在一个多元、分散、可流动的股权结构上的组织形态。股份制改造和股权多元化、分散化、法人化应当成为企业改革的思路。以著名的松下电器公司为例，它的第一大股东是住友银行，股权为4.6%，其他大股东也多为法人，松下幸之助在八十多年前创业时是100%独资，经过几十年的发展变化，现在松下家族在松下公司只占有2.9%的股权，也就是说，法人企业相互持股发展到一定程度，个人股权比重会大幅下降，这就使企业的归属变得越来越"模糊"。

　　公司治理结构是规范股东、董事会、经理班子责权边界及相互关系的一组制衡制度安排。世界500强企业基本上都是严格实行所有权与经营权分离、股东与管理层分设，董事会、监事会、经理层之间相互制约，关系平衡。但世界上从来没有尽善尽美或一劳永逸的制度安排。制度化不是寻求最好的制度，而是确立最优的过程。

　　母公司和子公司的关系。子公司在法律上是一个独立的主体，管理上只是系统中的一个单位。我国企业成长过程中普遍形成了集团内部多级法人体制、多级投资中心、子公司股权多元化。这种模式的优点是经营灵活、发展迅速，缺点是容易出现战线过长、信息失灵、管理控制成本过高等"大企业病"。欧美很多公司，母公司是股权多元化的上市公司，但其子公司则不是股权多元，而是全资持有的非上市公司。内部权力配置相对集中。总部承担战略性决策并直接控制投资、财务、融资、人事、法律等事务，行使监控、评价、过程管理等方面的功能；下属子公司作为一个专业化的生产与经营单位，不是投资中心，而是一个利润中心或成本中心。

　　需要指出的是，四十多年的改革开放及其深化，特别是加入WTO以后，已使我国的企业深入地参与到激烈的国际竞争之中。面对充满机遇和挑战的市场，我国企业应加快在法律规范框架内建立现代企业制度，包括股权、组织、管理制度、财产归属的界定等，运用国际规范的企业管理经验和方法，提高企业的竞争能力。

空山夜静

事业成败，关键在人。企业作为一个动态的、开放的技术经济系统，人是最积极的因素，是企业活动的主要承担者。以人为核心，充分发挥人的主观能动作用和创造精神的科学管理方式，是企业管理的最高境界。21世纪"科学管理"的前提和基础就是对人力资本的优先投资，培养出优秀的管理者和出色的员工。

　　逐步建立和完善职业经理人的制度。中国企业家调查系统显示，国有企业的86%，集体企业的58.4%，三资企业的33.3%的厂长经理是由"上级主管部门"任命的。在企业职业经理人的评价体系中，将"上级主管部门"的评价视为首要标准的占62.1%。这种情况表明，培养职业企业家的机制远没有形成，反而产生了"官本位"企业家。企业应当根据需要选择人，不是评选优秀，这是一个供求关系。当前应抓住全球人力资源结构调整的机会，优化人力资源结构，加强人力资源管理，提升人力绩效。

　　不拘一格用人才。打破学历、职称、资历、身份的限制，把品德、知识、能力和业绩作为衡量人才的主要标准。比如，海尔的"英雄不问出处"的人才使用机制，日本索尼公司创始人盛田昭夫主张的"烧掉简历"式用人观。大成功靠团队，小成功靠个人。管理者还有一个重要的责任，就是把优秀的人才凝聚成团队，把有着诸多问题的团队变成目标一致、分工协作、工作高效的团队。

　　合理有效的激励和约束机制。美国心理学家马斯洛认为人有五个需求层次：生理需要、安全需要、社会需要、尊重需要、自我实现需要；中国哲学家冯友兰把人的一生分为四个境界：自然境界、功利境界、道德境界、天地境界。具体到企业，就是应更加尊重和关注员工的需求和行为。管理者应当根据企业自身发展阶段、员工特点和组织文化等情况选择合适的激励方式，做到物质激励与精神激励相结合，短期激励与长期激励相结合，形成一种可以最大限度获取人才、培养人才、发挥人才的创造力和潜质的有效管理机制。同时通过加大奖惩力度、实行末位淘汰等手段进行约束性管理。企业是"赛马场"，不是"养老院"，应防止"劣币驱逐良币"现象的发生。

"安而不忘危，治而不忘乱。"近年来，国际、国内形势风云激荡，新情况、新问题、新矛盾不断出现。面对复杂的经济形势带来的巨大经营风险，企业必须有高度的风险意识和强大的控制风险能力。风险主要来自市场的不确定性和企业内部控制不力。强化企业的内部控制已经成为发达国家治理公司的重要手段，如美国审计权威机构 COSO（1994）、巴塞尔委员会等。我国企业应当按照国际规范的内控原则和系统框架，尽快建立适合中国国情的企业内控组织结构，如建设内控的执行系统（内部控制委员会）和监督系统（内部审计委员会），尽快在体制上明确高级管理层在这方面的责任，加强对内部、外部所有风险的总体研究和控制。

决策的科学化、系统化、制度化。科学合理的决策是企业经营管理的基础和核心，国内有人曾做过统计，中国企业的失败，85%是决策失误在起主导作用，每年因决策失误而浪费的投资达数百亿元人民币。企业决策应当严格遵循经营决策分析的基本程序和原则，准确把握经营决策分析的常用技术方法，正确应用经营决策理论和技术方法解决实践中遇到的问题，并不断强化科学民主决策意识，努力提高决策分析水平。

建立规范的财务管理体系和内部控制制度。财务管理的一项基本原则是审慎。应当重视并抓好资金的筹措、配置、安全和效益，降低和防范财务系统自身产生的风险。同时充分利用财务模型等工具加强对企业经营活动、资产结构、债务结构等状况的风险分析，为管理层决策提供可靠依据，不断强化财务的"防火墙"功能。

进一步强化基础管理。基础管理是企业各项经营管理活动的共性内容和重要支撑，也是衡量企业管理水平的重要标志。一个企业确定了战略和规划之后，具体工作主要包括生产经营活动、资产和资本的运作及内部的管理等基础管理内容。同时必须确保制度的执行力。很多企业都不乏健全的制度条文，但是制度实施中却存在偏离甚至失灵的问题，根源是缺乏制度的执行力、缺少执行者对制度的敬畏和呵护。因此，要确保制度

空山夜静

的执行力，同样也需要"付出极高的违规代价"的制度安排。

著名经济学家于光远说："关于发展，三流企业靠生产，二流企业靠营销，一流企业靠文化。"美国通用电气杰克·韦尔奇说，文化是企业无法替代的资本。企业文化是企业核心竞争力的源泉，企业文化素质是形成企业核心竞争力的关键所在。企业文化具有五个方面的特性：一是偷不走，二是买不来，三是拆不开，四是带不走，五是溜不掉。

企业文化最核心的内容是企业的价值观。张瑞敏这样定义海尔企业文化："海尔的企业文化分为三个层次，最表层的是物质文化，即表象的发展速度、海尔的产品、服务质量等；中间层是制度行为文化；最核心的是价值观，即精神文化。"企业价值观代表了企业的基本信仰和行为准则，具有号召力、凝聚力和向心力，并具有导向性、原则性和规范性。它体现在企业的理念、精神、作风、管理模式、人才观念、用工制度等方面，是一个企业最宝贵的经营优势和精神动力。

具体来讲，企业文化应该着重塑造以下几点：树立正确的经营理念，优秀的企业文化重视利润，但并不崇尚利润至上，而是通过满足利益相关者的利益需求来获取合理的利润，在与利益相关者的共存共荣中求得存续和发展；追求良好的人文精神，协调和统一各方的目标、价值和行动；通过持续的科学合理的培训来不断提高员工的素质。同时，做到内容与形式的统一，表象与实质的统一，并且与本企业的技术特点和经营管理相结合。

公司品牌是企业文化的外在体现，是企业文化的重要组成，塑造和提升丰富而独特的品牌文化是锻造企业核心竞争力的重要前提。文化塑造品牌，品牌源自文化。现代社会既是一个信息社会，也是一个信用社会。那些品牌优秀、形象良好、可持续发展的企业，往往不仅是技术领先、管理先进的企业，还是对社会负责任的企业，是能将经济、社会、环境、伦理以及企业利益相关者的责任成功地融入企业战略、组织结构和日常商业经营过程中的企业。

没有适合所有企业的标准化的管理模式，只有适合本企业实际情况和特点的管理模式；没有恒定不变、一劳永逸的管理模式，只有动态的、与时俱进的管理模式。互联网、物联网、云计算、三网融合等新技术的出现，不但催生了许多在20世纪未曾有过的新兴产业和虚拟化、网络化的企业形态，而且也在迅速改变着传统的企业理论、商业模式、管理理念、运营形式和管理方法。

创新包括思维创新、技术创新和产品创新、组织与制度创新、营销创新、文化创新等。比如思维创新，这是一切创新的前提。产品（服务）创新，手机在极短时间内从"模拟机→数字机→可视数字机→可以上网的手机"更新演变，生动地告诉我们产品的创新是多么迅速。组织与制度创新，包括以组织结构为重点的变革和创新，如重新划分或合并部门，流程改造，改变岗位及岗位职责；以人为重点的变革和创新，即改变员工的观念和态度，包括知识的变革、态度的变革、个人行为乃至整个群体行为的变革；以任务和技术为重点，任务重新组合分配，更新设备、技术创新，达到组织创新的目的。企业创新首先应倡导树立全方位创新理念，建立创新激励机制；其次，具备鼓励创新的开放系统，倡导学习和提升个人工作技能；再次，公司在资源配置上要倾斜。最后，加强创新方面的训练，提升创新技能。

加快信息化建设，提升企业管理现代化水平。信息不仅是企业活动中必不可少的要素，而且成为企业经营、研发和管理工作的基础，成为提升企业技术能力和管理效率的有效平台。信息技术已全方位参与流程再造、组织变革、管理方法变革、供应链管理，渗透到企业价值链的各个环节。"信息与交流"已是企业管理中的一项不容忽视的重要职能。企业内部的信息化过程，重塑了企业运营方式和管控模式的过程，把传统管理中"人对人"的管理变为在电脑上流动的"轨道化"管理。像海尔主动创建适应信息化、互联网时代的新的管理模式，将传统管理模式变为人单合一双赢模式，将传统组织结构的正三角模式创新为倒三角模式，将传统损益表、资产负债表和现金流量表创新为每个自主经营体的损益表、保证事前算赢的日清表和每个员工的人单酬表，取得了卓越的成效。

　　"只要找对路，就不怕路远。"深刻思考、努力探索互联网时代新的发展思路和管理模式，已是我国企业加快转变发展方式，增强国际竞争力，推动国家经济转型的迫切要求。比如，企业管理范畴和边际的变化。信息化、网络化将传统生产条件下的厂域空间管理大大延伸，以价值增值过程和相关利益者关系形成"链条"，又以"上下游、国内外、点对点"为基础形成网络，在看似无形的超视距范围内实现有形管理，在全球可以方便地实施异地同步的零时差运作，企业由此获得了前所未有的发展空间。又如战略管理的创新，已从"橄榄型"向"哑铃型"管理模式转变，即由过去偏重生产管理向重视技术开发和市场营销的转变。再如组织结构的创新，要变革内部严密的层级结构和部门分割，让生产过程通过流程化、标准化、模块化更加敏捷、灵活，更加贴近市场，更容易进入市场。

2012 年 3 月

无法替代的资本

量

集体林改被誉为中国农村新一轮调整生产关系和解放生产力的改革。国务院于 2008 年 6 月 8 日发布的《中共中央国务院关于全面推进集体林权制度改革的意见》明确要求，用 5 年左右时间，即到 2013 年基本完成产权明晰的改革任务。这项涉及全国 4 亿多农民切身利益的"民心工程""德政工程"，其指向及成效，令人关注。

1

2006 年以来，推进集体林权制度改革连续四年被写入中央一号文件。这项涉及林地制度重大转变的农业改革，被称为农村继 30 年前分田到户后的"第二次革命"。细溯过往，不难发现，集体林权制度改革并非肇始于今，而是几乎与"分田到户"同步，即指 1981 年 3 月 8 日，中共中央、国务院颁布《关于保护森林发展林业若干问题的决定》，实行"稳定山权、林权，划定自留山和确定林业生产责任制"的林业"三定"政策，农民划分自留山，承包责任山，全国大部分省份将 80% 的集体林分到户。

"三定"改革之前的林业，是典型的"大锅饭"。例如，农民在集体林场劳动却没有收入，要回到原生产队记工分，即所谓"劳动在场，分配在队"。十一届三中全会以后，家庭承包制推行，农业"大锅饭"被彻底打破，林业的改革顺理成章，水到渠成。"三定"之后，1985 年中共中央、国务院发布《关于进一步活跃农村经济的十项政策》，取消统购统销，开放木材市场，进一步推进林业改革步伐。遗憾的是，这场以"三定"为标志的林地制度改革，很快昙花一现，与方向本来一致的"分田到户"改革南辕北辙，渐行渐远。1987 年，中共中央、国务院发布《关于加强南方集体林区森林资源管理坚决制止乱砍滥伐的指示》，要求"严格执行年森林采伐限额制度""集体所有集中成片的用材林，凡没有分到户的不得再分；已经分到户的要以乡或村为单位组织专人统一护林"。林业改革旗偃鼓息。

对这场被认为基本失败的改革的原因，至今仍是众说纷纭，莫衷一是。

有学者认为，当年"林业三定"改革的方向并没有错，导致其失败的根本原因在于分田到户后，农民生产积极性的提高及快速致富的冲动与林业的特殊性质发生冲突。换言之，就是"均山到户"特别是取消统购统销后，历来以"靠山吃山"为生存手段的林区农民自主权突然释放，加之外部市场林木需求量急剧上升，价格飞速上涨，而相应的管理和法律政策等配套措施没有跟上，从1985 年开始，各地相继发生"乱砍滥伐"事件，并呈蔓延加剧之势。以南方九省区为例，一年之内森林资源消耗量达 1.6 亿立方米，是同期林木生长量的 1.5 倍，林业改革被紧急叫停。

原国家林业局政策法规司司长、中国林业经济学会原秘书长陈根长则认为："均山到户"的主体是对的，只是因为在指导上犯了错误，把"三定"变成了"分山收权"。例如，木材价格在 1985 年放开之前统购统销是 50 多元 / 立方米，放开之后林农卖出的价格上涨到 300 ～ 400 元 / 立方米。林农对这种市场化的改革当然举双手拥护。改革常常是一把"双刃剑"，在广大林农得到利益的同时，却对地方林业企业造成了极大冲击，损害了在计划经济体制内生存的林业职工的利益。在各种压力下，有关方面采取了"削足适履"的做法，转而增加林业税费。据统计，当时南方集体林区在流通环节征收的税费，除国家规定的 25% 的"两金"（育林基金和更改基金）外，还有农村农业特产税、零售营业税、城市建设维护税和教育费附加、林区建设管理和林政管理费、市场管理费等十多种，超过木材销售价格的 50%。林业改革的成果和林业的绝大部分收益被地方财政和相关部门获得，作为改革主体的林农反而得之甚少，林农手中的"林权证"实际上毫无用处。这些做法极大地违背了改革的初衷和林农的愿望。而林改停摆之后，集体林地的承包经营权实际上掌握在极少数乡村干部手中，林农基本上无话语权，山林流转的结果是集体财产的流失和广大林农利益的严重受损。

　　纵观林业改革的过程，脱离不了"一放就活，一活就乱，一乱就收，一收就死"的计划经济窠臼。之后，在其他经济领域乃至政治、社会、文化领域的改革逐步深入全面深化的同时，林业改革却是"这里的黎明静悄悄"。相反，林业由国家投入、经营和管理乃至"包办一切"的计划经济特征愈加明显：中央财政对林业投入由 1984 年森林法出台之前的 6 亿元，剧增至 2007 年的 500 多亿元；林业系统队伍日渐膨胀，多数国有林区，其所辖区域、范围、人口，相当于一个大一点的乡镇，但级别、规格却等同于一个县级政府，党委、行政、组织等班子一应配备，有的甚至还设公、检、法、卫生等机构。"食之者众"，庞大的人员、机构势必造成"因人设事""以费养人"等现象发生，以至于在一些地方，育林基金实际上用来养活林业系统的职工，更改基金用来养活原来的木材公司。

　　相对于农村耕地制度的渐进改革，新一轮集体林权改革市场化的取向非常明晰，强调林农对承包的林地享有占有、使用、处置和收益权利，可以说是一步到位。其原因在于一方面集体林改是 30 年农村耕地制度改革经验的累积，另一方面得益于森林法、农村土地承包法、物权法等相关法律制度的相继出台，进一步从法律层面上提供了制度保障，拓展了操作的空间。

　　由于新一轮林改"激进性"的特点，再加上给出了时间表，即用 5 年左右的时间完成"明晰产权、承包到户"的任务，一些地方推进林改时急于求成，有的甚至布置工作时大大缩短期限，试图在一两年内完成全部林改任务。据记者调查，在某些省份，为了在限期内完成林改任务，基层官员甚至要举行"林改"宣誓仪式，实行奖快罚慢的奖惩机制。有的理解出现偏差，把林改"均山到户"理解为"重新均山到户"，是推倒了重来，人为割断历史，导致出现新的矛盾和问题。有的简单地把旧的林权证更换为新的林权证，不重视解决上轮林改遗留下的矛盾和问题。有的不顾区情、社情、林情的差异，采取"均山"的"一刀切"模式。有的完成主体改革后，忽视林业税费减免、森林资源流转、采伐管理、林树抵押等配套改革的建立和完善，工作滞留于承包到户阶段。

　　另外，国家出台的林改意见鼓励林改在均分到户后，进行林地和林木二次流转。中央的意图很明显，通过市场机制使资源转化为资本和资金，实现经济效益最大化和资源利用最大化。但从具体的操作过程看，变成"歪嘴和尚念错经"。一些试点地区在初次分配时就进行了招标，把集体林权一次性地让渡到少数人手中，并美其名曰"一分就富"。更有甚者，一些地方官员利用农民知识、信息上的不足，借林改之机，以极低的价格从农民手中买进几百亩甚至几千亩林地，进而或囤积，或再流转兑现利益。有学者因此总结说，林地改革本应是像二十多年前的"农村土地改革"那样引来农民的欢呼，可惜的是，真

量

正源自农民的欢呼很少，倒是政府官员和商业造林公司、木材交易贩子欢呼声很大。个中原因，发人深省。

当然也有"一分致富"的范例。譬如江西和福建的部分竹林地区。按照三农学者李昌平的分析，一是这些地区大面积生态生产力和潜在"保护性开发"经济价值很高的竹林，都是由于过去林改不彻底、坚持集体体制不变才保存下来的。例如，福建省三明市在 20 世纪 80 年代初林改时并没有"一分了之"，而是提出"分股不分山，分利不分林，折股联营，经营承包"，避免了当时的乱砍滥伐，保护和发展了森林资源。二是这些地区具有竹产品加工的产业基础和市场环境。从某种程度上说，这些地区的"一分致富"经验并不具有可复制性和可推广性。

解读中央出台的有关这次林改的政策，可以得出，这次林改的核心是落实"林权"。"明确主权"，承认并明确农民在集体林改中的主体地位，是当事人、决策者、受益方，林改方式由农民选择，林地经营由农民决定，林改成果由农民共享。各级组织和部门在推进林改过程中，要充分尊重农民意愿，不能越俎代庖，更不能与民争利。"明晰产权"，要先"难"后"易"，使产权勘定、登记、发放工作不留死角，不留空白，不留问题。例如，江西在林改时把集体山林分到户，每宗林地都由专业人员上山勘界勾图，输入电脑，再确权发证，每个林权证上附有林地的地图，成为经得起群众校验、实践检验、历史查验的"铁证"。"明白事权"，政府主要是"搭台"，建立森林资产评估、森林资源流转、林业投融资等平台，促使森林资源效益最大化。而由"林农"自由唱戏，保证林农对持有的林地和林木的处置权、收益权。

事实上，集体林改并非单骑突进，而是要整体推进包括国有林场和国有林区在内的林业体制综合改革乃至基层政府体制的改革。譬如林改后除按规定标准征收的"两金"（由原来的20% 降为10%），其他涉林收费项目一律取消，以"两金"为经费来源的林业系统自然是首当其冲，一些把林业税费作为主要财政收入的林区基层政府也难以为继。如果不进行相应的财政、行政、税费等体制改革，集体林改最终也无法取得预期成效。

湖南省怀化市为解决"以费养人"的问题，按照每6000亩林地1个编制的标准核定林业部门编制总额，并全额纳入财政供养，同时配合林改调整充实林业内设机构，新设公益林管理站、林地林木产权管理站、产权交易管理站、林业综合执法大队，融合林政、森林公安、森林防火、野生动物保护、种苗、木材检查站等单位的行政执法职能，成立统一的林业行政综合执法大队，初步实现了机构的精简和职能的转换。江西省林改时首先减税让利，把原来靠林费收入，有"第二财政局"之称的林业局改为全部由财政供养，省政府批准统一省属森工企业土地出让金的80%返还用于职工改制。

3

人类的现代文明一方面促进了工业和物质的巨大进步，另一方面由于对森林和湿地的过度利用和破坏，加剧了气候变暖、土地沙化、水土流失、干旱洪涝、物种灭绝等严重生态危机，极大威胁着人类的生存和发展。据英国有关气候变化评估报告预测，到2035年，气候变暖造成的损失相当于20世纪30年代的经济大萧条和两次世界大战损失的总和；而专家研究表明，全球温室气体排放量到2050年应比目前减少90%，才能将全球变暖幅度控制在2摄氏度以下。

2008年年初，一场特大雨雪冰冻灾害横扫中国南方，林业成为重灾区。据测算，受灾严重的湘、粤交界的南岭地区，森林生态要恢复到灾害之前的水平，至少需要三四十年时间，这其中以松树、杉树、桉树等速生林和经济林最为严重，几乎是遭到毁灭式打击，而原始森林的部分，受灾程度则轻得多。

其实历史上并不缺乏这样的教训。例如，18、19世纪德国在工业化的驱动下放弃天然林、混交林，全部种植速生树种纯林，结果走了二百多年的弯路。而新中国成立后我国为弥补多次森林乱砍滥伐导致森林面积急剧减少的损失，大范围推广单一或几个树种的植树造林，结果把很多原始林生态系统给替

量

换成了各种类型的人工纯林。

这应当给人们足够的警醒。森林被喻为"地球之肺"，但片面地关注森林覆盖率和森林蓄积量是不够的，只有当森林担当起生态效益、生物多样性效益、水土保持效益、碳汇效益、自然景观效益的时候，才算是发挥了森林的特有功能。好在这样的共识正在凝聚。

建设功能完善的森林生态系统亦是此次集体林改的题中应有之义。从这个角度上，可以考虑在这次林改公益林与商品林的划定中，增加公益林的划定面积，一方面把天然保护区、自然保护区、国家和省级森林公园、国有林区和林场、部分集体林纳入公益林区的范畴，把原定商品林中生态区位重要或生态状况脆弱的林地调整为地方公益林；另一方面鼓励农民在沿水（江、河、水库）、沿居（乡镇、村集居地）、沿路（国、省、县、乡、村道）地区种植公益林。公益林主要承担生态保护功能，属于公益事业，国家财政应当逐步加大投入。当然，这不是吃"大锅饭"；相反，要进一步加快国有林场和林区的改革，取消其"大一统"的行政功能，实现按公益林面积核定人员编制，建立职业（专业）护林队伍。例如，设置森林职业警察，承担林区宏观的管理活动，把林区看护、防火、育林等工作通过有偿委托的形式交给林农、协会和其他中介组织办理。

还可以换种思路去实现"兴林富农"。比如，提倡"不砍树，能致富"。集体林改后，农民由于信息的闭塞和致富的冲动，很可能将分到手的林木一砍了之，林地一卖了之，表面上看是迅速致了富，实际上是竭泽而渔，自断后路。要引导林农从"砍树致富"向"不砍树致富"转变。例如，在规范林木采伐管理的同时，通过配套政策的建立和完善，使农民手中的"林权证"主要成为林业贷款抵押、林业补贴发放的凭证，成为"一朝拥有，天长地久"的福利保证；在按规定标准征收的"两金"中提取生态补偿金，或把"两金"中的"更改基金"改革为"生态补偿基金"，全额返回给种植公益林的农民；建立多渠道公益林补偿资金筹集机制，按照"谁受益，谁补偿"的原则，从水电、供水、废气排放企业、生态旅游等相关企业中提取一定的生态收益补偿金，还可从二氧化碳减排权交易费中提取一定的生态收益补偿金，用于恢复建设森林生态系统，补贴种植公益林的农民；根据林业险种具有明显公益和公共产品的性质，建立公益性、政策性补助的森林保险制度，最终使农民种植公益林的收益超过种植商品林的收益。同时推动单纯的林木产业向林下经济、林副产品、森林旅游等方向转变，使森林产业成为生态、环保、可持续发展的产业。此外，在环保逐渐升温、生态愈加被重视的今天，鼓励企业和个人通过林地流转的形式到农村去买地买山，建立"民间自然保护区"，变国家意志为公民自觉，保护恢复森林生态系统。

2008 年 12 月

量

水下的激流

    人与自然和谐相处的科学发展之路，是人类在 20 世纪艰辛探索的世纪觉醒。只是这条探索之路，对人类来说，时间似乎太过漫长，代价也过于高昂。

    "先发展后治理，先粗放后集约"的经济增长模式，仍然被一些国家和地区视为必经之路。虽然有学者针对所谓"后发优势"的理论，提出警惕"后发劣势"，提出不要过于专注引进技术、资本等外生要素，而忽视制度、政策、环境等内生因素。但在经济热潮一浪高过一浪的大环境下，这点声音并未引起足够的重视。

    回望中国改革开放四十多年的历程，对增长模式和发展道路的思考和研究显然不够。吴敬琏教授也坦承，开始意识到增长模式问题重要性的时间并不久远，只是始自 2000 年末的北京中关村发展问题的讨论。更多的时候，我们总是亦步亦趋。从中华人民共和国成立初期起，长时期走高集中、高计划的"斯大林模式"社会主义工业化路线；改革开放后，依靠大规模引进外资和资源、土地、劳动力高投入高速发展；再到前段时间甚嚣尘上的"霍夫曼型重化工业热"之争，千头万绪难有头绪，不知不觉陷入了一种"成长的烦恼"。

的确，我们已经享受到工业化的繁荣，但很快也品尝到工业无序增长的苦果。近年，民工荒、油荒、煤荒、电荒接踵而至，太湖、滇池蓝藻接连爆发，似乎突然之间，这些原本停留在想象层面的场景已经变成身边的现实。

环境危机一旦发生，将变成难以承受的灾难。

2007年岁末，沸沸扬扬的"新特区"之争尘埃落定，武汉城市圈和长株潭城市群获批国家"资源节约型和环境友好型社会建设"综合配套改革试验区，国家发改委承诺近期内不再审批新特区。在上述背景下，"两型社会"综合配套改革试验区蕴含的深意，不难解读。

1

武汉城市圈有东湖、梁子湖、洪湖等水域及大别山地区两大生态板块，长株潭城市群有环洞庭湖地区和湘西地区两大生态板块，并且两地共有中国最大内河和最重要的水上运输线长江的防洪堤。

从更广阔的区域看，两省生态环境相对保持良好，空气和水质量居全国前列。譬如，湖南常年淡水保有量达到1000亿立方米，森林覆盖率稳定在55%左右。从工业基础和产业规模看，两地中部地区特征虽较为突出，但在全国仍居于"比上不足，比下有余"的地位，即经济社会发展水平低于东部沿海发达地区，但略高于其他中西部地区，总体而言，工业化处于初、中级阶段。把这两个区域作为"两型社会"建设的重要示范基地和产业结构调整的一个重要突破口，体现了中央的用心和期待。

但是，对于武长地区而言，经济发展仍是重要而紧迫的任务，在这个起点上建设资源节约型和环境友好型社会，会不会"牺牲"经济增长速度？如何在经济发展中体现"资源节约"

和"环境友好"？这些问题的答案，都需要在"两型社会"这块试验田里摸索。

两地的产业结构偏重化工业。

很显然，湘、鄂两省的工业躯体过于笨重。在国家抑制"两高一资"产品出口的形势下，这些依靠成本、资源优势建立起来的行业优势正在丧失。如何在"两型社会"建设中加快产品结构调整和资源综合利用步伐，提升改造有比较优势的重化工业，使之焕发出新的活力，对武汉和长株潭都是一个巨大的挑战。

此外，武汉和长株潭作为国家老工业基地和省城经济中心，环境污染的问题同样突出。对长株潭而言，株洲的清水塘、湘潭的竹埠港、长沙的坪塘等重金属污染区域，已经成为湘江打造"莱茵河"的最大障碍。尤其是株洲清水塘工业区，聚集了上百家冶金、化工、建材、电力等高能耗、高物耗、高污染企业，株洲也因此一度戴上了"全国十大空气污染城市"的黑帽子。

2007年，就在太湖蓝藻肆虐之际，洞庭湖的老鼠也大肆出动，演变成触目惊心的"洞庭鼠患"，敲响了生态环境的警钟。而作为新中国第四大工业城市的武汉，当武钢、石化、古田工业区在青山、硚口相继成片成廊时，大自然开始向城市索取透支环境的成本。同时，拥有中国城市湖泊面积最多的武汉，89%的湖泊水体遭受不同程度的污染。2007年7月，有"北西湖"之称的武汉东湖官桥湖因污染再现"翻塘"，死鱼十多万公斤，养殖户面临血本无归的困境。

两地经济发展正面临抉择：是沿袭和重走发达地区"先污染后治理"的老路，还是另辟蹊径，走出一条资源节约、环境友好的新型工业化、新型城市化的发展新路，进而为中西部乃至全国的经济增长模式的转变树立标志？

2

"才饮长沙水，又食武昌鱼"，伟人毛泽东的诗句，如此拉近了两地的关系。事实上，武汉和长株潭相距仅300多公里，历史上同属荆楚大地，地域上山水互连，唇齿相依，又均位于长江经济带、京广经济带和泛珠三角经济区的交会处。湖南、湖北同为传统的农业大省，拥有一亿多人口的巨大市场。因此，这次武汉城市圈和长株潭城市群同时获批"两型社会"试验区，给了人们更多的想象空间。

经济学界普遍认为，国际竞争的基本单位定位于城市及支撑经济发展和人口集聚的城市群，只有发达的中心城市和城市群才能引领区域经济参与国际竞争和分工。与美国、欧洲、日本等发达国家和地区的城市群相比，中国城市群的发展，更多的是专注于自己的"一亩三分地"，从自己的经济角度考虑问题。比如广深、成渝、京津等城市曾经为谁是本区域经济中心各执一词，争论不休，在城市定位、产业发展、基础设施建设等方面趋同，既耽误了宝贵的发展时机，又造成了产业的重复和资源的浪费。武汉城市圈和长株潭城市群须从这种误区中走出来。

从实际情况分析，武汉虽然是中部唯一的特大型城市，长株潭经过近几年一体化推进，已具有了特大城市轮廓，但就单一个体而言，二者的 GDP 总量、劳动生产率、城市首位度、对国家财富积累的贡献度等各个指标，都无法与长三角、珠三角的中心城市相比。在经济全球化和区域一体化的大趋势下，加强湘、鄂两省合作，建设武长城市群，推动武汉、长株潭成为引领中部崛起的支撑点，从省内的"次区域"发展为跨省的"大块头"，既是中部崛起、推动全国的战略要求，也是加快"两型社会"建设、形成规模效应的必然选择。

武汉城市圈和长株潭城市群"两型社会"试验区的建设，不能仅从区域着想，而应该站在中部地区，甚至全国的层面思考问题，既要抓紧自我发展、强化两个区域的中心功能，又要加强合作、改相互博弈为携手共赢。两地应尽快形成共谋崛起、功能互补、错位发展的共识，建立两个城市群高层合作与对话机制，搭建经济组织间的交流互动平台。

长株潭城市群、武汉城市圈总体规划（纲要）先后出台，现在两地同获批"两型社会"试验区，势必都要按照中央要求，对现有规划进行全面系统的完善和提升，因此完全可以同时在两地合作共赢、协调发展的框架下做相应的调整和补充。

武汉和长株潭两地都有密集的高校和科研院所和国家级试验基地，科研综合实力雄厚——武汉居全国第三，长株潭居全国第六，既可为两地的试验区建设输送源源不断的高素质人才，又可以为企业的产业升级和技术改造提供强大的智力支持，这方面的交流合作可以率先启动。近年来，武汉大学、华中师范大学相继在湘设立研究生基地，为两地的智力合作、资源共享迈开了第一步。

两地在产业结构上也有整合的空间。武汉冶金、汽车、光电子行业在全国有着重要的位置，长株潭的工程机械、设备制造、电子信息在全国后来居上，两地可以发展成为全国重要的现代制造工业基地和高新技术产业基地，并逐渐加强产业的互补和合作、梳理和整合上下端产品，形成巨型产业链。此外，两地的文化传媒、动漫创意等新兴产业领跑全国，合作和互补的空间也很大。在交通基础建设方面，通过京珠高速、京广铁路、武广高速铁路，两地已形成了较为便利的通道，但还需提级公路，疏浚水运，形成"大开大合，大进大出"的交通格局，使联系更为紧密和快捷。同时，在金融、信息、通信、环保等方面加强合作，促成各种市场要素的相融和发酵。

3

湖南师范大学博导朱翔认为，建设"两型社会"试验区，所进行的将是一场更深刻、更全面的改革。这也是国家在武长城市建设综合配套改革试验区的题中应有之义。"两型社会"试验区可以说是新特区，因为它是中国这场伟大的改革开放事业的延续和向前，但又不同于以往的特区，其区别在于：从内涵上讲，已从单一的发展转换到科学发展；从目标上看，所要建设的是资源节约型和环境友好型社会。

据悉，湖南已经制定了一个"1+12"方案，并重点启动用地管理、生态补偿、规划建设、开发区管理、户籍制度、"两型"

统计体系等方面的改革。湖北省初步考虑将综合配套改革试验的重点放在七个方面的机制建立上，包括统筹区域产业、资源节约和环境友好、自主创新、加快发展现代服务业、基础设施共建共享和公共资源合理配套、土地资源管理、城乡统筹。

诚如一名专业人士所言，"两型社会"的建设不是一天的事，但环境现状又要求必须在一两年有大的突破。从两省出台的一揽子计划看，可望使目前行政区域中存在的市场体系建设难以统一、社会资源难以整合、教育科技和基础设施的区域共建共享的机制难以形成等"老大难"问题，得到明显的推动和改观，特别是在交通、能源、信息、生态、环境同有同享方面有望获得较大突破。

水面的波浪振荡固然不可少，但水下的激流奔涌也是必需。现在是推动水流的时候了。中央对武长"两型社会"试验区的要求也很明确：全面推进各个领域改革，在重点领域和关键环节率先突破，尽快形成有利于能源资源节约和生态环境保护的体制机制。

由深圳市委书记调任湖北代省长的李鸿忠接受记者采访时，这样诠释综合配套改革试验区："综合"，指全面，从区域经济一体化、城乡一体化、产业布局三大系统和经济、政治、文化、社会四个方面协调推进；"配套"是说不能单向推进，内容涉及产业体制、机制、基础设施等方方面面；"改革"两个字价值万金，是试点最深刻、最根本的内涵；"试验"，是中央赋予的最大的"权力"。

一场需要智慧的改革试验，将在湘鄂大地上风生水起。国家应进一步鼓励和支持武长两地在"两型社会"建设过程中，大胆试验，率先突破，努力作为。譬如将武汉城市圈、长株潭城市群纳入省直管县和国家区域体制改革的范畴综合考虑；先行进行分税制的改革，强化县域经济基础；在中央大部委制思维下，在两地先行组建有利于"两型社会"建设的办事机构，解决"多龙治水""部门利益化"和效率低下的问题等。

同样，地方政府亦需在行政管理体制上大力改革和创新，努力建设有限和有效、廉洁和廉价的新型政府行政管理制度；

建立科学的政府绩效评估体系和经济社会发展综合评价体系，改变"以 GDP 论英雄"；畅通体制内外人才流动的通道，推动"官本位"向"商本位"转变，并营造"崇尚成功、宽容失败、鼓励竞争"的文化氛围，激发人们创业、创新、创造的热情和活力。

2008 年 2 月

空山夜静

消除二元壁垒

　　新型工业化是工业化模式的重大创新。推进新型工业化是落实科学发展观、构建和谐社会的必然要求，也是中共湖南省第九次党代会对推进湖南又好又快发展的战略部署。永州作为经济欠发达地区，要加快经济发展，实现赶超崛起，必须立足本地实际，正确理解把握这一战略决策，走出一条既有时代特征又有地方特色的新型工业化道路。

1

　　无论是从理论上还是实践上，新型工业化都是相对于过去的工业增长模式和传统的工业化道路而言。推进新型工业化，首要的就是廓清认识上的误区，避免沿袭发达国家和地区"先污染后治理"和"边污染边治理"的发展老路。

　　保罗·萨缪尔森（Paul A.Samuelson）的《经济学》把先

行工业化国家的经济发展大体划分为四个阶段和增长模式。

其一，"起飞"前，即第一次产业革命以前的阶段，经济增长主要靠增加土地和其他自然资源投入实现。

其二，从18世纪后期第一次产业革命发展到19世纪后期第二次产业革命开始前的"早期经济增长"，增长主要靠对机器大工业的投资驱动。

其三，第二次产业革命以后的"现代经济增长"，经济增长主要靠技术进步和效率提高实现。

其四，20世纪50年代开始逐步向信息时代或者知识经济时代过渡，信息化成为经济增长的重要特征。在以第一次产业革命开发出来的技术为支撑的"早期经济增长"阶段，增长主要靠大量发展资本密集的机器制造业和作为机器制造业基础的其他重工业，现代商业战略之父迈克尔·波特把这一发展阶段定为"投资驱动阶段"。早期经济增长为先行工业化国家带来了极大的福利，同时也带来了不少严重的经济社会问题，如童工、工人超时劳动、贫民的恶劣居住条件、疾病、环境严重破坏等。特别是从20世纪三四十年代开始，大量环境公害事件发生，如洛杉矶光化学烟雾事件、伦敦烟雾事件、日本富山县镉死亡事件。为此，发达国家不得不强化了对资源的有效利用和环境的保护，走经济增长与资源环境相协调的可持续发展之路。

新中国成立之初，我国经济界全盘接受了苏联上世纪20年代的工业化观念，即高速进行工业化和优先发展重工业，这种赶超战略直接导致了产业结构扭曲、低经济绩效和福利损失，特别是农业、农村和农民受到严重损害，轻工业、服务业和基础设施建设滞后。改革开放以后，我国的经济结构得到了一定程度的调整，经济效率有了一定程度的提高，但传统工业化道路的体制基础并未消除，依靠高投资、高消耗维持高增长的模式仍然大行其道。经济增长中的高投入、低产出，导致资源开发利用效率低。同时，造成了严重的环境污染和生态破坏。

各国的工业化道路，既有相同的一面，如都必须推进生产方式的转换、分工的深化、结构的升级，最终都要想办法绕过人口、资源和环境的约束等；又有差异性，由于每个国家在推

空山夜静

进工业化时面临的条件不同，从国际上说包括政治上的态势、经济上的联系和竞争，从国内来说包括本国的经济水平、政府领导经济工作的水平、人口、资源、环境状况等。因此，一个国家选择什么样的工业化道路应该由工业化的一般规律和本国的具体国情共同决定。在我国现阶段，新型工业化的主要特点为：一是融入全球和世界经济一体化的工业化；二是传统工业化生产方式引入信息化生产方式，以新技术革命为动力的工业化；三是资源节约、环境友好的工业化；四是以人为本的全面发展的工业化。新型工业化道路所担负的三大任务为：一是要找到新的快速增长方式，提高我国的综合国力和国际竞争力；二是要解决经济增长和资源、环境的矛盾，有效地应对资源、环境的硬约束，实现可持续发展，降低经济增长的代价；三是要解决劳动力就业的问题，从而有力地吸纳因经济结构的优化升级而产生的大量相对剩余劳动力，确保社会稳定。

有几种现象值得警惕。一是"盲人摸象"。如前段时间沸沸扬扬的"重化工业之争"，一些经济学者和政府官员推崇重工业，把产业结构优化理解为发展产业值大、收入多的重化工业，不顾资源禀赋是否具备比较优势，全面推行产业结构的"重型化"，而忽视知识积累、效率提高、技术创新和提高附加值等方面的努力。二是"好大喜功"。谈到发展新兴产业，就把目光投在生物、纳米等高新技术产业上；谈到自主创新，就想越过"制造"进入"创造"；谈到园区经济、产业集群，就热衷于做规划、圈地皮，利用行政手段对企业拉郎配。三是"本末倒置"。一些官员开会讲话言必称新型工业化，但却停留在口头上、文件中、会议里，缺乏深化、细化、具体化的落实。资源开发仍然沿袭"大矿大开、小矿小开""有水快流"的政策，导致乱采滥挖之风蔓延，在大量浪费资源的同时，也严重破坏了生态环境；城市盲目扩张，过度开发，寅吃卯粮，依靠大量出让土地殷实财政口袋；一提招商引资，承接沿海产业梯度转移，便来者不拒，照单全收，甚至以牺牲环境、生态、资源和能源为代价，引进其他地区淘汰的、落后的，甚至法规明令禁止的高投放、高耗费、高污染的企业。

消除二元壁垒

军事上讲"知己知彼",经济学讲"比较优势",同样,永州加速推进新型工业化,也必须在全面审视和认真分析本地存在的优势和不足的基础上,科学定位发展亮点,准确把握突破重点。

区位优势。永州地处湘西南,是全国唯一与广东、广西接壤的地区,拥有沿海的内地、内地的前沿的独特区位,是大西南、大华南通道的重要枢纽和湖南对外开放的桥头堡。衡昆高速、湘桂铁路横贯永州北部,是连接大西南与桂北、粤西、海南的桥梁;洛湛铁路贯穿南北,是湘中乃至华中的重要出海通道。随着洛湛铁路、厦蓉高速、永贺高速、二广高速的全面竣工,湘桂铁路的改造提速、湘桂复线的修建,207 国道的改建,加之规划中的怀永郴铁路、贵福铁路提上建设日程,永州交通运输区域中心地位呼之欲出。

资源优势。一是农业生产优势突出。永州长年气候暖,日照足,雨量多,是湖南亚热带资源最丰富的地区,适合农作物生产,是全省的农业大市和重要商品粮基地,农业产业化初具规模。二是拥有一部分优势矿产资源。特别是锰、稀土在全省占据重要位置。三是水利资源蕴藏量大。全市水能蕴藏量218.2 万千瓦,其中能建 1000 千瓦以上水电站的坝址 80 多处,装机容量 75 万千瓦,年发电量可达 40 亿千瓦时。

文化优势。文化旅游资源得天独厚,拥有舜文化、柳文化、女书文化、瑶文化、理学文化等一大批国家级乃至世界级的文化品牌,是中华道德文明的重要发祥地、世界稻作农业之源和制陶工业之源,在湖南素有"文化永州"之称。

成本优势。与沿海开发地区相比,永州的生产成本和经营成本相对低廉,在劳动力、土地、能源、水资源等方面都具有显著优势。特别是农村人口多,永州市现有劳动力人口 362 万,其中农村劳动力为 266 万,剩余劳动力有 120 万以上,低廉的劳动力价格导致生产成本的相对降低,现阶段永州发展劳动力密集型产业具有明显优势。

生态环境优势。永州自然条件良好,生物资源丰富,市内大部分地区仍保持着良好的环境,境内有国家森林公园 4 处,国家级自然保护区 1 处,省级自然保护区 5 处,森林覆盖率居全省前列，土壤、空气和水质量常年监测值居全省甚至全国前列，是名副其实的湖湘绿城。

区情障碍。全市经济仍处于相对落后的以农业经济为主体的阶段，市域经济总体发展水平明显低于湖南省和全国的平均水平。

环境障碍。主要体现为优惠政策难落实，缺乏稳定性、规范性和连续性；优质服务难到位，四乱现象，索、拿、卡、要屡禁不止；施工环境难如意，阻工闹事、敲诈勒索现象时有发生。有些地方管理秩序相对混乱，未能跳出"控制—反弹—再控制—再反弹"的怪圈，直接影响到投资兴业。另外，相对于国家、省高新技术开发区，永州园区企业发展的政策还不够优惠。

体制障碍。与我国沿海地区或者与长株潭地区，甚至相邻的郴州、桂林、清远等市相比，在改革开放程度、市场经济意识、对外交流联系等方面，永州尚存在较大的差距。永州工业化发展滞后的原因，除了自然条件、历史基础和国家宏观政策之外，其中一个深层次的原因是所有制结构调整滞后，个体、私营等非公有制经济的投资障碍问题没有得到很好解决，导致市场主体发展不足。其直接后果是经济增长缓慢、就业程度低、市场不活跃、财政增收少。

基础设施障碍。一是交通基础设施薄弱。公路密度较小、路况较差、等级较低。公路密度比相邻地市清远、连州低50%以上，路况相差一至两个等级。二是城镇化水平滞后。2005年，永州市的城市化率为30%，在全省排第十三位。城市中心规模小，辐射能力弱，职能不突出。城市中心现有人口规模仅45万人，而且是由两个相对独立的城区组合而成，城市中心人口占市域人口的7.5%，规模明显偏小。

2

永州推进工业化必须在全面落实科学发展观和建设"两型社会"的大背景下，按照省委、省政府"敞开南大门，对接粤港澳"

的部署和要求，紧紧抓住沿海地区加工贸易企业转移的新机遇，充分发挥本地的区位、资源、成本、生态、文化等方面的优势，着力解决长期影响经济发展的软、硬环境问题，使新型工业化落到实处，取得实效。

解放思想是事业成功的法宝和时代的主题。党的十七大提出要继续解放思想，2008 年是改革开放三十周年，深化改革和扩大开放要求进一步解放思想，实现省委、省政府打造永州"全省承接产业转移示范基地和对外开放排头兵"的战略部署需要解放思想，加速推进新型工业化，实现赶超崛起更需要解放思想。解放思想必须落实到创新思想观念上，落实到创新体制机制上。要改革行政管理体制，加快政府职能转变，优化政府组织机构，推进决策科学化、民主化，加强依法行政，促成政府的角色由"管理者"向"服务者"转变。建立健全覆盖城乡、多层次的社会保障制度，增加弱势群体和城镇贫困人口的收入，有效协调各种利益关系和处理各种社会矛盾，为经济发展提供稳定、和谐的社会条件。建立科学的政府绩效评估体系和经济社会发展综合评价体系，把污染排放、社会治安、民生保障、重大事故、公用设施、公共服务等内容作为政绩考核的主要指标，促进科学发展。加大干部人事制度改革，创新选拔机制，拓展选拔渠道，畅通体制内、体制外人才流动的"绿色通道"，建立"能进能出，能上能下"的人才流动制度，着力把一批懂经济、会管理，真心实意想事、谋事、干事的人才推上经济和社会发展的第一线。

壮大骨干企业、延长产业链条、形成产业集群是新型工业化最强有力的支撑。要充分挖掘和提升永州现有工业潜力，大力发展以汽车及零部件配套、微型电机、发电设备、节能设备等为重点的先进机械制造业产业集群，以粮油、果蔬、畜禽、卷烟、林产品、中成药等为重点的农产品加工产业集群，以锰、稀土、高岭土、石灰石等矿产资源有序开采和精深加工为重点的有色金属和非金属资源深加工产业集群，并通过采取引进战略投资者、企业重组上市等手段，扶持和发展具有品牌优势和核心竞争力的大企业、大公司。抓住沿海产业转移契机，发挥

空山夜静

永州劳动力资源优势，发展外向型加工贸易产业集群。树立"大项目、大资本"意识，积极引进国内外、省内外知名企业集团，以点带面，拉升本地产业发展水平。大力发展高新技术产业，建议市里在办好蓝宁道新江加工贸易走廊和凤凰园经济开发区的同时，参照"洋浦模式"或"大汉模式"在衡昆高速、永蓝高速、永州大道、永连公路交接地带建立"永州市高新技术产业开发区"，作为推进零冷一体化的核心实体项目和新型工业区的示范园，重点引进和发展技术含量高、资源消耗低、环境污染少的大企业、大项目和能发挥区位、地缘、交通优势的销售企业、物流企业，打造资源节约、环境友好、创业宜居的中心城市新城区，成为永州推进新型工业化、新型城市化的重要增长极。

环境就是生产力。永州经济欠发达，仍处于农业化和工业化初始阶段的现实告诉我们，推进新型工业化，没有捷径，没有诀窍，唯有营造比发达地区和相邻地区更良好的投资环境，才是增强发展竞争力，实现后发赶超的唯一出路。一方面着力优化经济发展的软环境。按照"流程最短、效率最高、收费最少"的目标，大力推进行政审批制度改革，大刀阔斧地减少审批事项，建立科学合理的审批管理制度。对报批审批事项，按照公开、公平、公正的原则，明确审批的依据、内容、条件、程序、时限等有关事项，并通过多种形式公布，方便人们了解。凡是具有行政审批权，与经济建设密切相关的部门都要进政务中心。并使政务中心成为"保姆"市场，为投资客商提供一条龙服务、一个窗口收费、一站式办结。积极推行"全程代办制"和"网上审批"，形成规范管理、规则行政、规矩办事、公开透明的管理模式和政务文化。要使各级党政一把手和事关经济活动的主要职能部门负责人成为经济环境的"形象代言人"，充分发挥身体力行和模范带头作用。建立严密完善的审批监督制度机制，制定操作性强的责任追究办法，完善和落实行政首长问责制，在政府各部门、行政服务中心、新闻媒体等多个地方设立投诉点或投诉意见箱，做到投诉有门、监督有责、查处有力。另外，要大力改善经济发展的硬环境。永州的基础设施建设虽然近年来有了很大改观，但总体来看，仍然是起点不高、动作不大，还没有建立起像郴州、岳阳那样"大进大出"型的交通优势。永州要"敞开南大门，对接粤港澳"，应找准区域经济对接的突破口，把广州、深圳、香港、湛江、防城港等地视为永州重要的出海口，加强与粤港澳特别是广东清远、广西桂林基础设施项目规划的衔接与协调，在改造湘桂铁路，新建洛湛铁路、两广高速的同时，争取早日开工怀永郴铁路，创造条件上马永广铁路，谋划融入长宁高速铁路（长沙—南宁），加快建设与其互融互通的交通、电力、水利、信息、生态等基础设施，融入华南经济圈、东盟经济圈。

招商引资是永州推进新型工业化的必然选择。一是要积极承接沿海地区产业转移。沿海地区产业转移是经济发展史上第四轮产业转移，转移周期短，机会稍纵即逝。必须以时不我待的紧迫感、夙兴夜寐的使命感、殚精竭虑的责任感去抓承接产业转移工作。创新招商引资方式，通过"以商招商""中介招商""以地招商""全民招商"等多种途径推动招商引资的大突破。全力抓好与沿海地区政策、产业、市场、基础设施等方面的对接，主动融入广东的"双转移"战略，着力实现经济一体化。二是要规范招商引资政策。既不能单纯靠半卖半送土地、零规费、税收减二免三等政策吸引投资者进来，又要采取差异化办法，提供不低于沿海和周边地区水准的优惠政策。要固守环保底线，严把产业准入关，在行业技术质量标准、安全生产标准、环境标准等方面达标的前提下选择好入园企业，引进那些对本地经济发展有较强辐射和带动作用、技术含量较高、环境污染少、有利于充分发挥本地比较优势的企业。三是要做好科学规划。市委、市政府按照"一县区一特色"的总体布局，加大引导、整合、调度力度，推动县区根据自身的自然条件、资源禀赋、生产力发展状况，集中力量办成发挥"带动、示范、辐射"作用，产生"规模、集聚、洼地"效应的工业园区，防止低水平重复建设、浪费资源现象的发生，特别是要避免产业结构趋同。四是要注重产业配套。一个园区的发展，必须要有一两个优势企业来支撑，其他企业都为这一两个优势企业来配套服务。

这就要求在引进企业时一定要注意产业配套，不仅要引进某个企业，还要想方设法把这个企业的原料生产厂家、下游产品生产厂家等相关企业一起引进。

非公有制经济已成为社会主义市场经济的重要组成部分。2005年永州的非公有制经济增加值为189亿元，占GDP比重为52.3%，略高于全省平均水平。但永州非公有制经济发展很不平衡，如与广东相邻的蓝山，非公有制经济发展相当活跃，非公有制经济占GDP比重已超过70%。相比之下，一些县区的非公有制经济和经济发展乏善可陈，占GDP的比重也不高。无论从目前还是长远来看，发展非公有制经济都是永州推进新型工业化，实现经济和社会转型的重要途径。要参照新《公司法》制定更为优惠的政策，降低企业注册资金，提高注册资金中智力成果等无形资产比例，延长注册资金分期到位时间，试行把注册审批改革为登记制度。抓住国家免除个体工商管理费和市场管理费的契机，清理整合环卫、城管、质检等部门的收费，推行"一费制"，打造全省最适合创业的地市，激发全民创业的热情。公布民营经济准入目录，凡是竞争性领域，国有企业、外资企业可以进入的，非公有制企业都可以进入，给予相同待遇。完善行业准入配套政策，推进行业准入政策与管理的公开化、公平化、程序化、规范化，为非公有制企业创造公平竞争的政策环境。设立全市性的"非公有制经济环境投诉中心"，设立专门的举报电话。建立中小型企业担保中心，加大对非公有制企业特别是中小企业的财税和金融支持。成立中小企业发展促进会等组织，推行政府与市场中介组织分开，建立利益协商机制和利益表达、对话机制，实现政府和非公有制企业之间的良性互动。

新型工业化和新型城市化、新农村建设是一个相辅相成、相互促进、有机统一的整体。要抓好新型工业化和新型城市化、新农村建设的衔接，以工促农，以城带乡，城乡对接，推动新型工业化和新型城市化、新农村建设的互动共进。加快新型城市化建设，打造新型工业化发展的平台。贯彻循序渐进、节约土地、集约发展、合理布局的方针，坚持规划出特色、建设出亮点、经营出效益、管理出水平，做大做强城市中心、做美做好县城、做精做特乡镇，不断增强城市综合实力、集聚吸纳力和辐射带动力，形成资源节约、环境友好、功能完善、经济活跃、社会和谐、个性鲜明的城镇发展格局。当前要按照创建全国历史文化名城、中国优秀旅游城市、国家卫生城市、国家园林城市、中国最佳人居环境奖的总体要求，真抓实干，动真碰硬，大力整治脏乱差，加快零陵-冷水滩一体化，争取"一年一小变，三年一大变"，使城市面貌在较短时间内有新的改观和大的提高。推进新农村建设，为新型工业化构筑有力支撑。以新型工业化助推现代农业，提高农业水利化、机械化和科技化水平，推动农村经济规模化、标准化和产业化发展，特别是要结合永州农业的优势，大力发展农产品加工业，使之成为新型工业化的重要组成部分。消除城乡二元壁垒，加快农村富余劳动力向城镇转移。统一城乡户籍制度，加快建设城乡统一的劳动力市场的进程，加强和改善就业、再就业培训工作和创业咨询工作，大力改进对新转移到城市就业人口的住房、教育、医疗和社会保障服务。

良好的生态环境和深厚的文化底蕴是现阶段永州的突出特色和主要优势。永州推进新型工业化进程，必须守住耕地、绿化、民生、环保四条底线，打好"绿色永州""文化永州"这两个品牌，以"绿色永州""文化永州"的打造来总揽永州与粤港澳经济圈、东盟经济圈、长株潭经济圈的互补和对接，使绿色产业、文化旅游产业成为永州最具发展潜力、最具区域优势的产业。一是着力发展绿色经济。把发展高效益的绿色农业、生态农业放到重要位置，进行结构和布局的优化调整，推进规模化和产业化经营，形成种养结合、农牧林结合、贸工农结合的新型绿色农业模式。以资源节约型、清洁生产型、生态环保型为导向，进一步调整和优化工业结构，用现代技术改造和提升传统产业，采用清洁生产技术，降低消耗，减少污染，优化资源配置，提高生产效率，加快发展环保效益型工业。二是大力建设文化永州。充分借鉴凤凰等地经验，以恢复重建"零陵古城"为突破口，尽快建成全国历史文化名城，以九嶷山、阳明山为核心，充分挖掘潇湘文化内涵，做大舜文化、柳文化、理学文化、女书文化、瑶文化等历史文化品牌，推出一批环境良好、文化深厚、特色突出的旅游景点，下大力气把以文化旅游为龙头的第三产业培育成永州经济新的增长点，使文化永州成为吸引粤港澳经济要素的"金字招牌"，成为新型工业化发展的重要助推器。同时，结合永州生态资源优势，大力发展生态旅游，变永州的生态优势、文化优势为旅游优势和经济优势。

2008 年

消除二元壁垒

濂溪一脉，湘水余波

秋色如金，湘江似练。

站在葱茏依旧的岳麓山顶，鸟瞰星城，鳞次栉比，车水马龙。据2006年9月14日《湖南日报》报道，长沙空气质量优良率达到80.69%，为近20年来的最好水平。久受酸雨之害的长沙，有望再现蓝天白云。

火树银花湘江夜，风生水起芙蓉国。

9月，第一届中国中部投资贸易博览会在长沙大幕开启，万贾云集，盛况空前。素有"铁娘子"之称时任国务院副总理的吴仪视察湘企，妙语如珠玑，感染着每一个人的情绪。

11月，中共湖南省委第九次党代会召开，富民强省的航船扬帆起锚。

1

2004年全国人大会议上，提出把"促进中部地区崛起"作为国家统筹区域协调发展的重大问题。当年中央经济工作会议上，"中部崛起"的提法，首次出现在次年经济工作的六项任务之中。2005年3月，在全国两会工作报告中提出，抓紧研究制定促进中部地区崛起的规划和措施，国家要从政策、资金、重大建设布局等方面给予支持。随后，《中共中央国务院关于促进中部地区崛起的若干意见》出台，明确了"三基地一枢纽"（重要的粮食生产基地、能源原料基地、现代装备制造及高技术产业基地和综合交通运输枢纽）的定位，中部崛起上升为国家新的发展战略，成为继沿海开放、西部开发、东北振兴之后的第四大区域发展战略，从运筹谋划进入实施操作阶段。

这一切似乎有些姗姗来迟，甚至于被某些媒体称为"最后的开发"。事实上，相比东部腾飞、西部提速，近年来中部在发展上左顾右盼，不仅在基建投资、财税收入、金融体制和对外开放上长期处于劣势，而且本来稀缺的技术、人才等要素资本大量外流，孔雀东南飞，甚至连麻雀也东南飞。对比东部，中部GDP的差额较1990年已扩大近6倍；原作为落后地区的西部，投资增长速度、经济发展速度已经后来居上。资料表明，中部第三产业的比重不仅比东部沿海低不少，而且也比西部地区低；第一产业的比重则是东部的近4倍，也高于西部；中部六省利用外资水平不到全国的7%，进出口总额仅占全国的3%；中部的平均开放度不及全国水平的20%。中部"塌陷"并非无稽之谈，而是严峻的事实。

"中部崛起"成为人们关注的焦点，点燃了一向关注于此的专家学者的热情。据悉，仅理论上就有"牛肚子理论""龙腹理论""领头羊之争理论""蝴蝶理论""城市群理论"等众多说法。其中以经济学家张培刚教授提出的"牛肚子理论"颇受认可。张教授认为，从横断面来看，西部经济最为落后，中部居中，东部沿海地区最发达。如果把东部沿海地区比作牛鼻子，西部地区是牛尾巴，中部地区则是牛肚子。"中部通则全身通，中部活则满盘活。"如同要使一头陷入泥沼的水牛脱离困境，既要牵"牛鼻子"，拉"牛尾巴"，还要垫起"牛肚子"。中部国土面积102.8万平方公里，为全国的1/10；人口3.6亿，占全国人口比例超过1/4；2005年约占GDP总量达到37046亿元，约占全国的 1/5；交通区位优势明显，是国家重要的商品粮基地、能源原材料基地和制造业基地，在国家战略布局中的地位举足轻重。中国人梦寐以求的民族伟大复兴能不能实现，很大程度上取决于中部能不能够发展起来。如果中部不能相应地及时崛起，全国经济的起飞和持续协调发展是不可能的。

"牛肚子"之说不仅是一个命题，更是一个难题。一些官员和学者认为，国家非均衡发展战略，是中部塌陷的根本原因。譬如优先发展东南沿海城市的"大政策"，让近代史上较早开埠开放的武汉，一度沦为改革开放的看客。而中央与地方财政分灶吃饭的体制，使经济基础较好的中部省份，上缴的多，自留的少，拖住了发展的后腿。湖北省人大常委、武汉大学教授伍新木大胆向媒体宣称"10 条建议"，提出"武汉直辖"。2005年 3 月，中部 6 省的政协主席联名以政协提案的方式，要求国家在政策、金融、体制、资金等方面给予优惠和支持。

但是，也有许多人发出了不同的声音。著名的政经评论记者章敬平在《南风窗》撰文指出，中国在 WTO 语境下的区域政治，将以普惠为取向，在非均衡战略边际效应递减，经济立法由内外双轨制向同一制转变的急速过渡中，中央给予中部优惠政策，政治意义大于经济意义。中国入世首席代表、博鳌亚洲论坛秘书长龙永图在武汉接受采访时说，中部更重要的是抛弃陈旧的计划时代的思维，自我拯救、自我创新，形成崛起的内在力量。时任中国人民大学区域与经济研究所城市研究室主任叶裕民认为，如果说中部最缺什么的话，缺少的是政府职能的转变。时任湖北省政府发展研究中心副主任余立国则将目前中部投资环境形象地概括为"谈判承诺易，进来兑现难；前任承诺易，后任兑现难；领导承诺易，部门兑现难"。湖北省社科院陈文科教授更是直言不讳，落后的根子在体制，体制的后面又是观念，当务之急是要从三种不合时宜的思想观念中解放出来，一是计划经济，二是小农经济，三是官本位思想。

以招商引资为例，从东部到中部，有一道高高的成本长城阻拦着投资者的去路。如果采用 ERP 成本管理体系的区位成本差异分析方法来评价，构筑这道成本长城的分别有自然的干扰、省际的体制分割等因素，其中比较突出的仍然是社会成本。例如，内地投资项目的内部成本（地价、房屋租金、人工工资、水电费等）较低，但外部成本（如政府收取的税、摊派，官员的吃、拿、卡、要，安全损失，办事时间消磨损失等）则居高不下。原因是，一方面，由于经济欠发达，财政供给不足，在基础教育、公共安全、社会服务、公共基础设施建设等方面，政府为了满足起码的公共品供给，只好向纳税人伸手，提高税费征缴额度；另一方面，由于政府预算不足，一些执法单位的经费要靠增收规费和罚款来解决，执法就是处罚、管理就是收费的现象严重，从而步入区域经济发展慢、政府行政成本高、企业经营环境差的恶性循环。

时任国家发改委地区经济司司长范恒山认为，一个好的体制无非是能动的企业、竞争的市场和科学的管理的混合体。但目前在中部地区这三样哪一样也没有实实在在地建立起来。

山雨欲来风满楼。一切似乎刚刚开始，一切还远未结束。

2

"给我一个支点，我可以撬起地球"，数学家阿基米德这样说。湖南有句俗语则讲得好："抓牛要抓牛鼻子。"对于亟待崛起的湖南经济而言，也许关键就是寻求这样的"支点"和"牛鼻子"，以谋求牵一发动全身，一点突破全局。

时任中共湖南省委书记张春贤在省第九次党代会报告中提出，以新型工业化推动经济又好又快发展，并在2007年新年召开的第一次省委常委会就新型工业化过程中的"新型"和"带动"做了阐释："新型"，就是在科学发展观指导下的新型工业化，是环保节能的新型工业化，是自主创新、用信息技术改造提升传统产业，是市场化、国际化的新型工业化；"带动"，就是要跳出工业抓工业，促进新型工业化与现代农业相结合，促进新型工业化与城市化相结合，促进新型工业化与现代服务业相结合。新型工业化成为富民强省的第一推动力，"三化"之后

濂溪一脉，湘水余波

湖南经济社会发展的又一重大战略决策。

其实这一思想在首届中国国际中小企业博览会时已见端倪。当时，中部6省在省情推介会上各怀绝招，隆重登场。河南谋求工农业比翼齐飞，安徽加速对接长三角，江西构建"三个基地，一个花园"，山西建设"新型能源和工业基地"，湖北打造"武汉城市圈"，湖南则提出迈向新型工业化。将国家发展战略上升为地方经济和社会发展主题，湖南领导层这一举措，可谓苦心孤诣。

如法国谚语所说："种下的是狮子，收获的是兔子。"这种担忧不无道理。

在解读新型工业化过程中，应当说湖南省内高层已形成共识，例如，对经济发展明确要求，在"质"和"量"中注重"质"，在"好"与"快"中强调"好"，不求"权宜于一时"，但求"大道行于百代"。但作为战略落实主体单位的基层市县，在思想上、行动上能否与省委保持高度一致，尚有待观察。当前，有种倾向须引起重视。"盲人摸象"。一些官员缺乏对新型工业化的基本认识。

罗马不是一天建成的。实施新型工业化战略也非朝夕之功，更不能离开湖南省情。

近几年，湖南通过实施十大标志性工程等发展战略举措，华菱、中烟、长丰、岳纸等企业，特别是三一重工、中联重科、山河智能、江麓机械等一批工程机械制造企业异军突起，成为"湖南制造"的有力支撑。但是应该看到，湖南工业总体上仍然水平不高，规模不大，在中部优势不明显，在全国特点不突出。因此，业内人士认为，比较其他目标，抓好现有企业的改造提升更显紧迫和重要。通过企业与省内外、国内外科研机构的技术嫁接，引进先进地区的智力、管理、技术，加强组织制度创新和技术改造，促进管理优化、技术跨越、产品升级，练好"内功"，夯实"湖南制造"的基础。此外，抓大还需扶小。在加快资产、资源的整合步伐，培育发展具有重大带动作用、主业突出、技术先进、核心竞争力强的大企业、大集团，形成"大象效益"的同时，要加强中小企业服务体系建设，促进中小企

空山夜静

业的蓬勃兴起，发展"蚁群经济"。

就产业集群而言，可以有三种理解。一是发展大公司、大集团，发展上下游产品，延伸产业链。二是加强区域分工协作，扩大产业规模，形成综合优势，以小企业形成大集群，用小商品做成大产业，如浙江温州、义乌，福建等各具特色的产业集群类型。三是像博鳌亚洲论坛秘书长龙永图所言，现代产业转移不是整体转移，而是产业环节转移。比如，波音飞机成千上万个零部件生产分布在全球七十多个国家，这是一条长长的跨国生产链。一件衬衫的产业链，品牌可能是意大利，生产在中国，零售在美国，批发在法国。

建设生态秀美湖南也应成为新型工业化的重要架构之一。从大的方面讲，中央已经把环保和土地、金融一起作为实施宏观调控，加快结构调整的三大"闸门"。喝上干净的水、呼吸新鲜的空气、在良好的环境中生产生活成为衡量人民群众幸福的重要指标。国家统计局目前提出一项全新的政策建议：允许一些地区的 GDP 是零增长甚至负增长，以避免短期行为对环境造成的破坏。湖南常年淡水保有量达到 1000 亿立方米，森林覆盖率稳定在 55% 左右，是一块令人羡慕的绿色宝地。如果保护得好、利用得当，这本身就是经济发展和区域竞争的优势条件。

人与自然和谐相处的科学发展之路，是人类在 20 世纪艰辛探索的世纪觉醒。在资源开发中有度有序，在招商引资中"选优选强"，严格禁止资源耗费大、污染排放多、经济效益差的项目上马，腾出资金和空间发展一批资源节省、环境影响小、经济效益好的大型项目，坚决不走先污染后治理或边发展边污染的路子，大力发展环保经济、循环经济，竭力打造生态良好、环境友好型湖南，走出一条科技含量高、经济效益好、资源消耗低、环境污染少、人力资源得到充分发挥的新的现代化道路，这或许就是今天新型工业化在湖南的正确解读。

"惟楚有材，于斯为盛。"岳麓书院已成为凝结湖湘文化精神的图腾。千百年来，刻在书院门口的这副对联激励着湖南的志士仁人求索进取、救国图强。心忧天下、敢为人先的湖湘文化，造就了一大批经世致用的人才，在中国近现代史上占据过极其重要的位置。但是，以程朱理学为内核的湖湘文化，过分强调政治至上、重官轻商的价值取向，欠缺发展现代工商业和市场经济所需要的文化基因，在今天这个"以经济建设为中心"的时代，显得思维僵硬，动力不足。

"旷代逸才"杨度在 20 世纪初就已指出："今日世界，为经济战争之世界，湖南人不竞争于工商，而惟做官与当兵之竞争……其以淘汰而劣败必矣。"教育家杨昌济认为："以广东之人与湖南人比较，广东人多从事于海外贸易，湖南人则多事于政治、军事。此亦生利与分利之辨，吾湘人所宜深长思者也。"当代著名经济学者、中央党校教授王东京在《市场经济与湖南文化取向》一文中说，多年以来，湖南当官的多，读书人多，经商的少，经济不够活跃，不能说与湖湘文化没有关系。事实上，湖湘文化中所蕴含的重名轻利、崇尚政治、崇尚权力、自我意识强、合作精神差等文化精神元素都是与市场经济发展的原则相悖的。

以市场化为取向的经济制度是中国经济体制改革的基本目标。制度、契约、规则是市场经济的基石，平等、诚信、宽容、合作是市场经济的特征。在市场经济的条件下建设现代化湖南，需要湖湘文化从政治文化向经济文化转换，从"官本位"向"商本位"转换，并在"经世致用、敢为人先"的文化精神中注入"合作守信、开拓创新"的现代理念，铸造新时期的湖湘文化精神。

湖湘文化转型的目的是鼓励经商，发展经济。就当前而言，重中之重是大力发展非公有制经济。诚如 2006 年 3 月 30 日《南方周末》"方舟评论"所指出的，中部地区经济发展相对滞后有两个主要因素：一是在经济结构组成上，农业仍占主要

空山夜静

地位；二是民营经济发展严重不足，不足以支持中部地区的经济转型和社会转型。以湖南非公有制经济发展与浙江非公有制经济发展相比较，2005年浙江全省GDP为13365亿元，其中非公有制经济增加值9556亿元，占71.5%。而湖南2005年全省GDP为6473.31亿元，非公有制经济增加值3230.89亿元，占49.9%。两省非公有制经济占GDP比重相差超过20个百分点，绝对值相差6325.11亿元。可以说，两省经济存在的差距，主要就是非公有制经济发展存在的差距。

2005年是中国民营经济地位与作用发生历史性变化的重要年份。时年2月，《国务院关于鼓励支持和引导个体私营等非公有制经济发展的若干意见》（以下简称"非公经济36条"）出台，在"非公经济36条"政策的推动下，2005年，中国新办企业增加，技术进步加快，对外贸易扩大。全国注册私营企业达430万户，增长17.82%；注册资金达到61331.25亿元，增长27.94%；私营出口企业从2000年的1800家猛增到2005年的56000家。根据国家统计局的数据推算，2005年，内资民营经济在GDP的比重约为49.7%；在二、三产业的就业人数增长到3.49亿人；从税收总量看，目前民营经济税收比重已经超过国有经济，不少地方民营经济税收占地方财政收入的比重约为70%～80%。专家预计，"十一五"期末，个体私营经济占全国GDP的比重可能达到40%，全部民营经济可能占近3/4。

相较省外，尤其是沿海地区（江苏、广东、上海、浙江、山东五省市的私营企业数居全国前五位）非公有制经济发展如火如荼、方兴未艾的态势，湖南似乎偏居一隅，"羞答答的玫瑰静悄悄地开"。近年来，湖南省委、省政府先后出台了《关于加快民营经济发展的决定》《关于鼓励支持和引导个体私营等非公有制经济发展的实施意见》《湖南省实施〈中华人民共和国中小企业促进法〉办法》等政策和措施，着力扭转非公有制企业发展的劣势。在政府的大力推动下，非公有制企业渐渐跃出"冰点"，逐步在经济舞台上寻找属于自己的角色。但总体上看，全民创业的热情尚未被充分激发，创业活力尚未竞相进射，创业高潮尚未全面到来。

中南大学商学院原院长陈晓红曾这样"会诊湖南经济困境"：湖南素有"鱼米之乡"的美称，"惟楚有材，于斯为盛"也常被用来形容这是一块人杰地灵的好地方。然而，在大家看来早已具备"天时、地利、人和"的湘楚大地，经济的跨越式发展与全省综合竞争力的显著提高却迟迟没有到来。由此，我们不得不将目光投向我省的经济环境上来。

有投资商形象地说，湖南环境最不好的就是"办任何事情都要层层'策'，次次都要'策'晕"。这固然有以偏概全、以管窥豹之嫌，但也说明湖南经济环境的确还有不少问题。概括起来讲，湖南经济环境存在着较为明显的"一头热，一头冷"现象，体现在三个方面：高层领导和宏观政策层面好，基层和具体执行层面差；省会等大的城市经济环境显著改善，中小市县经济环境不容乐观；重视大企业、大公司做大做强，忽视中小企业做好做活。

破解这个关于湖南经济未来繁荣和现实发展的玲珑棋局，需要非凡的智慧，宏大的气魄，坚实的行动。有经济学者分析，现阶段中国市场经济的特征是，在某些方面，政府应当像亚当斯密所说，扮演守夜人的角色，作用越小越好；在某些方面，又要按照凯恩斯主张"现实中的市场失灵，应由政府干预来代替"。

笔者认为，湖南非公有制企业特别是个体私营企业的发展，需要做好"低、宽、高"的文章。一是"低门槛进入"。参照新《公司法》制定更为优惠的政策，降低企业注册资金，提高注册资金中智力成果等无形资产比例，延长注册资金分期到位时间，有条件的地方可以把注册审批改革为登记制度。二是"宽领域经营"。公布民营经济准入目录，凡是竞争性领域，国有企业、外资企业可以进入的，非公有制企业都可以进入，给予相同待遇。完善行业准入配套政策，推进行业准入政策与管理的公开化、公平化、程序化、规范化，为非公有制企业创造公平竞争的政策环境。三是"高标准服务"。全面推行"一站"审批，"一个图章"办理，"一门"收费。设立全省性的"非公有制经济环境投诉中心"，设立专门的举报电话，狠抓经济环境的制度化、系统化、整体化建设，着力解决全省"一盘棋"的问题。推行政府与市场中介组织分开，建立利益协商机制和利益表达、对话机制，实现政府和非公有制企业之间的良性互动。

在《浙江发生了什么——转轨时期的民主生活》一书中，有两篇文章引起了笔者的浓厚兴趣。一篇题为《商人从政与经济民主》，介绍"多年前连乡镇企业职工都羡慕的徐冠巨，一夜间跻身浙江省领导的序列，成为私营企业主阶层中的省部级试点高官"。一篇题为《一个民间商会的政经行走》，讲述温州中小企业发展促进会，既独立于政府，又不时受政府委托，参政议政，并利用他们日益主流的政治身份为会员企业维权，还影响到事关全局的公共政策。

与曾经引起高度关注的"官员下海"和"老板从政"的浙江现象相比，浙江地方政府在构建市场经济体制过程中的"无为而治"更令人尊重。首先，政府的工作重点，其一是维持公平、公正、公开的竞争秩序；其二是在市场失灵时，采取一定政策，最低限度地介入经济过程，为竞争打通道路，并到此为止；最后就是建立一个健全的服务体系。

2006年，在一项"中国大陆最佳商业城市"的评选中，《福布斯》杂志将桂冠授予杭州。同年，世界银行公布了中国120个城市投资环境评价报告，杭州名列榜首。在新华社《瞭望·东方周刊》主办的"中国最具幸福感城市"调查推选活动中，杭州被评为对官员评价最好的城市。据调查，杭州民企每年与政府打交道的时间不超过20天。2006年，全国民营企业500强中，浙江省占1/3，杭州有53家企业入选。《大唐风云》游戏的投资人、天畅网络科技总裁郭羽说："没有执政者的思维宽容、活跃，民间创业者即使有成功的创意也难以有好的施展平台。"

他山之石，可以攻玉。当前湖南非公有制经济的发展，如果仅依靠自发自生，就会在总体竞争上始终处于下风。只有充分汲取其他区域经济体发展的有益经验，制定和完善有关市场准入、技术创新、企业管理、人才培养、结构调整、产业集群发展、国际合作与交流等更有针对性的政策措施，形成体制优势，才有可能获得发展的强大原动力。

长株潭一体化从没有像今天这样引人瞩目。

《湖南日报》的特约评论员这样激情四溢地说，从 20 世纪 50 年代的"毛泽东城"设想，到今天着力推进的"长株潭经济一体化"、"3+5"城市群建设，长株潭发展凝聚着湖南人民几十年的探索与实践，承载着 6700 万三湘儿女的荣光与梦想。

经济学者弗朗索瓦·佩鲁"增长极理论"认为，区域经济的发展，需要能充当增长极的城市群。特别是在经济全球化加快发展的新形势下，城市是人才资源的集中地和先进产业的集中地，具有参与国际竞争所需的人才资源和产业基础。在新世纪，国际竞争的基本单位定位于城市及支撑经济发展和人口集聚的城市群，只有发达的中心城市和城市群才能引领区域经济参与国际竞争和分工。世界银行研究得出，城市化水平达到 30%，人均 GDP 达到 1000 美元的阶段，就意味着公用投资将超过私人投资，城市将高速发展，经济社会的发展也随之加速。中国正处于这样的时期。目前，中国城市群已经成为区域发展的主导力量，成为一种新的经济架构和发展模式。

"起个大早，赶个晚集。"长株潭一体化的首倡者、1982 年首次在省政协四届六次会议上提出三市经济整合的老人张萍感慨地对《中国经济周刊》的记者说："二十多年来一体化的推进，不是太快。应该说，步伐慢了。"长株潭经济区构想的提出，曾经比开发上海浦东的提议整整早了 8 年。遗憾的是，此后长达十数年时间，长株潭经济一体化始终停留在"坐而论道"的层面。例如，三市早在 1985 年就制订了电话同城化和全国三十多个城市的直拨工程建设计划，并且区号拟从四位升格到三位，但至今仍然只是一纸设想。公交同城、产业同体的规划也早早做出，却囿于利益冲突难以落实。例如：三市都有自己的啤酒厂，下面每个县有自己的白酒厂；又如建材工业，长株潭地区分散着很多小水泥厂。在体制机制方面，更是面临着区域规划难落实、城乡发展难统筹、资源要素难整合等诸多弊病。

显然，新一届湖南省委已经意识到这个问题。湖南省第九次党代会要求，把推动长株潭经济一体化取得实质性进展作为开启富民强省新征程的重要举措。并在我国内地第一个城市群规划——《长株潭城市群区域规划》出台，原"五同"（交通同环、电力同网、金融同城、信息同享、环境同治）的基础上，推出新"五同"（交通同网、能源同体、信息同享、生态同建、环境同治）、"六个一体化"（区域布局、基础设施、产业发展、城乡建设、市场体系、社会发展）。2007年春，三市公交同城终于率先取得突破性进展。同时，湖南长株潭城市轻轨、湘江生态风光带、长株潭"绿心"保护等一大批重点项目逐步启动。为解决体制问题，湖南通过人大立法，争取国家设立长株潭综合体制改革试验区。

　　与官方的慎言笃行不同，坊间更多的是堆砌热情。在一场名曰"全国6省份争夺第三个新特区名额"的讨论中，有网友发出了《湖南一定是国家下一个试验新区》的帖子；《华声观察》干脆提出，长株潭VS武汉，并把2005年长株潭三市地区生产总值之和，第一次在总量上超过中部最大的城市武汉，视为具有里程碑意义的转折点，甚至给长株潭贴上"一举成为中国中部地区最具爆发力的城市群"的标签。而没有看到，把长株潭三市作为一个单一的区域经济主体，与武汉做比较，目前主体地位尚不对等的事实。

　　许多经济学者认为，就当前而言，中部崛起很大程度上是一个口号，或者是一个提法；"1+8"城市圈、"3+5"城市群也只是一个数字。过分强调战略的外延，而忽视内涵的变革，无异于缘木求鱼。以城市群为例，入围《中共中央国务院关于促进中部地区崛起的若干意见》（中发〔2006〕10号）文件的武汉城市圈、中原城市群、长株潭城市群、皖江城市带4个中部城市群，包括近期提出的大太原经济圈、环鄱阳湖经济圈，就单一个体而言，GDP总量、劳动生产率、城市首位度、对国家财富积累的贡献度等各个指标，都无法与珠三角城市群、长三角城市群、京津冀城市群这三大城市群相提并论，更不可能担当中国经济增长"第四极"的重任。

合纵连横，改各自为战为携手共赢，才是中部崛起的方向和出路。中部各省需要在竞争中融合，在融合中共荣，在错位中发展。综合来看，沿京广铁路、京珠高速等纵向交通主轴线，形成郑（州）武（汉）长（株潭）城市经济带将成为中部崛起和中东西联动发展的脊梁。特别是同为荆楚故里的湖南、湖北，历史、地理、交通、人文相连，"才饮长沙水，又食武昌鱼"，武汉、长沙两大城市仅相距370公里，同属长江黄金水道、京广大动脉和武广高速的交会点上，是中部连南接北、承东启西的战略支撑点。因此，加强两省合作，建设武长城市群，推动武汉、长沙成为引领中部崛起的"双子星座"，从省内的"次区域"发展成跨省的"大块头"，应当成为长株潭发展战略的必要选择。

湖南省内，加快长株潭一体化建设，做大做强长沙，使之成为全省经济发展的火车头和核心动力，已成为上下一致的认识。但是对于长株潭一体化的模式还存在争议。一是建议搞有限的一体化，即只限于经济一体化。二是认为长株潭一体化先实现经济一体化、社会一体化，继而实现行政一体化，最终建成新型大都市。三是分析在现实中，行政区划调整是打破行政壁垒的最有效办法（如重庆直辖，广东建设大广州、大佛山），因此提议先调整行政区划，用三至五年时间将长株潭三市实质性融为一个副省级城市，即新长沙市。

区域经济的发展，既要循序渐进，防止浮躁心态，也要善于抓住"重要战略机遇期"，把优势转化为胜势。如前文所言解决经济环境存在的"老、大、难"问题一样，长株潭一体化的实质性突破，亦需要高层的智慧、勇气和魄力。

湖南省委、省政府提出，在一个时期内，要高度重视基础工作、基础产业、基础设施的建设。如果将之应用到长株潭一体化上来，或可理解为：基础工作——搭建更有力的操作平台。成立长株潭联合党委和长株潭管委会，作为省委和省政府的派出机构，统筹规划并组织实施长株潭地区尤其是"核心地区"的经济社会发展。基础产业——更明确的分工，更高程度的整合。充分发挥市场的资源配置作用，对三市的产业明确分工，加大整合力度，打造全国有特色、有影响的产业集群，形成竞争优势。基础设施——更宽的视野，更大的手笔。比如，借鉴广州撤市设区、南延打造海港城市的做法，北拓长沙到洞庭湖，使长沙成为拥有长江口岸的城市，融入通江达海的经济网络；拿出像河南那样为了实施"郑（郑州）汴（开封）一体化"，投资 10.29 亿元，修建一条宽 100 米，双向 10 车道，全程不收费的快速通道的气魄，在建设长株潭一体化的基础设施时，注入前瞻意识、发展意识、国际意识。

在中部 6 省中，湖南和江西又是泛珠三角"9+2"区域的成员。比较起来，江西的重心偏向长三角；而湖南毗邻粤、港、澳，具有支撑沿海开放地区的后方基地和促进内地开发的先导省份的先天条件，这是相对于其他中部 5 省最明显的优势。坚持南向战略，把衡、永、郴三市打造为南向的承接平台，应成为湖南继长株潭一体化之后的又一重要战略决策。因此，要从区域行政管理体制改革趋势和全省经济社会发展大局出发，逐步把经济发展布局由一点一线调整为"一主一次"。"一主"指建设以长株潭城市群为核心，外延为岳阳、益阳、常德、娄底一小时经济圈城市以及张家界市；"一次"指以衡阳为次中心，包括郴州、永州、邵阳、怀化、湘西等湘西南城市群，打造成湖南的第二增长极，形成类似广东深圳、广州，山东青岛、济南，辽宁沈阳、大连，浙江杭州、宁波等省经济发展的格局。

5

胡锦涛同志在 2006 年的全国科技大会上提出，要把我国建设成为一个"创新型"国家。可以预见，"十一五"开始，中国将进入全面建设、全面改革和全面创新的时代。这一期间，是观念创新、制度创新、市场创新和技术创新的结合。

英国诺丁汉大学中国政策研究中心主任郑永年认为，"创新型国家"虽然是针对中国企业改革的目标而言，但企业自主创新的一个最重要的前提，就是政府制度的创新。没有一个良好法制、政策和政治环境，自主创新最终还是难以实现。时任中央编译局副局长俞可平同样认为，要建成一个"创新型国家"，必须更加努力地进行制度创新、理论创新、科技创新和文化创新。政府掌握着国家的政治权力，是社会进步的火车头。政府创新是社会创新的表率，建设创新型国家，要求我们有一个创新的政府。

政府创新已成为世界范围内政治发展的一种普遍趋势。1999年开始，联合国成员国共同举办"全球政府创新论坛"，致力于倡导和推动政府创新或政府再造（reinventing government）。在美国，哈佛大学肯尼迪政府学院已设立"美国政府创新奖"多年。2000年，中共中央编译局比较政治与经济研究中心、中共中央党校世界政党比较研究中心和北京大学中国政府创新研究中心联合设立了"中国地方政府创新奖"，至今已举行三届。该奖项每届参评的项目多达数百项，从一个侧面彰显了地方政府特别是基层政府出现了一种制度创新的强大动力。从获奖结果看，中国地方政府创新奖的获奖项目大多触及体制方面，主要涉及民主政治改革、行政管理制度和社会管理制度的创新，如四川遂宁步云"乡长候选人直选"、雅安"县级党代表直选"、浙江湖州户籍制度改革、深圳公用事业市场化改革等。推动与市场经济条件相适应的政治行政体制改革，成为地方政府的共识和自觉行为。

另以湖南的近邻湖北为例。近几年，湖北在思想解放程度和体制改革力度等方面表现出了惊人的胆识和勇气。从"消费减税"到"机构瘦身"，从"国退民进"到"简政放权"，十几项改革同步推进，体制"瓶颈"次第缓解。并且多项改革在全国都具有独创性，影响极为广泛。

湖南作为经济欠发达地区，要实现赶超崛起，需要进一步坚定改革开放的信心和决心，进一步增加改革开放的力度和深度，努力形成与市场经济相适应的思想观念、管理体制和运行机制。尤为重要的是，建立一个创新、务实、民主、负责、服务、效益、廉洁的政府。

政府创新，着力点在于职能的转变。要建立科学的政府绩效评估体系和经济社会发展综合评价体系，把污染防治、社会治安、民生保障、重大事故、公用设施、公共服务等内容作为政绩考核的主要指标，改变"以GDP论英雄"的现象，切实防止招商引资、经济发展中重数字而轻质量的情况发生（例如，有的地方为加大引资数额虚假注册外资、项目重复签约）。同时，规范和约束政府行为，从体制源头上解决行政性资源配置和权力市场化问题，严格限制行政权力介入的领域，并对权力运行进行有效的监督。

创新需要敢为人先的勇气，勇于担当的精神，更需要营造一个良好的制度环境，培育一种创新的文化氛围，使创新成为一种社会价值。政府要制订创新计划，引导和规范社会的创新活动。特别是必须建立一套有效的激励机制，给创新者以人力、物力、财力、信息和政策的保证，激发人们的创新积极性；同时尽可能补偿人们为创新所付出的代价，降低人们为创新所承担的风险。

2006年6月，湖南省文化体制改革工作会议提出，要用国际的视野来谋划和推进文化产业发展，把湖南文化产业发展成为全国最活跃、最具竞争力、最具国际化风格、最具湖湘文化底蕴的特色产业。

这既是对湖南文化产业发展的大气构想，也是对湖南文化产业发展的深刻自觉。

近几年，电视湘军、出版湘军、歌厅文化、动漫产业等湖南文化产业领一时风气之先，走在全国前列，成为湖南乃至中国的"驰名商标"。但是，不可能总是"风景这边独好"。一方面，文化作为一种软实力，在综合国力竞争中的地位和作用越来越重要，正在继生产、管理、信息化浪潮之后，形成第四次浪潮，国内外重视程度空前提高，文化产业发展风起云涌，日新月异，竞争趋向白热化。另一方面，原作为改革文化生产关系来解决文化生产力，走出一条创新型道路的湖南文化产业，遭遇新的体制、资本、人才瓶颈，其中以体制瓶颈为最，产权关系模糊，政企不分、政事不分、管办不分等处处成为文化产业发展的桎梏。

文化产业研究专家、时任上海社会科学院文化产业研究中心主任花建认为，湖南文化产业面临的矛盾是经济和文化发展不平衡，其中企业群体发育不够，缺少市场主体；市场体系发育不够，缺少消费内需；制度化建设不够，缺少促进机制。换句话说，湖南文化产业仍然过多依赖政府这只"看得见的手"，而市场这只"看不见的手"发育不够。社会资本尤其是民营资本难以进入，产业结构不合理，活力不足。

浙江的做法或许对湖南有所启示。2004年，为打破相对保守的文化领域，浙江放进了几条"鲶鱼"。一是民企横店集团影视基地作为全国第一家民营影视产业实验区，基地规模和影响力有目共睹；二是宋城集团入股浙江省新华书店，拥有其40%的股权。尤其是该集团以民企身份，申请并承办杭州世界休闲博览会，开创了政府和企业互动双赢的新模式。

"上帝的归上帝，凯撒的归凯撒。"相对于基本成形的经济体制改革，文化体制改革虽然难度更大，但大幕已经开启，坚冰逐步被打破。坚决用改革的思想和办法解决前进中的问题，是唯一的出路。早改早主动，早改早受益，早改早发展，这也是中国改革开放的历史告诉我们的不二真理。

"吹皱了一池春水。"有媒体这样描述2007年以来湖南省委主导的干部人事改革。首先是5名乡镇党委书记赴省厅（局）任正副处职务，随后是9名博士后来湘工作，紧接着28位浙江籍县处级干部来湘挂职，不久38名湘籍干部又前往广东、浙江两省任职。

湖南高层的一系列举措，体现了通过人才大交流推动经济社会大开放、大发展的崭新思维和人才强省的核心执政理念。

如果就此判断湖南已经迎来了人才涌流、人尽其才的局面，显然为时过早。2007年湖南省直机关和市州公务员公开考试对年龄、学历、籍贯的要求，处处可见"地方保护主义"的痕迹。而中央机关公开招考，除团中央等极个别职位对年龄、学历有要求外，其余均为35周岁以下、国家承认的学历。之前的2006年，在中央机关和大多数省份数年前就已弃用英语考试的情况下，湖南仍须测试英语。同时，全省机关公开选调的范围也仅限于体制内（公务员序列）。从更高的层面上看，湖南尚无浙江传化集团董事长徐冠巨任省政协副主席、重庆力帆集团董事长尹明善任市政协副主席、湖北中国二汽集团总经理苗圩任武汉市委书记等更大胆、更具示范意义的举措。

人才资源永远是第一位、最宝贵的资源。2003 年，《中共中央 国务院关于进一步加强人才工作的决定》要求，坚持德才兼备原则，把品德、知识、能力和业绩作为衡量人才的主要标准，不唯学历、不唯职称、不唯资历、不唯身份，不拘一格选人才。2006 年 1 月 1 日起实行的《公务员法》规定：国有企事业单位、人民团体和群众团体中从事公务的人员可以调入机关担任领导职务或副调研员以上及其他相当职务层次的非领导职务。2006 年 5 月，湖南出台《关于加强非公有制经济组织人才队伍建设的意见》明确指出，各级党委和政府要进一步打破体制障碍，培养和选拔德才兼备、综合素质好的非公有制经济组织优秀人才到党政机关担任领导职务。

政策制定之后，能否贯彻执行就是最重要的因素。加大干部人事制度改革力度，创新选拔机制，拓展选拔渠道，畅通体制内、体制外人才流动的"绿色通道"，建立"能进能出，能上能下"的人才流动制度，着力把一批懂经济、会管理，真心实意想事、谋事、干事的人才推上经济和社会发展的第一线，使之成为湖南改革开放、富民强省的脊梁。

已故世界著名华人经济学家杨小凯曾相对于"后发优势"提出过一个"后发劣势"的理论，意思是指发展中国家如果只停留于技术模仿，而不在体制改革、机制转换和增长方式等方面下功夫，后发优势只能异化为后发劣势。

"吾道南来，原是濂溪一脉；大江东去，无非湘水余波。"我们有理由相信，具备天时、地利、人和的湖南，正在沉淀积聚、蓄势发力。湖南的经济，必将如涅槃的凤凰，浴火重生；如展翅的鲲鹏，一飞冲天。

2007 年 8 月

濂溪一脉，湘水余波

147

乡里

1

　　每一个事物的产生和发展，都有其深刻的历史背景。从传统社会的乡里制度到今天的村民自治，中国的乡村组织制度经历了艰难而又复杂的发展和演化过程。虽历经时代变迁，乡村组织制度或续或断，或重视或忽略，或继承或革新，但都有着惊人的持久生命力。

　　中国的乡里制度源远流长，其源头可追溯到西周时代。据《周礼》记载，西周时有"国""野"之别，即是说有了"乡里"社会这一界定。春秋战国时代，乡里制度初步定形。"乡"正式成为乡里基层组织的一级单位。《管子·小匡第二十》说："五家为轨，轨有长；十轨为里，里有司；四里为连，连有长；十连为乡，乡有良人焉。"秦汉时期，"郡县—乡里"的组织体系确立。《汉书》载："大率十里一亭，亭有亭长。十亭一乡，乡有三老。有秩、啬夫、游徼。三老掌教化。"隋唐是乡里制度演变的转折点。"村"正式成为乡里组织的一级单位，并正式被国家法令所确认。北宋中叶，由于社会矛盾日趋激化，国家积贫积弱，王安石主持变法, 实施保甲制。保甲制虽与乡里制度精神相背离, 但取代乡兵制, 减少了军费开支, 维护了社会稳定。同时, 乡里公约作为乡里制度的一项重大发明出现, 对乡里社会起到教化作用。宋以后的乡里制度基本因袭旧制, 无多少创新, 但民间组织有了长足的发展, 如元代的礼制、明末的同善会以及清末的各种"会"与"社", 显示了民间力量在农村社会整合、资源配置、社会发展中的作用。另外, 以家庭组织为依托的宗族法发展和健全起来, 乡绅阶层开始登上了乡村政治舞台。

鸦片战争后, 帝国主义用坚船利炮打开了中华大门。随着现代因素的引入, 中国几千年来未有大变的乡里制度也开始受到前所未有的冲击。一方面, 商品经济迅速瓦解了农村手工业基础; 另一方面, 农村精英尤其是大批乡绅迁居城市, 造成乡村士绅蜕化变质。为巩固摇摇欲坠的统治, 清光绪帝拟《城镇乡地方自治章程》, 决定逐步在全国普遍实行乡镇自治。辛亥革命以后, 具有"地方自治"性质的闾邻制在广大农村得到勃兴。1922 年 3 月, 山西开"农村自治"先河, 实行"村治", 即以村为自治单位, 村以下编为闾邻, 村设村民会议、村公所、监察会、息诉会等。南京国民政府掌控国家政权之后, 为强化基层统治, 迅速着手重建和推行保甲制, 试图维护统治地位和推进国家的现代化进程。费孝通先生认为, 保甲制度存在弊端, 不仅难以有效调动基层农村社会的活动与主动精神, 反而成为"流氓地痞的渊薮", 导致乡村社会矛盾的进一步激化。与此同时, 在中国共产党领导的苏区、抗日根据地和解放区, 实行了崭新的乡里制度, 比较突出的是抗日战争时期, 抗日民主根据地依据"三三制"普遍建立了乡政府和村公所, 加之彻底的土地改革政策, 使农民成为农村社会的主人, 农村基层组织迅速稳固, 并对发展和壮大革命政权, 组织和推动各项社会改革, 恢复和发展生产, 起到了巨大的推动作用。

1954 年 9 月, 第一届全国人民代表大会通过的新中国第一部《宪法》明确规定了乡人民政府是基层政权, 村是乡政府的辅助机构或称派出机构。出于历史原因, 新中国成立初期的村级组织制度具有十分明显的行政化特征。例如, 村干部的任

乡里

免权都主要掌握在上级行政组织手中，村级组织的主要工作，也大都是贯彻执行乡政府决议。与村级组织制度的明显行政化特征相适应，村级党组织在设立之初，即与行政组织重叠，并且出现以党代政的倾向。1958 年 8 月，《中共中央关于在农村建立人民公社问题的决议》出台，由此，中国历史上出现了一种非常特殊的农村治理形态与组织制度，那就是从 1958 年开始实行并延续二十多年的"政社合一"的人民公社体制。

我国农村村民自治经过三个发展阶段。

第一阶段：探索阶段（1980 年—1986 年）。

人民公社由于缺失激励机制，生产能力不仅不能提高，相反有下降的趋势。公社的后期，公社体制对工业化和城市化的效率，以及对乡村建设和提高人民福利的能力都大大降低。党的十一届三中全会以后，以否定人民公社高度组织化和恢复农民家庭的生产职能为逻辑起点的农村改革，使农村社会发生了历史性的变化。广大农村通过经济改革，实行家庭联产承包责任制，农民有了经营自主权，生产积极性得到了充分发挥，迎来了农村生产力的大解放、大发展。同时伴随经济改革而来的是，广大农民的民主意识不断增强，渴望直接参与村里大事的决策和村务管理。村民自治应运而生。1980 年，广西的宜山、罗城两县农民自发地组织和开展基层群众自治活动。1982 年 8 月，中央肯定了广西等地的经验，并把村民委员会的性质、地位写入了新《宪法》。1983 年，党中央发出《关于实行政社分开建立乡政府的通知》，废除了人民公社管理体制，全国普遍建立乡、镇政府和村委会，使农村解决了基层管理体制上的重大问题，为实行村民自治扫清了障碍。

第二阶段：试行阶段（1987 年—1997 年）。

根据全国各地村民自治试验探索所取得的成功经验，1987 年 11 月 24 日，全国人大常委会第 23 次会议通过了《村民委员会组织法（试行）》，1988 年 6 月 1 日开始实行。自那时开始，经过民政部门基层政权建设部门细致的、扎实的工作，试行的《村民委员会组织法》在全国各地逐步得到实施，而且开始的时间是地方政府自主选择的。在开放性实践的基础上，中国村民自治和村委会直接选举的制度基础也在实践中逐步演进。经过若干届的实践，村级民主得到了实质性的发展。到1997年底，全国90多万个村委会已普遍完成两届选举，18个省、自治区、直辖市基本完成了第三届选举，4个省、自治区已进行了四届选举。

第三阶段：全面推进阶段（1998年至今）。

十五届三中全会通过的《中共中央关于农业和农村工作若干重大问题的决定》指出："为了更好地调动广大农民的积极性和主动性，促进农村各项改革和建设事业的全面发展，必须进一步扩大农村基层民主。"而且，进一步明确了扩大农村基层民主的核心内容就是"四个全面推进"，即全面推进村级民主选举、全面推进村级民主决策、全面推进村级民主管理、全面推进村级民主监督。1998年11月4日，第九届全国人大常务委员会第五次会议通过了修订的《中华人民共和国村民委员会组织法》（以下简称《村民委员会组织法》），它的贯彻实施，标志着我国农村以村民自治为主要内容的社会主义民主政治建设进入了新的阶段。

村民自治是改革开放以后的二元结构转型过程中，在中国大地上出现的新生事物，是党领导亿万农民建设有中国特色社会主义民主政治的伟大创造。

村民自治已经给农村带来了巨大的、不可逆转的变化。笔者作为一名基层工作者，在民政部门长期从事基层政权建设工作，确实感受到，村民自治经过二十多年的实践，尤其是1987年以后的六届村委会选举，已经在农村的土壤深深扎下了根。农民十分珍视他们现在获得的民主权利。尽管存在知识局限性、信息渠道不畅等主、客观原因，但他们表现出对选举的极大兴趣和热情，特别是对有关规则和程序的领悟和掌握能力，常常令我们这些工作者吃惊。各级地方党政基本一致认为这一民主进程是不可逆转的。即便某些习惯于"长官意志"的乡镇干部，也逐步适应了基层民主政治的规则，懂得运用规则体现自己的"意志"。从另外一个角度看，凡是村民自治搞得比较好的乡村，经济和社会相对发达，工作也易于开展。而那些搞得不那么好的地方，则按一些学者的话说，是既没有民主，

乡里

151

也没有不民主，是真正的失控。

首先，村民自治是市场经济发展的需要。马克思主义唯物论的观点认为，任何政治现象的发生、发展，其最根本的动因在于经济。如果说1978年冬，发端于安徽凤阳小岗村的家庭联产承包责任制揭开了我国农村市场化取向的经济体制改革的话，那么1980年春，广西宜山果作村的村民委员会的成立则启动了我国农村民主化的政治体制改革。村民自治与市场经济的互动伴随了村民自治成长的始终。首先，市场经济为村民自治的推进提供了物质基础和技术力量。其次，像马斯洛所言，经济发展满足了"吃、穿、住、行"的需求以后，农民必然产生包括政治在内的更高层次的需求。再次，市场经济是民主经济、法制经济、道德经济、竞争经济、契约经济等，市场经济本身孕育着民主政治的基因，是政治民主化最合适的土壤。虽然近些年农村经济发展不景气，但有一点不容怀疑，那就是市场经济以其强大的力量已经几乎"席卷"了乡村社会的每一个角落，市场经济已经在每一个农民的心目中扎下了根，塑造了他们的民主、法制、竞争等意识，影响和支配着他们的行为选择。

村民自治将构筑起社会主义民主的微观社会基础。首先，村民自治有利于提高农民的民主素质，为社会主义民主建设提供坚实的人力资源基础。在实行村民自治过程中，由于村级事务与广大农民的利益息息相关，这极大地调动了广大农民参与的积极性。广大农民通过民主选举、民主决策、民主管理、民主监督这四项民主权利与民主制度的实践，逐渐认识了现代民主运作的基本制度及基本技术、基本程序，民主管理能力大大提高，为中国民主的全面推进创造了最基本的条件和最坚实的基础，这就是：占中国人口最大多数的9亿农民将成为具有民主意识和民主能力的成熟的选民和民主主体；一整套适合中国国情的成熟的民主技术、民主制度和民主经验；一支训练有素的近10万人指导选举和民主生活的人员队伍。其次，以村民自治为主体的基层民主的发展，反映了社会主义民主的本质，代表了其发展方向。社会主义民主的本质是人民当家做主，一切权力属于人民。而社会主义民主赋予广大人民群众的这种民

空山夜静

主权利，只有在它与这种权利的具体实现形式相结合时才能得到体现。最后，村民自治是中国民主政治建设的"突破口""演兵场"，是中国民主的"前奏"。而且这种观点始终是一种主流观点，在我国思想认识领域始终占据主导地位。也正因为如此，面对各种争论和责难，党和政府从来没有因为争论而放弃努力，从来没有因为责难而动摇推进村民自治的信心和决心，始终坚定不移地把推进基层民主作为加快我国民主政治建设的基础性工作。村民自治的良性发展，让广大农民实现对民主政治的全面参与和民主果实的分享，为将来的基层政权自治，乃至高层民主奠定基石，提供源源不断的推动力，以及良好的经验借鉴。

2

当前农村村民自治受到政治体制、经济基础、历史文化、国民素质、利益再分配等多种主、客观因素的制约，其中有一些带有共性的难点和障碍。

乡镇政权是国家权力的最低一层，它是连接国家与社会的枢纽，国家的意志主要通过它向农村社会传递。在当前村民自治制度推行不久，农民的组织性还不强的情况下，村民自治的进展很大程度上取决于基层组织对待村民自治的态度。但是，一些乡镇仍把村委会当作自己下属的行政组织，沿用传统的控驭方式进行管理，随意干涉村民自治的微观运行。有的直接向村委会下命令、发指示，干预村民委员会自治范围的事项，改变村委会、村民代表大会的决定；有的乡镇领导机关无视《村民委员会组织法》，直接撤换村委会成员，引起农民的不满；还有极少数乡镇党政领导至今仍千方百计又不露痕迹地操纵控制村民选举，把喜欢的人选进村委会，把自己不喜欢的而村民拥护的人排挤出去；还有的乡镇领导对村委会不理睬、不接触，名曰尊重村民自治，实则否认其存在，采取"晾干政策"。

《村民委员会组织法（试行）》中没有关于村党组织的规定，1998 年修订的《村民委员会组织法》虽然明确规定村党组织是"领导核心",但对党组织如何发挥领导核心作用，与村委会是一种什么关系，村书记与村主任如何开展工作，都没有可操作性的规定。实际工作中便出现了"两委"关系不协调、村书记和村主任"顶牛"的现象。有的村党组织负责人把这种"领导核心"简单地理解为"党支部说了算"，书记是村里的"一把手"，大小事情都要由书记说了算。也有的村委会主任依仗自己是村民投票选出来的，便依据法律法规赋予的职权，不把村党支部放在眼里，讨论决定事情根本不让党支部知道。从最近两年各地的案例来看，大多数是因为村党支部书记越俎代庖，使村委会形同虚设而引发矛盾；只有极少数是新当选的村委会主任违规操作，与党支部书记"对着干"。这种情况表明，在现实生活中，导致"两委"关系不和睦的主导因素是前者而不是后者，是村党支部书记领导权变为管理权，包办村务，不尊重法律规定的村民的民主权利，代替村委会行使自治权。

政治学理论认为，村民自治最重要的标志就是村民直接选举村委会成员。事实上，村委会直接选举作为村民自治肇始的重要环节，已有了实质性的进展。但仍存在着不少问题。一是法律规定的选举程序难以正常履行。推选村民委员会和候选人之前，有的村没有按照法定程序召开村民代表大会和村民小组会，候选人基本上是由村委会确定原来的几个村干部，不是由村民直接提名产生的，选举委员会成员也都是由村干部指定的。二是有的地方不是按要求集中投票和设投票站，仍然普遍采取挨家挨户的流动式投票。三是受到贿选等不良社会风气的影响。有的候选人采取吃、喝、拉、请等手段，甚至使用金钱贿赂选民；有的地方利用宗族势力给选举施加影响，形成宗族化选举。四是村级直选的选民数量无法保证。由于青壮年外出的多，不少村直选现场多为老人和妇女。不少外出务工人员也不再关心村里的选举。

村务公开和民主管理是民主选举之外，其他三个民主实现的基本形式，也是规范和督促村委会正确履行职责和开展工作的机制保证。虽然《中共中央办公厅 国务院办公厅关于健全和完善村务公开和民主管理制度的意见》（中办发〔2004〕17号）

就村务公开和民主管理的内容和形式做出了具体的规定，但在贯彻实施中并不尽如人意。有的地方至今仍是 1998 年时建立的公开栏。有的村虽然建立了比较规范的公开栏，但只在检查时或年终时简单地公开一下，公开的内容也是"云山雾罩"，谁也看不明白。村民代表会议或村民大会停留在纸上、墙上，形同虚设，一年两年也不开一次村民会议或村民代表会议，村内的事务或由村干部说了算，或由村支部书记说了算，村民自治往往变成了"村干部自治"。有的村民自治建立的村务公开监督小组、民主理财小组由村干部授意或下指令产生，根本起不到应有的限制作用，相反，加重了村内财政的负担。

《村民委员会组织法》作为村民自治的法律主体太单薄。因为在农村基层行政村一级内部，能够用来使村民实现自治的组织，不仅有村委会这一组织，还有包括村民代表大会组织、村党支部（或党委）组织，再就是像由浙江武义后陈村所创设的被人们称为"村级第三驾马车"的村务监督委员会组织等在内的多个组织。首先，村委会组织是上述多个组织所形成的村民自治组织体系中的一个，《村民委员会组织法》是村民自治中的一个方面，它不可能涵盖有关村民自治的全部法律制度。目前不少乡村缺乏对村民自治组织机构的科学配置以及对其组织体系整体结构的合理设置。在这方面全国各地仍在实践探索之中，模式不一，难以规范，因而在实施中难以体现法律应有的地位和权威。另外，关于村民自治中侵权救济的内容语焉不详。例如，村民自治组织如果做出违反宪法和法律的决定，侵犯村民民主权利、人身权利、经济利益怎么办？地方党政机关及其工作人员违反或者严重妨碍《村民委员会组织法》的实施怎么办？由于对违反组织法的行为没有规定刚性处罚措施，我国现行的刑法、行政诉讼法、行政复议法也都没有将村级民主权利纳入其调节范围之内，从而造成侵权救济的渠道单一、侵权救济机制薄弱的现状。

村民自治在一些地方步履维艰，或成为形式主义，与当地乡镇干部的抵制不无关系。这部分人大致有两种心态：一是人民公社时期的行政管理体制的影响至今未消，仍然迷恋手中的

乡里

155

权力，从而把村委会当作自己直接的下属行政组织，"指导"变成"领导"；二是所谓"稳定压倒一切"，不求有功，但求无过，只要自己任期内平稳度过。当然更有甚者，极少数乡镇干部、村级干部、乡村先富起来的"大款"构成了乡村的权势阶层，他们之间相互妥协、沆瀣一气，成为村民自治的一大阻碍。究其原因，是乡镇政府领导的产生方式与村民自治不相适应。按照我国现行干部管理体制，乡镇长的任免程序是组织部门考察、推荐，乡镇人民代表大会选举产生，实行的是间接选举。乡镇政府是国家政权的基础，直接面对群众、指导群众、服务于群众。乡镇领导的学识、作风、能力直接影响着几个甚至几十个村的村民自治工作。但是，现行干部人事体制极易造成乡镇领导只注重对上级负责，而忽略了群众的利益，导致乡镇干部频繁调动、工作不实、消极应付、弄虚作假、欺上瞒下甚至违法违纪等现象的产生。

经济基础决定上层建筑。目前，在我国一些地区，仍然存在着地处偏远、交通不便、信息闭塞，文化、科技、教育落后，经济基础薄弱，特别是集体经济发展滞后的贫困现象。有的村集体除了固有的土地、山林和草场外，没有一分钱的公共积累，是名副其实的经济"空壳村"。有的村至今没有固定的办公场所。落后的经济，必然导致落后的文化、教育和科技，必然导致村民民主意识相对薄弱。一定的经济条件是村民自治和基层民主发展的动力。学者王振耀在对"海选"的故乡吉林省梨树县、妇女参政带动村民自治发展的河北省迁西县和村民自治模范县山西省临猗县、湖南省临澧县进行广泛调查后得出结论："在我们调查的六县区，绝大部分农村均有一定的集体经济和以此为基础形成的公共利益。这些公共利益也是六县区实行村民自治和基层民主发展不容忽视的重要基础。"

谈及村民素质相对较低，有必要分析一下城乡居民收入之间的差距。国家统计局 2004 年的统计公报显示，2004 年全国农村居民人均纯收入 2936 元，城镇居民人均可支配收入则为 9422 元，城乡收入差距由 1990 年的 824 元增长到 6486 元。而农村居民的收入是在其基本没有医疗、社保的条件下获得的。

空山夜静

据卫生部门统计，2003 年，农民住院人均费用达 2236 元。也就是说，一个农民住院，他全年的收入可能大都要花在医疗费用上。很难设想，一个连基本生活都难以保证的村民，能够有村民自治所需要的文化素质和民主意识。另外，由于受五千年的封建文化思想的影响和长期小农生产方式的局限，相当一部分村民思想因循守旧，习惯于"上边咋说我咋干"，不懂得如何行使自己的民主权利。有些地区只流于形式的村民自治工作挫伤了村民的积极性，使他们对村委会选举持无所谓态度。

3

近年来，为应对"农村真穷、农民真苦、农业真危险"的"三农"问题，国家先后推行了以税费改革为核心的一系列改革，先是费改税，紧接着又免除了农业税，到 2006 年 1 月 1 日，全国 32 个省市免征农业税，长达 2600 年的农民交纳皇粮国税的历史终告结束。为确保税费改革的成果，中央辅之以乡镇机构改革、县乡财政体制改革以及农村义务教育改革三项综合配套改革，改革力度之大、范围之广，为 20 世纪 80 年代以来农村改革之最，被学者称为继土地承包、村民自治之后的农村"第三次革命"。取消农业税的重大意义在于，它打破和动摇了城乡二元结构的税利基础，大大减轻了农民负担，增强了他们的再投资和消费能力。税费改革给了农民休养生息的机会，重构了国家和农民关系以及乡村关系。

农业税退出历史舞台并非农村改革的尾声，而是另一场改革的开始。如何确保税费不反弹，打破"黄宗羲定律"的怪圈？如何提供农村经济和社会发展所需要的基础设施和公共服务？"建设社会主义新农村"的决策就是在这一背景下做出的。也有学者用一组数据说明了建设社会主义新农村的必要性和紧迫性。2005 年，我国的财政收入达到 3 万亿元左右，而中央财政用于农村基础设施建设方面的资金约为 293 亿元，不足国家总财力的 1%；同期国家国债投入 8 万亿元，其中城市基础

乡里

设施建设规模为 2 万亿元，约占 1/4，而农村基础设施建设规模仅占 0.146%。目前，占全国人口 60% 的农村居民只享有了 20% 左右的医疗资源，城、乡社会保障覆盖率之比为 22:1；全国还有将近一半的农村没有通自来水。建设社会主义新农村，让公共服务更多地惠及农民，让公共财政更多地覆盖农村，是遏制城乡差距拉大趋势，解决"三农"问题的根本出路。"三农"问题专家李昌平认为，新农村建设主要包括：乡村人民民主政治制度建设，乡村社会福利体系建设（教育、医疗、养老、文化等），乡村生产力基础建设（市场组织建设、基础设施建设、生产技能和新科技的应用体系建设等）。当前，以村民自治为主要内容的乡村人民民主政治制度应成为三大建设的核心，没有这一条，乡村福利制度体系和乡村生产力建设都不可能体现人民意志。

随着农村税费改革和新农村建设的实施，村民自治的外部环境正在发生积极的变化，其自治基础日益增强，从而为村民自治的健康发展创造了有利的环境，村民自治正在迎接新的发展契机，并向其本义回归。

4

实践表明，全面推进村民自治，解决一些深层次问题，需要大智慧，特别需要体制创新和整个国家政治体制改革的支持。

村民自治是 9 亿农民广泛参与的一项基层民主活动，要使亿万农民共同进行协调有效的社会参与，必须有完善、规范、稳定的法律体系。一是根据农村形势发展的需要和村民自治的实践，对《村民委员会组织法》做进一步的修改。制定并完善以直接投票方式选举产生村委会干部的民主选举制度，以村民会议或村民代表会议为主要内容的民主决策制度，以村民自治章程和村规民约为主要内容的民主管理制度，以村务公开、民主评议村干部和村委会定期报告为主要内容的民主监督制度，实现村治的有法可依。二是建立村干部"离任"审计和村委会"委托审计"制度，完善村级财务制度和专业审计制度。三是争取制定统一的《村委会选举法》，对目前争议较大的"村民资格"的界定、罢免程序、违法现象纠错等问题予以立法明确。同时，提请全国人大及其常委会修改刑法和三大诉讼法，使之扩大适用于村委会选举，尤其是将选举违法的相关行为纳入现行《刑法》"破坏选举罪"。四是明确界定乡镇政权和村委会的关系。用法律细则明确规定乡镇政府通过哪些行政行为来指导村委会的工作，尤其要明确乡镇机关及其工作人员违反法律法规的规定、侵害村民选举权利的行为所应当承担的法律责任，以增强法律的可操作性。

近年来，各地提倡实行村书记和村主任"一肩挑"，"两委"成员交叉兼职，实践中取得了不错的效果。以笔者所在的永州市为例，在2006年进行的第六次村委会换届选举中，有60%的村实现村支书、主任"一肩挑"，最多的祁阳县达到87.5%。但在实际中有些情况需引起注意：有些地方将"'两委'合一"理解为"党政合一"，目的是加强党的领导，节约开支。而没有认识到，将村党组织作为重要因素纳入村民自治制度设计之中，是建设社会主义政治文明，在新时期下推进村民自治的需要。首先，村党组织成员依法参与村委会选举竞争，可以在选举中检验自己的群众基础，用自己的先进性赢得群众的拥护，从而重塑基层党组织的权威，巩固党在农村的执政基础。其次，村党组织更多地以村民自治组织的名义从事农村社会管理事务，遵照民主决策、民主管理、民主监督的程序，与村民群众一道参与自治活动，在参与中实现党的领导，把党组织的意图变为群众的自觉行动，能够从制度上解决一些地方存在的党的领导和村民自治"两张皮"的现象，解决一些地方的党支部及其成员游离于村民自治之外或凌驾于村民自治之上的现象。同时，党组织对基层民主实践活动中涌现的群众领袖，不断纳入培养范围，从而通过人民民主与党内民主的互动，走出一条充满生机和活力的民主之路。

要抓住建设社会主义新农村的契机，夯实村民自治的基础。首先，大力发展农村经济，大力发展农村文化教育，提高农民（包

乡里

括村干部）的文化素质和政治参与意识，引导农民破除自然经济和落后、保守的小农意识，逐步确立适应社会主义市场条件的自主、平等、竞争、民主、法制、科学、效益、创新等现代意识，成为发展农村基层民主合格的主体。同时，加强村民自治的培训，提高村民的权利观念和自治观念，使村民全面准确掌握自治权的内容和行使的程序。

村民自治是大众参与的过程，需要培育和发展农村各种社会资源。一是积极发展"民管、民办、民受益"的各类农民合作经济组织，通过制度规范这些组织并提升他们的法律地位，使之能代表村民进行利益表达，维护自身权益。二是将各种农村精英吸纳到村民自治的治理机制中来。发挥经济精英（主要指村民中的企业家、承包经营户、种养大户等经济能人）、政治精英（主要包括村民中的中共党员，在、离任村干部，复退军人，人大代表，政协委员等）、文化精英（主要包括村民中具有较高文化程度的回乡知识青年，离退休回村居住的教师等）、宗法精英（主要是指基于姓氏、宗族等血缘关系甚至村落等地缘关系、同学朋友等关系而形成的小团体中的具有较大影响力的人物）的积极影响和作用。同时，还要引进城市志愿者（其中包括政府下派干部、自愿到乡村工作和建设的人员），为村民自治注入新的活力。

"生之者寡，食之者众"，成为乡镇一级面临的最大难题。简单地推行乡镇机构改革，已无法走出"精简——膨胀——再精简——再膨胀"的死循环。因此，必须启动新一轮的乡镇综合体制改革。首先，大力推行选民直接选举乡镇负责人。自1998 年开始，四川、广东、山西和河南等地农村相继进行乡镇长选举改革的试验，取得了不少成功经验。当前，应当结合税费改革和新农村建设，使乡镇直接选举由点到面扩展，促进乡村社会由"官本位"社会向"民本位"社会转型，乡镇政府由"官本"政府向"民本"政府转变。其次，把自治制度逐步推进到乡镇一级。乡镇自治是乡镇直选不泛空化、形式化的重要基础。乡镇政权改革应遵循转型期以来中国农村政治发展的基本逻辑，国家的行政权力要逐渐退出农村的政治领域，最终在国家法律权威下建立授权性自治体制，即在村一级实行村民自治，在乡镇一级实行社区自治。同时广泛实行委托服务制，大量减少县级政府在乡镇一级所设立的垂直控制、上下对应的机构，把县政府服务农业的公共活动通过委托的办法交给乡镇自治政府和民间组织办理。

2006 年 9 月

乡里

文与化

　　文化及文化力是衡量社会发展综合水平的重要尺度，是推动区域经济发展的内在驱动力。湘南永州是一个文化资源大市，素有"文化永州"之称，如何把深厚的文化底蕴和文化传统与当今时代发展有机结合，进而迸发出巨大的创造力，极大地推动生产力的解放和迅速发展，是永州经济和社会发展中值得研究并亟待解答的重大课题。

1

　　文化是人类所处环境中由自己创造的一切意识形态的成果，是人类知识、精神、信仰、艺术、道德、法律、风俗，以及人类作为社会成员后天获得的其他一切能力和习惯的总和。

不同民族、不同地域的文化形成了人类文化的多样性。作为社会意识形态的文化，是一定社会的政治和经济的反映，同时又对一定社会的政治和经济产生巨大影响。文化力就是文化的实力，主要表现为文化的生产、消费、传播、创新对经济、社会、政治发展的推动、导向、凝聚和鼓舞，表现为文化资源的储备程度、文化环境的培育状况和文化事业、文化产业的发展水平。一个国家、一个地区、一个城市综合实力如何，是否有竞争力，很重要的是看它的文化及文化力发展水平，看它能否用先进的文化组合各种资源，凝聚各方面力量，最大限度地调动人才队伍的积极性、创造性，形成强大的综合实力和竞争力，取得竞争优势。

文化及文化力始终是社会进程中的决定性因素之一。作为世界上历史最悠久、最具特色的文化类型之一的中华文化，孕育了自强不息的中华民族，给亚洲乃至世界带来了积极影响。20 世纪后半叶以来，东亚日本和"亚洲四小龙"以惊人的速度和质量实现了经济增长和社会发展。许多学者和经济学家审视这一经济"奇迹"时认为，这些国家和地区的崛起很大程度上得益于儒家文化中的积极成分。日本企业精神受到深厚的儒家文化的影响，其倡导的人即资本、和能生财、忠诚三大理念均来自儒学；儒学在韩国的工业化过程中，始终作为秩序原理而存在；仁爱和谐是新加坡华人企业家管理和建设的核心。而以波澜壮阔的文化运动为标志的欧洲文艺复兴，无疑开启了欧洲近代文明之门，对欧洲国家的社会发展起到了关键作用。恩格斯在论述欧洲文艺复兴时说，没有 16 世纪欧洲文艺的闪电，就没有欧洲城市工业革命的火花，也就没有欧洲城市经济的复兴。德国在 18 世纪以前曾远远落后于欧洲其他国家，但 18 世纪以后，德国从哲学入手，先完成了文化革命，催生了一大批伟大的哲学家、思想家，而后进行社会革命，再进行产业革命和技术革命，从而实现了国家整体实力的跨越式发展。

当今世界，经济、文化日趋一体、共生互动，文化力和经济力相互交融，形成一种全新的社会发展力量。一方面，经济的发展，促进了科技产业和文化产业的迅速发展；另一方面，生产中的科技含量和文化附加值正在不断增长，经济活动中文化力的作用日益显著，并且文化不断地向经济和生产活动渗透，给经济的发展提供了强大的智力支持和精神动力。从世界经济发展的潮流看，文化及文化力的竞争正在继生产、管理、信息化的浪潮之后，形成第四次浪潮。美国大片、NBA 实况转播、日本动漫画、韩国电视剧和网络游戏……争夺"眼球"的文化撞击每天都在我们身边上演。有学者指出，当今世界上的国家像金字塔一样分为三个层次：第一层是创造文化符号，制造价值观念的国家；第二层是传统的制造业国家；第三层是农业国家。美国明显处于金字塔的顶端，其实力支柱就在于输出文化价值。20 世纪 90 年代末，美国的消费类视听技术文化产品出口达到 600 亿美元，取代航空航天工业的位置，成为第一大出口产品。日本制作的动画片占世界各国播放的动画片的60%，因此该国以动画片为中心，极力向海外扩张文化产业。韩国 1998 年正式提出"文化立国"战略，政府加大对文化产业的投入，短短几年，其电影、电视和游戏成为席卷亚洲、冲击世界的"韩流"现象。党的十六大指出，要完善文化产业政策，支持文化产业发展，增强我国文化产业的整体实力和竞争力。张德江同志在担任浙江省和广东省主要领导时都极力倡导经济、文化的协调发展，并就文化的影响力指出，从某种意义讲，新世纪的经济，就是"文化经济"。从当代世界经济的发展来看，建设文化及文化力的浪潮正滚滚而来并越发热烈和激越，文化在经济社会发展中的地位和作用越来越重要，已成为影响国家和地区竞争力的关键。

2

"张家界是一幅画，永州是一部书。"数年前，时任湖南省委副书记文选德同志站在永州的舜皇山上，由衷地发出感慨；2002 年 10 月 3 日《湖南日报》头版刊载"中华文明永州最早说"引起反响，在北京社科院主持的"中国民族文化、地域文化兴衰互动及文化遗存价值判断"研讨会上，湖南社科院课题组提出的"中华文明最早发源于永州说"得到了专家学者的认可；2002年11月，《湖南作家》出版特辑《文化永州》，全方位、多视角解析和审视永州的文化……在各级政府和各界专家学者的共同推动下，永州深厚的历史文化走出深闺并声誉日隆、影响渐大。近年来，永州市委、市政府把以文化旅游为龙头的第三产业作为支柱产业来抓，写入历年的政府工作报告，宁远舜帝陵的修建，双牌阳明山的开发，祁阳金洞漂流的兴起，使永州文化旅游业的开发拉开了帷幕，打破了沉寂，永州文化产业和文化事业得到了一定程度的发展，"文化大市"的形象初现端倪。但是，相较省内外甚至国内外文化及文化力蓬勃发展的态势，无论从整体还是局部而言，永州文化及文化力的发展显得步履缓慢，在经济和社会发展中的作用不明显，与"文化大市"的要求和人民群众日益增长的需求有较大差距。

文化在永州经济社会发展中的作用与所处地位极不相称。2004年9月13日，《湖南日报》A2版一篇名为《永州旅游何日跃出"冰点"》的文章很让永州人气馁了一阵。文章引用一位资深旅游专家的话，说永州是一本文化品位很高、雅俗共赏的旅游文化奇书，文化厚重、风景优美、生态良好，许多景点具有世界级竞争力。然而，周边衡阳、郴州都是游人如织，火爆异常，但旅游资源丰富的永州却非常清静、寂寞。事实上，与省内先进地市比较，永州旅游发展现状的确难以让人满意。张家界2004年第三产业产值45.86亿元，其中旅游收入32.01亿元，第三产业占GDP 81.91亿元的56%；郴州2004年接待海内外各类游客630万人次，旅游收入33亿元，综合旅游收入由1999年的全省第九上升到全省第三，过去的湘南小城已成为中国优秀旅游城市、全国"双拥"模范城和省级园林、卫生城市。而永州2003年第三产业中旅游业全年接待游客230万人次，收入7.5亿元；2004年全年接待各类游客260万人次，实现旅游收入8.2亿元，差距非常明显。旅游业的发展只是永州文化及文化力现状的一个缩影。就狭义的文化力而言，永州的文化、艺术、出版、文物保护、图书馆、档案馆、群众文化、新闻、文化艺术经纪与代理、广播、电视、电影业等，虽然比较以前有了一定程度的进步，但仍处于一个较低的水平，既没有生产和提供丰富足够的精神产品和精神活动，也没有在融入经济、服务经济和促进经济发展中形成强大的助推力。

城市中心文化发展滞后极大地束缚文化产业的做大做强。地改市十年过去，永州的经济和社会发展有了长足的进步。相比交通基础设施建设、城市建设、工业化进程、农业产业化发展，中心城市文化事业和文化产业的发展乏善可陈。究其根源，虽有经济欠发达、财政基础薄弱等方面的原因，但更多的是认识和观念上的问题：认为文化事业是只有投入没有产出的事业，必须慎之又慎；文化产业是投资大、见效慢的长远工程，只能慢慢来；文化旅游业不是全市经济发展的大头，应有轻重缓急之别。再加之地改市之后，永州市和原芝山区的管理体制不顺畅，建设过程不平衡，由此导致的结果是，原作为地区文化中心的芝山区文化建设基本停滞；市委、市政府搬迁到冷水滩，文化建设同样远远滞后于城市的扩张和发展。尤为可惜的是，即便是原有的文化资源和文化设施，也正被浪费、破坏和流失。一方面，传统文化因遭严重破坏而消失殆尽；另一方面，现代文化出于经济原因而步履维艰。本应成为全市文化建设发展的榜样和启动力的城市中心地位变得尴尬，永州省级历史文化名城的光环正逐渐消退甚至走向文化衰落。

从文化发展的阶段来分类，可以将文化产业分为传统文化产业和现代文化产业。传统文化产业是以古人文资源为内容或以其为基础和依托发展起来的经济产业。谈及"文化永州"，让人联想到舜文化的久远、瑶文化的奇异、柳文化的博大、理学文化的精辟、女书文化的神秘；历代形成的古陵、古庙、古楼、古阁、古塔、古碑等文物，数量之多，传世之珍，居湖南省首位。这些构成了永州文化独特的标志。但是，在今天这个科技和文化发展突飞猛进、日新月异的时代，历史文化的作用更多地体现在如何服务于经济社会的发展。仅靠历史文化无法丰满"永州文化"这部鸿篇巨制的内涵，也无法成为支撑文化大市的基石。近现代以来，出于种种原因，永州偏居湘南一隅，现代文化的土壤贫瘠，现代文化的发展不足，一方面，我们没有出现像沈从文、齐白石、黄永玉那样登高望远、影响四方的大家，永州文化的知名度和美誉度难以提高；另一方面，也没有生产出一流的教育、科学、文化、艺术、出版、影视等方面的文化产品，来提高社会文明程度和人民文化素质，创造良好的经济和社会价值。同时，即便是古文化，我们仍然只是停留于表面的挖掘和开发，对其精神和智力的传承和利用不够，没有充分释放其在经济和社会发展中的作用和价值。

公共文化设施匮乏严重制约永州文化及文化力的发展。公共文化设施是一个地区和城市文化及文化力发展的基础，其建设状况是该地区和城市文化及文化力发展水平的反映。作为"文化永州"或打文化牌的永州，公共文化设施的建设状况令人担忧。从城市来看，即便是作为永州中心的冷水滩、零陵，几乎没有公共文化设施，甚至连一处真正意义的文化广场都没有，市级图书馆、文化艺术中心、大剧院等仍然是一纸设想，而在广大的农村，文化设施的缺乏更为严重。按照我国现有文化事业结构框架，农村文化事业主要由乡镇文化站组织和管理，农村文化事业经费和文化站人员的工资由乡镇财政管理，县区财政给予少量补贴。财政包干后，大部分乡镇没有（也无力）再拨列文化事业建设和群众文化活动经费。据文化部门统计，永州尚可开展文化活动的乡镇文化站约 60 个，占全市乡镇文化站总数的 32%，近 70% 的乡镇文化站既无文化活动设施，也没有开展任何活动，可以说是有其名而无其实，农村精神文明建设的现状不容乐观。而电影放映单位、艺术表演团体、文化馆等文化事业单位，运行的模式仍然是"财政支持型"和"社会福利型"，出于经费、体制等方面的原因，入不敷出，捉襟见肘，生存艰难。同时，现行文化管理体制改革滞后，文化、广电、新闻、出版、体育等部门机构交叉重叠，条块分割，多头管理，职责不分，难以协调统一，极大地阻碍了文化产业和文化事业的发展。

文与化

有学者指出，从世界历史来看，19 世纪是生产力的较量，20 世纪是比制度，21 世纪比的是文化。知识、智慧、价值观念、精神动力以及文化所创造的人文环境，文化发展所形成的巨大创新能力和人力资源，最终将转化为物质形态的竞争力。永州是一个新兴地级城市，属于经济欠发达地区，加快发展始终是第一位、最紧迫的任务。通过文化及文化力的发展，使文化永州成为吸引粤港澳经济要素的"金字招牌"，成为永州经济实现后发赶超的强劲动力，是永州经济和社会发展的必然选择。

把文化及文化力发展置于永州经济和社会发展中的突出位置。永州作为一个文化资源大市，文化及文化力的发展具有得天独厚的优势，建设文化大市，用文化推动经济发展，也已逐渐成为共识。永州的领导者和决策者应当从"非不能也，乃不为也"的怪圈中走出，"咬定青山不放松"，在建设和谐永州、速度永州、诚信永州、小康永州的同时，大力建设文化永州。面对全面建设小康社会必须大力发展文化的新趋势、新机遇、新要求，立足当前，着眼长远，认真思考培植文化力、发展文化事业的战略性、前瞻性和全局性问题，就文化及文化力发展的重点与内容、发展的步骤、途径加以辩证分析，进行量化和细化，以此确立文化事业发展的规划和目标。

加快永州城市中心的文化及文化力的发展。无论是出于今天永州经济社会发展的现状需要，抑或是适应未来区域调整划分的趋势要求，城市中心的文化建设和发展都应当成为永州经济和社会发展的重中之重。加快城市中心的文化建设是永州建设文化大市、迅速做大做强城市中心的关键。应当把文化事业的建设和文化产业的发展纳入城市中心"三化"进程尤其是城镇化建设的重要内容，列入重要议事日程；把城市中心公共文化设施建设作为城市规划和建设的重点，加大建设力度，加快建设步伐；逐步完善公共文化服务体系，广泛组织开展群众性文体活动，促进文化生活的全面繁荣；树立与经济体制相适应

空山夜静

的文化发展观，大力发展文化产业，使文化产业在地方经济中的比重不断提高，作用日趋明显。

把文化旅游业作为城市中心文化力发展的突破口。旅游业是第三产业的龙头，被称为永不落幕的"朝阳产业"，也是近年中国国民经济各行业中最具活力的新兴产业和新的经济增长点之一。联合国世界旅游组织（UNWTO）曾预测，到2020年，中国是全球最大的旅游目的地国和第四大客源国，届时我国国际旅游创汇可望达到600亿美元，国内旅游收入达到2万亿元人民币，旅游业总产值占国内生产总值的10%以上，成为名副其实的支柱产业。近几年来，郴州市定位为粤港澳"后花园"，把发展生态旅游作为城市名片来经营，吸引了沿海地区大量的游客，从而通过人流带来了物流和资金流，促进了经济的跨越式发展。从永州的现状分析，永州作为长期以来的经济欠发达地区，工业基础薄弱，农业规模欠缺，要在短时间内实现很大突破，可能比较困难，而经济增长潜力最大、拉动力最大、实施生态环保效益型战略构想启动最大的便是加快城市中心的文化旅游建设。从实际情况来看，城市中心零陵古城、柳子庙、怀素公园、萍岛等景点星罗棋布，各具特色，历史文化底蕴深厚，自然风光优美，在省内乃至国内都极为罕见，开发潜力巨大。因此，应当下大力气把以城市中心文化旅游为龙头的第三产业培育成永州经济新的增长点，同时通过文化旅游的建设，迅速提高城市中心的景点品位、城建品位、文化品位，提升市民素质和文明程度，提高城市的知名度和美誉度，从而促进招商引资和经济发展。

城市形象是一种"公众意象"，是公众对城市的总体评价和感知，包括理念形象、行为形象、视觉形象等，表达着城市的结构、个性和意蕴。城市形象是城市的无形资产，一笔巨大的非物质财富。随着城市化进程的加快，城市形象与经济发展和社会进步的关系越来越密切。城市形象不仅成为一个地区综合实力和文明程度的重要标志，而且也是区域经济和社会进步的强大推动力。信息时代经济就是注意力经济，也就是所谓的"眼球经济"，在各种经济要素顺畅流动的今天，谁最受关注，谁就最拥有吸引资源的可能。

个性和特色是城市形象的灵魂。城市的总体形象由于特色形象的存在而得到强化、渲染和提升。城市形象塑造的成败很大程度上取决于社会对城市形象的认知、城市个性的彰显、历史文化的珍视和文化意识的回归。海内外的许多城市已把形象的定位作为打造城市品牌的关键。例如，伦敦申奥时强调城市的多元化、文明、包容的特质；北爱尔兰在推广城市的品牌时定位为"触摸精神，感受热情"，把适宜开展各种户外体育活动作为核心价值；香港聘请了著名的浪涛公司设计出"动感之都"的城市品牌；成都聘请王志纲进行大成都城市发展战略和成都市形象品牌策划；大连提出"最佳生活地"的概念；青岛把城市导入形象设计系统，以"和谐、卓越"为理念，提出"帆船之都"的战略构想；杭州提出了"休闲之都""住在杭州"的城市品牌发展战略。

同样，永州的城市形象塑造，必须在进行城市形象现状分析和城市形象资源调查的基础上，挖掘与城市自身条件相符合的特色，从而找准定位。从目前而言，永州的城市形象定位应当突出和发挥自身丰富的文化资源和良好的生态环境这两大优势，围绕"绿色永州，天下文化"的主题来塑造自身的形象。永州境内有国家森林公园 3 处、国家级自然保护区 1 处、省级自然保护区 5 处，森林覆盖率居全省前列，2004 年环保监测空气和水质量居全省前列，是名副其实的湖湘绿城。永州市第二次党代会将经济发展方向定位于生态环保效益型经济，着重做好生态建设、环保工程和绿色产业三篇文章。应当说这是立足永州实际、发挥永州特色的点睛之笔，但必须落到实处，始终贯穿于经济社会发展的全过程，才能成为"后发永州"的最大优势；永州拥有舜文化、柳文化、女书文化、瑶文化、理学文化等一大批国家级乃至世界级的文化品牌，是中华民族道德文明之源、世界稻作农业之源和制陶工业之源，称为"天下文化"，可以说是实至名归，必须倍加珍惜。永州文化及文化力的发展，必须牢牢把握好这两大优势，使之成为永州的品牌，并且这种优势只能加强，不能退失。在经济发展过程中，要牢固树立科学发展观和正确政绩观，加强绿色 GDP 意识，妥善处理好招商引资和发展工业、保护生态环境和文化的关系，既要提倡招商，主动承接珠三角等沿海发达地区的产业转移，又要学会"择商"，不能引进那些高投入、高能耗、高污染的企业，重走发达地区先污染后治理的老路子；既要推动"三化"尤其是工业的大发展，又绝不能进行掠夺式的开发，避免"杀鸡取卵""竭泽而渔"等以牺牲环境作为成本和代价的短期行为。例如，永州本地锰矿开发，由于滥采乱挖，严重破坏了自然和生态环境，造成的灾难性后果逐渐显现，已到不治不行、后治已晚的地步。

城市魅力源于城市形象，城市形象有赖于城市精神的支撑。不同城市具有各自的精神特质，而这种城市精神又是城市形象的灵魂，成为城市竞争力的一部分。打造城市形象，是一场深度、广度和速度的竞争，也是一场克服弱点、更新自我、充实资源、提升精神的竞赛。例如，温州精神是坚忍不拔、富而思进，长沙精神是心忧天下、敢为人先。近年来，有学者提出永州的精神是：以民为本，乐于奉献，宽容互助，团结拼搏。这是对永州历史文化特别是舜文化的传承和概括。但基于永州加快发展、实现赶超的现实需要，应当进一步丰富和提升。当前，在建设永州"城镇化、工业化、农业产业化"进程中，永州精神需要提倡和弘扬"诚信为本，勇于创新"的理念。诚信是舜帝德治思想的要义，是传统儒家文化的精粹，更是今天法治社会和市场经济的基石，诚信永州是建设速度永州、和谐永州、小康永州的前提条件；创新是一个民族进步的灵魂，是一个国家兴旺发达的不竭动力。后发永州最缺乏、最需要的就是创新的思想和行动。创新要面对现实，实事求是，立足于永州的实际；要目标明确，讲究实效，把发展和效率放在第一位；要打破常规，敢于求异，摒弃不合时宜的观念和做法。永州必须不断增强发展意识、务实意识、诚信意识、创新意识，切实优化发展的环境，努力营造干事的氛围，激发广大干部群众的积极性和创造性，从而在当今这个百舸争流、优胜劣汰的时代，迎难而上，勇于争先，更好地发挥后发优势，实现经济社会的跨越式发展。

城市是人类社会文明发展的结果。世界各地尤其是发达国

文与化

家的建设经验和中国改革开放的实践证明，城市化是实现现代化的必然趋势。当前，城市化已经成为中国现代化建设过程中的一场声势浩大、影响深远的"革命"，城市化进程不断加快，城市数量不断增加，规模不断扩大，城市化强有力地推动了经济和社会的发展。但是，在城市化建设过程中出现了一些不容忽视的问题。例如，误认为大立交、宽马路、大广场就是城市现代化的标志，拼命争第一，盲目比排场，浪费了巨大的物力、财力；城市建设见缝插针，只重视提高容积率，不注重环境问题，造成交通拥挤、空气污染、水污染，人居环境质量下降；忽视历史文化和自然特点，城市建设千篇一律、面貌雷同，没有自己的个性和特色。永州地改市十年来，城市建设有了长足进展，特别是新一届永州市委提出发展生态环保效益型经济，建设青山、绿水、靓城的目标，对城市总体规划进行了修编，启动了河东路网、滨江广场等几大城市建设项目，初步解决了原来城建中的散、乱、差、慢的问题，使城市面貌有了较大改观。但仍然存在城市化水平低、城市人口容量小、集聚力和辐射力不强；管理力度欠缺，城市文明和卫生程度差；建设标准不高，缺乏特色，城市品位上不去等问题。尤其是近年来，永州城市中心的规划和建设，偏重冷水滩区的几大重点工程，忽视了"两区相向建设，组团发展"，使零、冷两区面貌相去甚远。

　　城市规划和建设是城市的骨架，是一项全局性、综合性、战略性的工程，涉及政治、经济、文化和社会生活等各个领域。世界上的许多名城，人们注意的往往是其繁华的街道、幽雅的环境、独特的建筑，而忽视了其丰富的文化蕴含的人文精神。丰厚的人文精神，是人的内在素养的提炼和升华，是人站在理性的高度审视自然和社会的思维之光和智慧之果。有了它的培育和弘扬，人可以站得更高、看得更远、想得更深，从而不陷于浅薄，不流于浮躁，不累于虚名，奋进而不狂妄，创新而不莽撞，既改造社会和自然，又与社会和自然和谐共处，把谋求自身的利益与谋求群体和社会的长远利益统一起来。永州要建设成为生态型现代城市，国内外有影响的名副其实的"锦绣潇湘"，城市规划和建设首先应当要突出"文化"这张名片，将无

空山夜静

形的文化意识和底蕴融合到有形的城市规划和建设中，筑造具有浓厚人文精神的城市。永州的人文精神，不仅是对积淀深厚的历史文化的传承和弘扬，而且需要对今天日益丰富多彩的文化艺术产品和精神产品进行培育和创造；不仅是对以零陵古城为核心的历史文化名城的恢复和保护，而且需要把强烈的文化意识和理念注入城市中心、县城、小城镇的街道、广场、酒店、住宅等城市建筑以及农村房屋的规划、设计和建设中去，使之浑然和谐，统筹发展。

永州城市建设要处理好几大关系。一是当前和长远的关系。既要有紧迫的发展意识与竞争追求，又要有超前的未来筹谋与远景目标。有资料表明，根据永州的现有人口、交通、资源、位置等条件和发展趋势分析，永州的城市发展定位是 100 万人口左右的区域性重要中心城市，城市的规划和建设应当立足于这个目标，同时结合建设国家历史文化名城、生态园林城市的要求，进行统筹安排，科学合理地规划、设计和布局，分重点分阶段实施。从长远发展和区划调整的趋向来看，东安、双牌应纳入城市中心的建设范畴予以考虑。当前，把"融城"即零、冷两区的相向发展作为城市中心的建设重点。要学习苏州工业园建设的务实精神，湖南省政府南迁加快长株潭融城的远大气魄，尽快启动永州大道的改扩建建设，特别是岚角山、接履桥一带，永州大道、永连公路、衡枣高速、两广高速交会处，通过建设行政中心、中心车站、新体育中心、物流中心、大型综合市场、文化休闲等项目来加快发展，使之成为永州中心城市的又一增长极。可以借鉴湘潭建设欧洲工业园的做法，利用长丰集团与日本三菱合作的机会，建设"日本工业园"。在规划和建设上，对市、区、乡镇、村都必须严格把关，整体把握，既要协调统一，又要突出特色，对城市现代建筑要按照区域中心城市的要求，起点要高，标准要高，建一处成一处，坚决禁止"火柴盒"式杂乱无章低水平的建设；对古城区的建筑要按照国家历史文化名城的要求，做到"建新如古，整旧如旧"；对农村的建设要着力恢复楚南乡村的自然风貌，与山水和谐统一。二是重点项目和民生项目的关系。既要搞好重点路段、核心区

文与化

173

域和标志性建筑设施，又要把有限的资金更多地用在"城中村"、背街小巷的改造、卫生设施等民生项目上来，把城市公用设施的观赏性和实用性、标志性和普惠性很好地结合起来。三是权威性和民主性的关系。政府是城市建设的规划者、决策者、管理者和公共用品的主要投资人，一个城市的建设和管理能不能搞好，关键取决于政府的能力、效率和威望。但是，在城建工作中除了正确发挥政府的主导作用之外，还要争取社会各界人士和市民的广泛参与，最大限度地吸纳各方聪明才智，集思广益，全面权衡，择善而从。四是上届政府和下届政府的关系。在城市规划和城市建设上，对上届政府要注重继承、改进和创新，创造性地开展工作；对下届政府，要有"前人栽树，后人乘凉"的胸怀，量入为出，注重打好基础。

党的十六大以及十六届三中全会、四中全会都把文化建设和文化体制改革提上了重要的议事日程。2003 年，国家启动了文化体制改革试点工作，北京、上海、广东、浙江等 9 个省市，35 家新闻出版、广播影视、文化院团被列为改革试点单位。2004 年 4 月，国家新闻出版总署授予山东世纪天鸿"出版物国内总发行权"和"全国性连锁经营权许可"，以此为标志，民营书店开始享受与国有新华书店完全平等的政策空间。深层次变革文化体制，大力发展文化产业，已经成为中央到地方各级政府的共识。改革是发展的动力，创新是进步的源泉。解决制约文化事业和文化产业发展的体制性障碍，打破各种制约先进文化发展的束缚，是永州打好文化品牌、加快建设文化大市的极其重要的手段和最为快捷的途径。

深化文化管理体制的改革。要着力解决长期以来文化管理体制存在的分工过细、职能交叉的问题，把政府机构改革和职能转变与文化体制改革紧密结合起来，按照行政管理和市场经济的内在规律，对现有的文化、广电、体育、新闻、出版等国家文化管理部门进行优化组合，建立精简、统一、高效、权威的大文化政府管理机构，全面负责娱乐、演出、美术、音像、影视、出版、广告业等文化事业和文化产业的培育、管理、调控和监督，尽快改变目前这种政出多门、部门分割、多头管理

空山夜静

的状况。要转变政府文化管理职能，政府文化部门要从"办文化"转向"管文化"，实行政企分开、政事分开、管办分离、简政放权，使文化单位真正成为市场的主体。

文化企事业单位特别是文艺团体，要遵循艺术规律和市场规律，积极推进人事制度、分配制度、行政后勤制度改革，形成有效的激励、约束机制，优化配置和充分利用各种资源，借鉴经济及其他领域改革的经验，借鉴国内外相关的先进经验，探索和推行签约制、演出经纪人制、节（剧）目制作人制等精神产品的生产和营销机制。完善文艺团体养老、医疗保险等社会保障制度，推行文艺工作者自由职业化，形成合理有序的人才流动机制，促进人才能上能下、能进能出。同时要深化文化产业投融资体制的改革，探索完善吸引外资、社会性投入、自我积累、财政性投入等多元化投资方式，建立多渠道的筹资体制，充分利用国家给予的优惠政策，争取更多的社会机构、非文化企业及个人赞助文化事业，努力形成与市场经济制度、加入 WTO 和进一步扩大开放相适应的思想观念、管理体制和运行机制，放手让文化发展的活力竞相迸发，让文化发展的要素最大优化，尽快做大做强一大批市场竞争力突出、社会效益和经济效益明显的文化企业，培养造就一大批专业水平高、影响力大、创新能力强的文化人才，使之成为永州建设文化大市的脊梁。

2006 年 3 月

兴功济物

近年来，社区建设以燎原之势在全国迅速地推进，呈现出由点到面开展、由大城市向中小城市延伸的态势。但是，相比大城市社区建设的蓬勃开展，中小城市尤其是经济欠发达地区的中小城市，由于观念、资金、体制等方面条件的制约，基础差，起步晚，进展慢。深入研究这些城市社区建设中存在的问题，制定行之有效的对策，是推进社区建设工作中极其重要的课题。

1

在一些中小城市中，存在不少问题，突出表现在：其一存在着重视不够、认识不足的问题，一些领导和基层工作者对新形势下社区工作的变化和社区建设在城市经济社会发展中的基础作用认识不足，有的甚至认为社区居委会无非就是多了两个字，工作性质还是"换汤不换药"，只是在原来居委会的摊子上换了形式和说法。因此，社区建设工作处于可有可无的位置，既无班子（领导班子），也无法子（总体规划和实施办法）和房子（居委会办公用房及社区建设指导中心）。其二，认为社区建设是城市经济发展到一定程度的产物，是经济发达地区的城市所需要做的事，于是以本地经济尚不发达、资金短缺、基础设施差等理由为借口，工作始终务"虚"不务实，社区调整力度不大，社区建设投入小，各项工作迟迟不落实。

有的基层领导说，社区建设是好，推进城市社区建设非常重要，上为政府分忧，下为居民解愁，何乐而不为？但关键是一个"钱"字，兴建区、街两级社区服务中心需要钱，建设完善社区居委会办公用房等基础设施需要钱，另外，安置老居委会成员以及落实社区居委会成员的工资待遇等都需要钱，而地方本级财政收入小、支出大，保运转甚至保工资都非常困难，哪里还有财力物力投入社区建设？所以，一切只能"从实际出发"，社区建设各项工作"雷声大，雨点小"，停留在口头上、会议上、文件上，只能以汇报迎接检查，以文件应付文件，以会议落实会议。

在一些中小城市中，管理上仍然由单位和政府负责，"单位"的观念根深蒂固。一些经济效益较好、环境优美、设施完善的行政机关、厂矿企业和学校，在单位的社区硬件设施建设中一般前面是办公大楼，后面是生活宿舍区，社区服务、社区环境、社区文化、社区卫生、社区治安等沿用的仍然是"看好自家的门，管好自家的人"的模式，实行封闭式管理，与外界几近隔绝，社区资源无法做到社会共享。而大量经济收入低、居住条件差的下岗失业人员、居民和农村进城人员虽然有"社会人"的身份，却缺乏社会化的管理，其管理仍旧是政府在唱独角戏。另外，许多社区居民总是习惯于"有事找政府"，对提供保障与服务的社区持不信任态度。

社区作为城市最基础的社会组织实体，应实行社区居民自治，让社区居民自己处理社区内的事情，这也是社区建设的内在要求和主要目标。但是，在一些地方，旧的行政管理体制仍然继续延伸。一是区街政府部门仍然"大包大揽"，对社区各项工作指令性多，指导性小；二是政府及其职能部门纷纷在社区内设置组织机构，对社区派任务、下指标，"费不随事转""权不随责走"的现象仍旧存在。另外，在推进社区建设的过程中，一些地方追求形式主义。有的只换"牌子"不换"班子"，工作走过场，应付了事；有的片面强调社区内广场面积的大小、绿化率的高低、硬件设施的好坏，忽视社区建设的实质，不重视社区居民的要求和实际，不注意解决事关居民切身利益的问题。

2

许多中小城市社区建设工作进展缓慢，固然有资金、体制等方面的原因，但关键原因还是领导认识上的问题。所以，首先，必须解决好领导班子的认识问题。各级党委、政府要把社区建设工作提高到维护社会稳定、加快城市经济和社会发展的高度来认识，使社区建设工作成为城区政府工作的主题，作为改革城市基层管理体制和提高人民生活水平的一件大事来抓，列入城市发展的总体规划，列入政府工作的重要议事日程。其次，要通过强化责任来抓认识、抓落实。建立领导带动机制、督查考核机制、政绩考评机制和责任制度等相应的社区建设工作制度，区、街道、居委会主要领导要成为社区建设工作的第一责任人，明确责任、量化任务。通过抽查和考核相结合，调度和考评相结合的机制，将社区服务中心的建立、社区居委会办公场所的落实、社区管理体制的理顺、新开发区社区居委会的规划和建设等硬性指标以及社区服务、社区卫生、社区治安、社区环境、社区文化、社区组织等社区建设内容的完成情况作为考核相关部门主要领导政绩的重要依据，并与干部的提拔使用挂钩，对社区建设工作中避"实"就"虚"，进展缓慢，没有取得任何成效的责任领导不能评优、评先，不能提拔重用。

在我国现阶段，社区的管理是以"块"为主的属地化管理，其范围包括社区居民以及驻社区的机关、企事业单位组成的社区整体。社区建设也必然要以这个整体为平台，形成共同参与、多方投入、共驻共建的新机制。在社区的建设过程中，各级政府要发挥主导作用，切实帮助解决城市社区建设中存在的困难和问题。社区居委会工作人员要多动脑子（想办法）、多跑步子（找部门），主动加强与驻社区单位的协作，充分调动驻社区单位和社区居民支持、参与社区建设的积极性，努力探索利用和整合社区资源的新途径。要通过"上面争一点、财政拨一点、单位赞助一点、社会捐赠一点、自己筹集一点"等多方投入的方法来进行社区基础设施的建设。要争取公安、文化、教育、卫生、体育等部门和工会、共青团、妇联等组织到社区设立相关设施。要通过"谁投资，谁受益"的市场化方式鼓励社区内外的单位和个人投资建设社区。同时，充分挖掘和利用驻社区单位组织和社区居民的资源，实行优势互补、资源共享、共驻共建，使社区资源发挥其最大效益。

随着改革的深入和社会主义市场经济的发展，由企业剥离出来的社会职能和政府转归的社会职能主要由社区来承担，社区建设成为构建"小政府、大社会"城市社会整合体制的基础性工程。要想落实好社区建设这个基础性工程，必须改革社区管理的体制，充分发挥社区居委会作为群众性自治组织和城市社区建设的主体的作用。首先，转变政府职能，理顺社区关系。政府与社区居委会的关系，应当是指导与被指导的关系；政府要转变职能，要把除涉及全社会的宏观社会事务管理之外的权限逐步交还给社区，充分尊重和落实社区居民"自我管理、自我教育、自我服务"的权利，努力实现基层社区"民主选举、民主决策、民主管理、民主监督"。其次，实行责、权、利的统一。政府要按照"权力下放、重心下移、财力下沉"的原则向社区转变职能，政府及其派出机构应从下派工作任务到社区，相应地转变为"服务到社区、责任到社区、接受监督评议到社区"。政府及其派出机构进社区的工作，要按照权利和义务、劳动与报酬对等的原则，实行"权随责走""费随事转"，从财政拨付的专项经费和行政性收费中拨付相应的经费给社区。

社区建设说到底就是为了提高社区居民的生活水平和生活质量，因此，必须把"以人为本，服务居民"作为一切工作的出发点和落脚点。首先，要从社区居民迫切需要解决的问题入手。针对社区的实际，注重办好关系社区居民切身利益的实事，把解决群众生活特别是基本生活方面面临的困难和问题作为突破口，如社区环境的"亮、绿、净、美"、社区治安等。其次，要关爱社区内居民弱势群体。建立以政府为主体、社会广泛参与的社会化帮困体系，对因病因残、双下岗以及"三无"人员等城区特殊困难群体，开展切实有效的扶贫帮困活动，落实好最低生活保障制度，对符合条件的社区困难居民做到应保尽保。最后，要积极拓展社区建设内涵。以社区组织建设为核心，以社区服务为龙头，不断健全区、街、居三级服务网络，拓展服务领域，创新服务模式，提高服务质量和水平，满足人民群众日益增长的物质文化需要。

2002 年 3 月

空山夜静

潇湘故里，零陵古城

零陵是湖南省四大历史文化名城之一，区内人文景观众多，旅游资源丰富。中共湖南省委原副书记文选德说："张家界是一幅画，永州是一部书。"零陵作为自古以来永州的政治、经济和文化中心，就是这部书中最为精彩的华章。

1

潇湘一词，最早见于《山海经·中山经》："澧沅之风、交潇湘之渊。"五代十国时期，在芝山、萍岛二水汇合处建立军事要塞，名曰潇湘镇。这是潇湘第一次正式用作地名。自此，潇湘之名著称于世。以后，潇湘逐渐成为永州乃至整个湖南的美称。几千年来，经文人骚客的讴歌吟哦，潇湘更是扬名四海。

作为潇湘的源头和故里的芝山，应当充分利用这一宝贵的无形资产，加强对外宣传，并围绕这一主题，在旅游开发和建设时做足做好这篇文章。

据张传玺、杨济安编，北京大学出版社出版的《中国古代史教学参考地图集》标注，零陵为夏代以前三十四处重要的古地名之一。舜帝"南巡狩，崩于苍梧之野，葬于江南九疑，是为零陵"（《史记·五帝本纪》）。公元前211年，秦始皇灭六国，建立了统一的秦王朝，实行郡县制，始置零陵县，第一次使零陵由地名变为行政区域名称。西汉元鼎六年（公元前111年），汉武帝析长沙国，始置零陵郡，隶荆州。隋开皇九年（公元589年），将零陵郡改置为永州总管府。零陵、永州自此一地二名。零陵，作为中国最古老的地名和行政区域名称之一，在历史上占据过重要的位置，并且在国内外享有很高的知名度。

2

永州、零陵、芝山一城三名，自古就以丰富而深厚的文化底蕴和优美秀丽的自然景观蜚声海内外，尤其是名山、名水与名人、名文交相辉映，形成了独具一格、富有特色的旅游资源。芝山城区有国家、省、市级重点文物保护单位55处，数量之多、品位之高、影响之大，居全省县区前茅，在全国亦属罕见。唐代著名的政治家、思想家、文学家柳宗元谪居永州（芝山）十年，铸就了柳文化的瑰丽和永州山水的神奇，使永州扬名天下。零陵僧人、书法大师怀素笔走龙蛇，狂草独步天下，与张旭并称"颠张狂素"，其作品为后人学习临摹草书之首选。因此，发展芝山的旅游，必须抓住文化旅游的"牛鼻子"，尤其是要把柳宗元和怀素这两张永州代表性的、在海内外有巨大影响力的名人牌打好，以柳文化为龙头，把历史人文景观和自然风光景观有机地结合起来，在此基础上，重点建设好五大景区。

柳宗元文化景区。以柳子庙为核心，将柳子厚祠堂、"永州八记"中钴鉧潭、西小丘和小石潭的恢复建设以及柳子仿唐街、愚溪、造纸厂后山等纳入柳宗元文化景区的整体建设范围内。景区内单位和个人一律外迁。同时，建设"捕蛇者"广场雕塑、"唐宋八大家"和"八司马"名人塑像以及展现柳宗元华章和后人评述的"柳子碑廊"等景观。另外，朝阳公园、"永州八记"的其他景观，作为补充。在整体修建时，要在政府的引导下，与景观所在地单位和居民共同保护、开发和利用。

零陵（永州）古城景区。一是要修建古城景区，以东山为脉，自矿管局、零陵工业学校后门至三中后山，整体范围包括老干所、市气象局、怀素公园、芝山医院、原军分区等。修复从原镇永楼（现气象局内）至东门（原零陵卫校内）的古城墙以及高山寺、武庙、"零陵三亭"等历史古遗址、古建筑，迁建零陵文庙，形成零陵古城名胜古建筑群。怀素公园内应恢复怀素故居、建设怀素书法碑廊等。二是要改建好两条路。即改建已无实际意义的竹城广场为永州名人广场或零陵文化广场，将潇湘中路改建为仿古街。在修建从南津渡大桥至回龙塔的防洪沿江路时，应着意恢复重建古城墙，重点建好南门、太平门、小西门、大西门、潇湘门、北门，再现古城原貌。

萍岛旅游度假景区。在内岛上建设与江南三大名楼黄鹤楼、岳阳楼、滕王阁齐名的江南第四大名楼"潇湘阁"，恢复重建"湘源二妃庙"，并放置于萍岛，使之成为永州的象征性建筑，重现湖南"潇湘八景"之首的风采。将外岛建成旅游度假休闲的娱乐场所或主题公园。

富家桥水上风景区。南津渡大坝至富家桥一带山清水秀、风光优美，可按照环保、生态化的要求建成城市郊区的会议中心、度假景区和水上运动场所。同时，恢复干岩头古村、淡岩、何仙观的历史景观，建设好崀峰岭森林公园和羊毛岭森林公园。

黄溪河漂流风景区。柳宗元在《游黄溪记》中对黄溪的风景评价甚高："其间名山水而村者以百数，黄溪最善。"据中南林学院教授考察，黄溪河水质清澈，落差较大，是漂流的理想河流。从地理环境看，黄溪河背靠阳明山，近接永连公路，又有寿仙岩为补充，可开发成永州城郊理想的漂流风景区。

旅游业是近年来中国国民经济各行业中最具发展活力的新兴产业和新的经济增长点之一。湖南省内，旅游业发展较快的岳阳、张家界、常德等地市旅游业和带动的相关经济利税已超过财政总收入的50％，旅游经济已成为名副其实的龙头产业、支柱产业。根据芝山的现状，"十五"期间要在工业和农业方面有很大突破，难度较大，而对经济增长潜力最大、拉动力最大、实现生态环保效益型经济战略构想启动最有利的就是充分利用丰富的旅游资源，加快旅游业的发展。

按照WTO有关协议的规定，"入世"后我国将开放旅游市场，外国旅游企业业务范围和地域上的限制逐步取消。芝山旅游要取得超常规、跨越式发展，必须把握中国入世的机遇，将旅游业推向市场。首先，加强领导，高标准编制旅游发展规划。区里要统一认识，把旅游业作为芝山经济发展的龙头来抓，组建强有力的领导班子，尽快编制好《芝山区旅游产业发展规划》，规划必须立足高起点、高标准，体现全局性、长远性、系统性、可继续性。其次，理顺体制，形成合力。区里采取抽调文化、旅游、规划建设等有关部门人员和专家学者或公开招聘的办法组成芝山区旅游开发总公司，成为独立法人，受政府委托统一管理芝山区内旅游资源和设施的投资开发。最后，制定政策，大力招商引资。区里要制定旅游资源开发的具体优惠政策；同时，要将芝山的旅游资源，尤其是几大景区包装好、宣传好，通过"政府引导、社会参与、市场运作"的办法，建立包括国家、地方、部门、集体、个体、外资在内的多元化投资体系，多渠道、多形式筹集资金。经过几年的努力，将芝山建设成为"潇湘故里，零陵名城"。

空山夜静

2002年10月

潇湘之风

久闻楼梯响，终见人下来。经过 14 年的漫长期待和上下求索，中国，这一世界上最大的发展中国家，终于迈进了世界贸易组织的大门。加入 WTO，被称为中国的第二次改革开放，其影响必将如一股旋风，席卷神州大地的每一个角落，引发政治、经济、社会等各方面的变革。山雨欲来风满楼。作为经济欠发达地区的永州，三产业面对入世的契机，如何把握机遇，规避风险，正确应对，将成为永州经济能否迅速发展的关键。

1

永州三产业的发展水平，在整个湖南省内处于中下游位置。目前，永州三产业的位置排列为第一、第二、第三或第二、第三、第一，即处于农业化阶段和工业初始化阶段。主要表现为：在 GDP 中占据重要位置的工业，除长丰集团、零陵卷烟厂等少数几个企业外，绝大多数国有工业企业处于负债、破产、倒闭的境地；以旅游为龙头的第三产业，雷声大、雨点小，近年来基本停滞不前；永州作为农业大市，虽然农业产值较大，但仍然没有脱离初始化格局，形成产业规模和品牌效应。

社会发展的事实证明，以农业为主导的产业无法实现经济的跨越式发展，更遑论适应日益激烈的国内外竞争。从外部而言，中国入世，加入全球性经济一体化格局，改革开放进入一个全新的阶段；沿海地区经过 20 年的发展，已从农业化、工业初始化进入工业现代化，经济和社会发展的水平与内地的距离越拉越大；湖南省内，省委、省政府提出了大力推进工业化进程，促进湖南由农业大省向工业大省转变，以长株潭、郴州为代表的地区乘势而上，远远地走在前面。近年来，永州市委、市政府审时度势，提出了加快工业化、发展生态环保效益型经济的战略方针。但是，以永州现阶段而言，工业虽然处于战略重点，但出于种种原因，包袱大，负担过重，想实现突破性的发展困难不小。农业虽是基础，但是点多面广，规模不大，科技含量不高，整体效益也不强，并且入世后受的挑战更大。相比之下，以旅游、房地产、零售业、交通运输等为代表的第三产业虽然也受到经济环境和社会发展水平的限制，没有取得明显的效益，但总体态势活跃，前景看好。

目前，永州的三产业，无论是工业，还是其他产业，要取得大的发展，仅仅依靠自身的条件是远远不够的，必然要借助于市外、省外，乃至国外的人才、技术、资本等。中国入世，正好提供了这样一个绝好的舞台。在中国签署的 WTO 协议书中，服务性行业是外国投资最为青睐的行业，并且最先进入。最近，国家计委下文再次放宽服务行业准入限制，为外国投资创造更为便利的条件。而永州以旅游为龙头的第三产业准入门槛较低，并且具有人口、资源、区位等方面的优势，发展潜力巨大，容易吸引外国资本进入。从经济学的内涵分析，工业是农业＋工业和产业化的必然之路，而第三产业也是工业的一部分，至多是工业发展的高级阶段，三者之间并没有绝对的界限。并且，旅游、房地产业是由第一、第二、第三产业中诸多行业和部门复合而成的一个综合性的产业群。从发展的角度以及发达国家和地区的经验来看，第三产业必然要超过工业处于支柱

空山夜静

地位。因此，面对入世的契机，永州经济现阶段的战略重点应该要有的放矢，将容易发展壮大的第三产业置于优先发展的位置，尤其是要集中精力，重点发展以旅游和房地产（主体为城市建设）为龙头的服务业。在短期内取得实效，并通过其龙头效应，迅速推动工业化和农业产业化的进程。

2

旅游产业是朝阳产业，也是近年来中国国民经济各行业中最具发展活力的新兴产业和新的经济增长点之一。综观国内外，旅游资源的开发和旅游经济的发展正如火如荼，方兴未艾。远的不说，永州的近邻郴州、兴安，这一两年的旅游开发就搞得有声有色，带来了可观的经济效益，并且提高了地方知名度，促进了其他产业的开发。近年来，永州市委、市政府提出第三产业的发展以旅游为龙头，正是基于其丰富的旅游资源和深厚的文化底蕴所做出的正确决策。遗憾的是，相比其他地区，永州的旅游开发起步晚、动作慢、效益低。究其原因，首先，体制不清。举例说明，如芝山区旅游局，所管辖的仅有永州宾馆，而高山寺，管理部门就有佛教协会和文化局，更如怀素公园、朝阳公园，名义上归属园林部门，却又被个人承包分割。所以现实是：一方面，政府高举旗帜，欢迎外部投资云云，但外商不知道投向何处；另一方面，管理混乱，各自为战，像收钱不给票，只顾个人利益，不求整体发展的行为比比皆是。其次，社会办旅游的氛围不够。现在永州的旅游开发似乎还停留在万事靠政府的惯性思维中。如醉僧楼、香零山等一批 20 世纪 80 年代末建设的设施，近几年来由于政府没有投资，基本上闲置荒废。有的民间资本担心投资环境不好，迟迟不敢进入。而少数不法分子更以旅游开发为名，行诈骗之实，极大地破坏了旅游开发的形象和投资环境。

因此，永州的旅游要想后来居上，取得实效，首先要统一认识，理顺体制。市委、市政府要下大决心，切实把旅游作为

潇沅之风

187

龙头产业来抓，成立强有力的领导班子，制定旅游发展的总体规划和招商引资的具体政策，抽调相关部门人员组建永州市旅游开发总公司，统一管理城市旅游资源和设施的投资开发。或者市里管规划、政策，区、县具体实施，但必须理顺体制，单线管理。其次，确立重点，加大投入。从永州旅游各方面条件分析，无论是从历史知名度、旅游资源的丰富性考虑，还是出于加快工业化和中心城市建设的需要，永州古城区都应成为全市旅游开发的重中之重。因此，市里在规划、建设、投资时要重点倾斜，加大投入，以永州古城为核心，阳明山为补充，九嶷山、舜皇山为两翼，潇湘水域为纽带，实施"锦绣潇湘"大旅游战略。最后，加强宣传，招商引资。永州的旅游是养在深闺人未识，缺乏有效的宣传手段。举个例子，长沙火车站大楼上，全省其他旅游区都竖起了大型彩喷宣传画，唯独不见永州的。因此，必须通过多方面宣传来提高知名度，树立形象。同时，要通过"政府主导，社会参与"的方法，大力招商引资，采取独资、合资、股份制等多种办法、多种渠道、多种形式筹集资金，来开发永州的旅游资源。

城市化是人类经济与社会发展的必然趋势，通过城市经济，带动整个国民经济的发展是世界经济发展的普遍规律。永州中心城区的建设已列入市委、市政府的重要议事程，并且把经营城市、加强中心城区工作作为推动经济发展的龙头来抓。但是，出于种种原因，永州的城市规划起点不高，缺乏特色，经营方式陈旧，城建负债大，城市建设停滞不前。即便与本省的郴州、常德比较，亦有很大差距。同时，永州经济实力不强，中心城区人口容量少的现状又制约了城市建设的发展。根据永州城市建设的现状来看，要想"点城成金"，并且要带动其他产业的发展，一是要集中力量，突出重点，即把新火车站和零陵大道的开发作为启动中心城区建设的重要工作来抓。市里已决定零陵大道参照深圳深南大道的模式建设，但更重要的是学习其开发经验。例如，深圳通过华侨城、高新技术开发区等项目带动深南大道的建设。另外，省会长沙通过广电中心、世界之窗启动星沙一带开发的经验也值得借鉴。市里应以永连公路、零陵大道、衡枣高速连接处和岚角山一带为核心，将待建的永州广电中心、青少年活动中心等文化体育设施集中于此建设。同时，通过建设高新技术产业开发区、大型市场、货运中心等项目，将之建成芝冷联城中心地带的永州新城区。二是要市场化营运，招商引资。按照现代企业制度的要求，组建城市建设项目法人，接受政府委托对城市资产进行市场化运营，同时，通过股份制等手段招商引资，形成业主多样化、投资多元化的格局和社会建设城市、发展城市的氛围。三是要提高品位，形成引力。现代城市的建设越来越注重生态环保和居住环境，并在此基础上形成自身的品位和特色。永州中心城区建设的当务之急，是按照生态环保效益型经济战略构想的要求，并结合永州的资源特点，迅速定位，形成既有时代特征，又体现永州个性和特色的城市建设主题。同时，城市建设和旅游发展要齐头并进，互为拉动，通过加快中心城区旅游建设和城市建设，来不断提高永州中心城区品位，形成吸引力和凝聚力，促进招商引资和其他产业经济的发展。

工业化，是由传统农业社会向现代工业社会转变的历史进程，也是永州实现现代化的必由之路。近年来，省市提出了推进工业化进程的战略。但就永州的实际来看，工业基本上属于传统产业，基础差，规模小，效益低，并且名牌产品短缺。即使是被寄予厚望的几大标志性项目，其竞争能力在国内也并不处于优势地位。所以，永州要迅速实现工业化战略，必须打破常规，着眼全局，工业发展的步子要快，范围要宽。首先，要突破纯工业化的行业界限，要将农副产品加工业、第三产业中的制造业等相关产业纳入工业范畴，置于同等发展的重要地位。其次，要筑巢引凤，放水养鱼，形成大工业格局。一是要大力招商引资。从国内、省内的经验来看，开放引资，借助外力，已成为最重要的发展手段。据专家分析，我国加入WTO之后，必将又迎来一个外国投资的高峰期。永州要实现工业化战略，取得跨越式发展，必须大力实施"开放带动战略"，加大引进和利用外资力度，广泛运用项目融资、股权投资、企业并购、投资合作基金、证券投资等多种形式利用外资。同时，为切实做好引进和利用外资的工作，必须使"招商引资"成为各级党委政府工作中的"第一菜单"，使党政一把手站到招商引资的最前线，营造良好的投资环境。另外，要不断明确企业的市场主体地位，通过市场方式运作，把企业培育成招商引资的真正主体。充分发挥中介机构作为政府和企业间桥梁的作用，引导其更好地为招商引资服务。二是要激活民间资本。目前，在我国的经济结构中，民营经济的比例已三占其一，且发展生命力呈现越来越旺盛的趋势。这在沿海经济发达地区尤为明显，例如，浙江的非公有企业产值已占 GDP 的 90% 以上。据有关部门统计，到"九五"期末，永州民营经济总产量为 30 亿元，占全市 GDP 总产值的 11.5%。与发达地区相比，应当说差距很大，但是发展潜力也很大。因此，必须深挖潜力，加快发展民营经济。政府要加强领导和引导，制定鼓励民营经济发展的政策和措施，增强服务力度，切实改善经济环境，建设完善基础设施，使之迅速做大做强，成为经济舞台上一支最具活力的生力军。三是要积极培养和引进人才。企业家素质的好坏、能力的大小，常常左右企业的命运。永州缺乏好的企业，尤其是缺乏大规模、高效益的名牌企业集团，关键原因是缺乏一批能力强、素质高、懂经济、会管理、富有创新精神的企业家。没有一批好的经济人才，推进工业化进程只能是一句空话。因此，要切实加强人才队伍建设，营造有利于人才成长的宽松环境。既要注意培养和选拔本地的优秀人才，又要积极引进省内外、国内外高层次的人才，特别是高技术研究开发人才、优秀企业家和经营管理人才，以及熟悉国际惯例和 WTO 规则的法律、金融、会计、咨询等方面的人才。

永州是个农业大市，农产品资源丰富。近年来，市里下大力气进行农村产业结构调整和产业化经营，取得了一定程度的发展。但就总体而言，尚未实现规模效应和品牌效应，与市场化和现代化农业差距较大。入世后，农业属于受到冲击较大的产业，竞争压力将更大。永州的农业要想趋利避害，将资源优势转变为经济优势，首先，要因地制宜，大力发展生态农业和绿色农业。永州地处湘南，气候温和，土壤肥沃，自然资源丰富，生态环境良好，发展生态和绿色农业有一定优势，关键在于如何提高农业的质量标准和科技含量。所以，应以市场为导向，以适应国际标准为目标，以本地的资源为依托，充分发挥政府在农业结构调整中的作用，加强农业基础设施建设，提高科技含量，构筑信息网络，搞活农产品流通，建立农业标准体系和农产品质量安全检测检验体系，着力开发无污染、无公害技术，大力发展符合国际标准的绿色农业，积极应对国内外市场的竞争。其次，实施农产品品牌战略。品牌就是生命力，就是发展力，是企业做大做强的必经之路。因此，必须把品牌战略提高到农业能否发展、怎样发展的高度来认识。通过政府引导、技术培训、专家咨询以及引进人才技术、资金等途径来实施。国家计委出台了鼓励外商投资农业的系列政策。永州应抢抓机遇，精心策划，筛选和包装一批农业资源开发和农产品加工项目，对外招商引资，加快农业发展速度。最后，把城市建设和发展现代化农业结合起来。现代化农业的一条根本出路在于减少农民，使大量农村剩余劳动力由农业向非农产业，由农村向城市转移。经济学家研究认为，从全局和长远来看，转移农村人口，是解决农业问题的根本途径。永州的城市建设存在架子大、人口容量小、消费力不足的问题。而大量农村剩余劳动力进城，从事第二、第三产业，能够产生"聚集效应"，形成产业链，同时，使城市基础设施资源得到了有效利用，加速了城市化建设。所以，在大力推进工业化进程和城镇化建设过程中，应当加大户籍制度改革力度，制定完善各种措施，积极鼓励农民进城务工、经商、创业。

潇沅之风

3

随着全方位、深层次、宽领域的改革开放格局形成，加入WTO后，国内特别是区域性的经济竞争，已由区位、政策、思路的竞争，进入经济环境的竞争。永州的经济要发展，首先，必须下大力气创造一个良好的经济环境。多年来，永州的招商引资工作乏善可陈，经济发展裹足不前，主要原因还是环境不好。例如，办事效率低下，"四乱"现象屡禁不止，索、拿、卡、要时有发生等。有时候治一下，好一会儿，不治又是老样子。其实，无论开多少会，下多少文，关键还是在于查办。例如，常德、郴州等地，对有"四乱"行为的公务员，视情节严重程度，给予免职或开除的处罚。其次，减少办事手续，加大服务力度。现在，从中央到地方，都在提倡简化审批手续。永州要加快经济发展速度，必须简化和规范审批行为，提高政府办事的透明度和公开性，为国内外客商提供优质的服务。最后，要建设完善城市基础设施。随着三路一场的建设，永州的交通条件近期内将有一个根本性的改变。反观市政设施建设，有些不尽如人意，特别是道路窄、绿化差、烂路、坏路多，修不完、整不好，已严重影响城市的形象和投资环境。

建立一个高效务实的政府，建立规范的经济秩序，是加入WTO、适应国内外竞争的必然要求。在这方面，国内一些省市做出了很多有益的探索。例如，山东省从2002年开始，省里不再下达税收任务，逐步淡化税收任务，促进依法治税。湖北省着力改善经济环境，提出不再评选经济十强县市，改评信用县市。还要大力改革用人制度。据媒体报道，上海、深圳等地政府机关的录用范围已放宽至民营企业和外资企业，而永州录用副科级非领导职务公务员，仍在为是不是干部的资历上纠结踌躇。永州作为一个经济落后地区，要实现经济和社会的全面腾飞，必须从长远和发展的角度出发，加大改革力度，建立打破常规的人才录用机制，大力营造吸引人才的良好环境，以人才战略来推动经济和社会的全面发展。

夜雨

1

实与虚，本是一个事物对立的两个方面。在现实生活的许多领域，实与虚的用处截然不同，反差巨大。譬如说办企业，如果只务虚不务实，搞些"虚拟经济"，尽管可能促使企业在短时间长大，但最终只会制造出"泡沫经济"。所以，优秀的企业经营者常以务实为企业之本。在政府事务中，尤其是基层工作中，务实本是政府职能所在，但仍有不少人推崇务虚。道理很简单，因为凡事蜻蜓点水不要紧，只需做好表面文章，做足数字功夫，很容易出"政绩"，擢升提拔便有望。这种现象在我国属于计划经济体制时期衍生的"怪胎"，但在今天我们的生活中仍然屡见不鲜，尤其是在经济欠发达地区。当然，它同时也是其经济不发达的症结所在。

永州毗邻两广，素称内地的前沿，1990年即由国务院定为沿海向内陆推进的改革开放试验区。可谓既有区位优势，又得"风气"之先（比较起内陆地区），永州的经济和社会发展应该早已突飞猛进，取得长足的进步。然而，一晃十年过去，永州的经济和社会发展并没有实现人们期望的腾飞，其整体水平在湖南中下游位置徘徊，属于经济欠发达地区。据权威资料显示，永州"九五"期间GDP年均增速达11.1%，经济总量跃居全省第六，令不少人欢欣鼓舞；但也有人提出疑问，除了长沙、株洲、湘潭、岳阳、衡阳几大城市巨头外，从城市建设、经济规模、生活水平等各个指标比较，永州真能超过邵阳、郴州、常德、怀化这些地区吗？每年的7月，一年一度的永州"深圳招商周"开始时，不少单位和个人踌躇满志，跃跃欲试。翻阅旧的《永州日报》有关招商引资的报道，几乎每年的招商周，引进外资协议金额都达数亿美元，合同金额逾亿美元，成绩斐然。遗憾的是，时至今日，永州境内既无IBM、NOKIA、三星、日立、艾默生等世界500强企业投资办厂的影子，甚至连它们的招牌都很少看到，也无与TCL、海尔、联想、青岛啤酒等国内著名品牌合资合作的痕迹。曾被列为省级经济开发区的凤凰园经济开发区，据说引进项目200余个，资金10亿元，但我们看到更多的是迁入的跃进机械厂、湘南器材厂等本地企业，加上市、区单位和居民，其实际规模更像一个开发建设中的城镇。

处于最基层的行政单位，如农村的乡镇，以某镇为例，每年上报的本地生产总值2亿元，乡镇企业总产值2.2亿元。而现实是，由于撤区并乡建镇后，大兴土木，建了新办公大楼，加之人员严重超编，农村税款收不上来等原因，已负债近200万元，拖欠干部、职工工资达一年之久，干部工资只能打白条。农民则说："这些干部，平时看不到，收税天天到。"城区的一些科局级单位，尽管经济形势不乐观，但一年的招待费用仍达数万元甚至十多万元。大多数单位应面向广大农村基层，其单位交通工具却是如桑塔纳之类并不适应乡级村级公路的小轿车。目前，永州的大街小巷最引人注目的可能是那些铺天盖地的酒广告，几乎已成了永州八景之外的第"酒"景，以至于某些名酒厂对永州情有独钟，特意为永州人民酿制。

诚然，这些现象并非永州特有的。但是，鉴于永州经济和社会发展的现状以及面临国际、国内经济飞速发展的形势，确实不能无视这些现象的存在。地方的经济和社会发展，除了政

空山夜静

策对头、方向对路、领导有方，更要依靠大批基层干部的务实工作。朱镕基同志一再强调，要建设"廉洁、勤政、务实、高效"的政府。这也许是 21 世纪的永州经济和社会取得突破性进展的希望所在。

2

永州一家企业曾登报招聘总经理，其中有一项要求：副科 5 年以上，正科 3 年以上。读完不禁哑然失笑，这是聘才还是聘官？无独有偶，某地人事部门公开录取机关副科以下公务员（干部），其报名资格是乡、镇、办事处、科级单位内公务员（干部）。如此形式主义，何谓向社会公开招聘和招考？以上例子，或许就是目前永州人才机制的缩影。

21 世纪的竞争，其实质就是人才和智力资源的竞争。早在一百多年前，梁启超先生曾言："今日之竞争，不在战场，乃在市场；不在腕力，乃在脑力。"现在看来，仍是放之四海皆准的真言。永州山水钟灵毓秀，是自古人才辈出之地。自唐至清，历届科举考试，湖南考取的状元、进士，永州四占其一。近代以来，更不乏忧国忧民之贤士俊杰。即便是今天，有能力、有技术的仍然大有人在。

俗语说："千里马常有，伯乐不常有。"人才的发掘、培养、引进，其关键还是在于机制和环境。2001 年，江泽民同志在中央党校省部级干部培训时曾明确指示要拓宽人才的录取范围，并引用清末龚自珍的一句诗："我劝天公重抖擞，不拘一格降人才。"永州的经济和社会要实现全面腾飞，必须有一大批有技术、能力强、素质高、懂经济、会管理、善于创新的各方面人才。应打破地域、户籍、年龄、资历、人事等条框的约束，采取录用、招聘、选拔、推荐、引进等办法，建立打破常规、开拓性的人才录用机制，营造吸引人才的良好环境，既要注重对本地人才的挖掘、培养，防止"孔雀东南飞""向北飞"，又要大力引进区外、省外，乃至国外的人才和智力资源。要刻意

夜雨

创造比省内、国内其他地区更优厚的待遇和更优越的条件，构建"人才高地"，如高薪聘请短缺人才，设立创业风险基金，鼓励优秀管理和技术人才创办高新技术企业。建议在芝、冷两区接合地带，建设"人才谷""智慧谷"之类适合人才生活和创业的综合设施。

3

随着全方位、多层次、宽领域的改革开放格局形成，国内特别是区域性的经济发展已由区位、政策性的竞争过渡到经济环境的竞争。经济环境的好与坏，已成为决定经济能否迅速发展的关键性因素。永州的经济环境，从硬件的设施来看，电力、通信、道路等城市基础设施正逐步完善，随着衡枣高速公路、洛湛铁路、永连公路、零陵机场等一批国家、省重点工程的相继竣工，永州的交通条件将在 3～5 年内有显著的改观，永州的招商引资工作有望迈上一个新台阶。比较而言，不如人意的软环境正逐渐成为制约永州经济发展的瓶颈。

永州的招商引资工作已进行多年，许多外商也曾来永州考察，但结果是来的多，走的也多，既留不住人，也留不住心。关键的原因还是经济环境不好。许多职能部门不是从永州经济的整体和长远利益出发，而是只顾小集体和局部利益，办事推诿塞责，故意拖沓；收费时却争先恐后，"四乱"屡禁不绝，索、拿、卡、要现象依然存在。另外，个别部门领导在知识结构和业务素质上也存在着很大缺陷。同时，一些社会恶势力收"保护费"，敲诈勒索的行为时有发生。永州一家生产节能设备的私营企业，某项技术成果已通过省级高新技术的检验。但所在地职能部门却迟迟不予审批，理由是本地尚无相关的检验标准，结果使该企业的技术成果迟迟不能转化成产品，贻误了发展良机。

放眼世界，经济一体化的格局正在形成，中国已加入WTO，永州经济也将融入其中。如果不改变狭隘的地域观念和短视的局部行为，永州经济和社会发展实现真正的腾飞，只

空山夜静

能是一句空话。因此，市、县区要将整治经济环境列入重要议事日程，成立主要领导挂帅的常设机构，出台具体规定，设立经营者权益保护日，公开投诉电话（如 128），与公安局 110、工商局消费者委员会投诉电话实行工作联网。同时，严格落实责任追究制度，对执法（服务）职能部门开展社会公开评议，组织新闻媒体公开曝光，不定期开展专项收费执法检查。对外商投资实行"一个机制、一个窗口、一个图章"，简化审批手续，提高服务质量，不断完善外商投资服务体系。现已有经济学家提出将审批制度改为注册登记，建议市里予以研究考虑。

4

"五一""十一"放长假，是国家将旅游确定为经济支柱和新的经济增长点后采取的有力举措。今年"五一"，据《永州日报》公布的统计数字，永州各景区旅游人次共计 17 万，同比增长 158%，旅游收入共计 1556.5 万元，同比增长 97.5%，其中门票收入 108 万元。相比过去，这些数字，也许还有些令人欣喜。但如果纵深分析，形势并不令人乐观。整个永州的旅游人次，仅及张家界的 1/3，收入更是不及其 1/10。从数字内容来分析，来永州游客的人均消费不到 100 元，门票支出人均不到 10 元。这至少说明了两个问题：一是永州的观光旅游业，呈增长态势，潜力不小；二是目前的旅游开发、管理很多地方处于空白，尤其是旅游消费乏力，甚至连最基本的门票收入都无法保证。

笔者曾于 1999 年撰文指出，无论从历史条件、文化底蕴还是从自然景观、地理位置等方面分析，永州的旅游现状与其应有的地位极不相称。在全国各地旅游开发竞相争艳、如火如荼之际，永州却停滞不前，甚至连现状都不能维持。近年来，有关发展永州旅游的文章也曾见诸报刊，热闹一时。但旅游开发除九嶷山、舜皇山尚有点声势，总体感觉是雷声大雨点小，藏在深阁，呼之不出，让人叹息。

总体来看，永州的旅游资源的开发和旅游经济的发展呼唤

夜雨

197

大手笔，亟待进行大规模高速度的开发。因此，单靠旅游部门或某个区县的小打小闹是无法完成这样的重任的。笔者建议，市里应成立主要领导挂帅的强有力的领导班子，制定详细可行的发展规划以及相关的政策，确立"统筹规划、整体开发、分段实施"的思路，围绕"一个主题"（锦绣潇湘或潇湘之源）、"两张王牌"（永州古城旅游发祥地和潇湘二水风光游）、三座名山（舜皇山、阳明山、九嶷山），在宣传、规划、政策、资金、设施建设等软、硬件方面进行倾斜，加大投入。开辟新的永州八景（区）：古城寻源、萍洲夜雨、柳子华章、九嶷祭祖、阳明佛光、舜皇揽胜、浯溪碑林、潇湘观游。此外，要适应全球化趋势，提高竞争意识，实施"走出去，请进来"工程；按照发展生态环保效益型经济的要求，加强景点景区和文化古城的保护，加快申报国家级历史文化名城的步伐；加大旅游市场的对外开放，注重旅游产品的开发与生产（包括资源开发、设施建设、商品生产、配套服务等），进一步提高旅游业的经济和社会效益。

5

1995 年 11 月，新永州市成立。随后，市委、市政府和大批机关事业单位搬迁至冷水滩河东新区，城市规划建设几乎是在一张白纸上作图。而且，出于种种原因，永州近几十年来并没有进行大规模的（尤其是破坏性的）建设与开发。原永州市（芝山区）曾被评为国家级卫生城市。按道理，这道"菜肴"原料不错，调味品和配料也好，而色、香、味怎样，精美与否，则要看厨师的功夫。遗憾的是，时至今日，大多数永州人并没有品尝到这道"菜肴"的美味。

永州的城市规划建设与目前市里提出的建设生态现代化中心城市的要求相距甚远。突出表现在：一是城市布局思路陈旧，规划小家子气，缺乏标志性工程，道路窄，绿化面积小，如沿袭的仍是 20 世纪 80 年代的思路，即清一色的圆形花坛加防护栏；新修的颇有些气势的市委大楼，却高墙壁垒。更令人不可思议的是，旁边的绿化空地竟然筑起了一些商业门面型建筑，设计水平低下，实在是大煞风景。二是城市功能划分过于偏重冷水滩区，顾此失彼，整体失衡。例如，芝山区的道路破损严重，城市绿化几乎看不到，而永州的旅游文化，其核心基本在芝山区，这与其历史文化名城的面貌反差巨大。三是城市规范管理缺乏力度，基础设施建设滞后。例如，南津中路的护栏已被拆得七零八落，乱贴乱画乱倒垃圾现象屡禁不绝，主要街道和公共场合甚至还出现养鸡喂狗、浇粪种菜的"农村风貌"。笔者认为，永州想建设成为衡（阳）桂（林）之间具有知名度和美誉度、辐射力和吸引力的湘南中心城市，城市的规划与建设必须"跳出永州看永州"，适应国际化的趋势，站在未来和发展的角度，以建设生态环保花园型城市和全国文明卫生城市为目标，树立"大投入才能大产出"的观念，建设一批体现永州面貌的形象工程和名牌工程，做到宁缺毋滥。中心城市两区的建设相向发展，以零陵大道为主轴，永连公路、衡枣高速公路接合处为中心，规划建设城市广场（如舜帝广场）、城市整体形象雕塑、高科技园区等，加快开发和建设进程。中心城市的规划建设必须体现"沿海的郊区、内地的前沿"的区域特色。建议市委、市政府在洛湛铁路东线方案已上马施工之际，审时度势，创造条件，积极向省、国家申请怀化—永州—郴州铁路建设项目，使永州真正成为中西部地区直达两广（广东、广西）、两南（海南、大西南）和港澳地区的黄金通道。

夜雨

2001 年 5 月

回归

　　"十四五"开始，在经济全球化受阻、国内新旧动能转换的大背景下，我国经济总体上表现出较好的复苏态势，这符合我国经济发展的一贯性。但同时，经济恢复的基础尚不牢固，需求收缩、供给冲击、预期转弱三重压力仍然较大，加上经济速度换挡期、经济调整阵痛期、前期刺激政策消化期"三期叠加"影响仍未完全消除，经济发展仍然山重水复，远未柳暗花明。

　　越是外部环境动荡不安、复杂多变，越是前景充满不确定性、风险和挑战，越是要拨开云雾见天日，透过现象看本质，让经济回归常识，通过回归常识、尊重常识、保卫常识来重振市场信心，稳定市场预期，建立一个充满生机与活力的环境和体制。

1

　　梳理中国改革开放四十多年重大成就和历史经验，建立和完善社会主义市场经济体制毫无疑问是其中最浓墨重彩的一笔。这是从过去付出巨大代价的试错中寻找得出的正确道路。

但其过程并非一帆风顺，而是经历了极其曲折、反复斗争的发展过程，也深刻影响到中国经济的发展。甚至可以说，什么时候在发展市场经济上坚定不移，经济发展就会活力迸发；什么时候在发展市场经济上争论不定，经济发展就会陷入低谷。

市场经济本质上就是市场决定资源配置的经济，社会主义市场经济体制必须遵循这条规律。市场的决定性主要是指市场决定劳动、资本、土地、能源、水等生产要素流动、交易、组合和配置，发挥市场配置生产要素的决定性作用的一个手段或者说传导机制是价格工具，包括商品价格、利率、股价、房地产价格、汇率等，总体而言，这种配置是最具效率、追求效益的。

近年来，在中美贸易摩擦势严峻和疫情影响导致全球化紧缩的情况下，国内舆论出现了以其他经济代替市场经济的声音，特别是说中国可以重回到计划经济，"民营经济已经完成历史使命"等，这种声音虽然是极少数，但鼓唇摇舌，混淆视听，受此影响，国内民粹主义和狭隘民族主义抬头升温，进而出现妄议甚至否定改革开放的声音。党的二十大和随后召开的中央经济工作会议旗帜鲜明地对此进行了正面回应，构建高水平社会主义市场经济体制成为中国经济发展的主线。

"充分发挥市场在资源配置中的决定性作用，更好发挥政府作用"，核心在于处理好市场与政府的关系。简而言之，就是更多更大发挥市场"无形的手"作用，有限有效发挥政府"有形的手"作用。一旦政府"有形的手"伸长，必然习惯于用凯恩斯主义侧重需求侧的短期方法，即扩张性的财政和货币政策来解决增长问题，导致金融和地方债务杠杆高企。同时，行政权力过多干预微观经济，会导致寻租腐败行为大量滋生蔓延。政府应当回归管理市场"红绿灯"的"守夜人"角色，不断加大自身职能的改革力度，保持政策和制度的确定性，尊重和保障契约精神，塑造新型商业文明，建设市场化、法治化、国际化的营商环境。

中国改革开放的窗口深圳，在正确处理好政府与市场的关系上留下了深刻启示。例如，20 世纪 90 年代中期，深圳提出了"二次创业"，由"三来一补"、加工贸易为主的产业结构向电子信息、生物技术、新材料产业为重点的高新技术产业转型，完善公平竞争的社会主义市场经济体制等。近些年，华为、大疆、腾讯、比亚迪、顺丰……行业领军企业在深圳井喷式涌现，创业密度全国第一。成功转型的背后，是深圳大刀阔斧转变政府职能，为建立适应社会主义市场经济要求的新型政府进行大胆探索。

2013年十八届三中全会通过《中共中央关于全面深化改革若干重大问题的决定》，2014年十八届四中全会通过《中共中央关于全面推进依法治国若干重大问题的决定》，对推行市场化、法治化做出了顶层设计和总体规划。为在规则基础上运转的现代市场经济即"法治的市场经济"指明了经济改革和政治改革的方向，关键就在于按时间表去执行和落实，确保目标和结果一致。诚如《南方周末》2023年新年献词所言："法治是全社会的最大公约数，是守护民族复兴和改革开放的基本共识。"以法治为准绳，才能永固确定性、安全感，把权力关进笼子，让权利得以伸张。

2

企业是市场经济的主体，是社会生产和服务的主要承担者，更是发展社会生产力的主要承担者。从2002年党的十六大到2022年党的二十大，五次党代会一以贯之，都反复重申两个"毫不动摇"。重点在于，要从制度和法律上把对国企、民企平等对待的要求落实下来，如进一步完善产权保护、市场准入、公平竞争等市场经济基础制度。

对国企而言，必须深化国资、国企改革，提高国企核心竞争力，形成"权责法定、权责透明、协调运转、有效制衡"的公司治理机制。国企真正按市场化机制运营，就要实现政企分开、政资分开，通过竞争性环节引入市场竞争机制，鼓励和引导非公有制资本积极参与国有企业混合所有制改革，积极引导和推动民营经济的市场经营、国有企业的资源规模和外资企业现代管理等方面优势互补。

民营企业已经成为推动经济社会发展的重要力量。当前，民营经济和民营企业发展既需"及时雨"，也需"定心丸"，要从权宜之策变为长久之计，即除了落实落细助企纾困各项政策举措外，进一步在法律制度、政策舆论、产权保护、政商关系等方面对民营经济和民营企业发展做出通盘考虑和政策安排。

"中小企业好，中国经济才会好；中小企业强，地区经济才会强。"目前我国以民营经济为主体的中小企业是数量最大、最具活力的企业群体，成为经济社会发展的主力军。习近平总书记2018年在民营企业座谈会上强调，我国民营企业贡献了50%以上的税收，60%以上的GDP，70%以上的技术创新，80%以上的就业，90%以上的企业数量。在浙江、广东等经济发达地区，这个比例更高。中国经济面临重大转型，要从创造奇迹转向常规发展，可以说进入了发展的下半场。在这个下半场，民营经济将从"草根经济"成为"树根经济"，在民族复兴、乡村振兴、共同富裕中发挥越来越重要的基础性和主体性作用。

企业家是市场经济的主角，实际上是企业家在配置各种生产要素。习近平总书记指出："市场活力来自于人，特别是来自于企业家，来自于企业家精神。"党的二十大报告中强调，科技是第一生产力、人才是第一资源、创新是第一动力。实现这三个"第一"的核心就是企业家精神。激发和保护企业家精神，对于增强市场活力动力具有重要意义。但企业家精神不会从天而降，需要塑造一个良好的政治和社会环境，使企业家有地位、有荣誉、受尊重。从法律层面保护民营企业产权和企业家权益，比如说最基本也是最关键的，对企业家财产和人身安全的保护。对优秀企业家给予适当的社会荣誉激励和政治认同，达到"徙木立信"的标杆效应。

回归

3

"民惟邦本，本固邦宁"，闪耀着中国传统民本思想的光辉，而人民性是马克思主义最鲜明的品格。"以人民为中心"发展思想是马克思主义思想精髓同中华优秀传统文化精华融会贯通的体现。

　　列宁在回答什么是宪法时说："宪法就是一张写着人民权利的纸。"承认并尊重每一个人的基本权利，也是现代国家和法治社会的核心价值。保障公民基本权利，首先就是要保障医疗、教育等基本公共服务均等化。推动基本公共服务均等化能进一步改善分配格局，发挥民生保障安全网、经济运行减震器的重要作用，这也是经济均衡发展和实现共同富裕的应有之义。

　　近年提出了和平、发展、公平、正义、民主、自由的全人类共同价值观，事实上我党在这方面已进行理论研究和实践探索。党的二十大报告中指出，全过程人民民主是社会主义民主政治的本质属性。从毛泽东在著名的"窑洞对"中指出"让人民监督政府"，到现在"发展全过程人民民主，保障人民当家作主"，不难看出党对人民民主始终如一的追求。例如，积极发展基层民主，指出要完善基层直接民主制度体系和工作体系，既是规划图，也是施工图，足见决心和用力，给了世界更大期待。

　　马克思主义经典理论认为，未来的理想社会应当倡导人的全面发展、人的自由解放，赋予基本权利以真正含义等。法治之下的个人自由，是公民最重要、最基本的权利，是公民参加各种社会活动和享受其他权利的先决条件。同时，保障个人自由，才能充分激发人的主动性、积极性、创造性，催使一切劳动、知识、技术、管理、资本的活力竞相迸发，一切创造社会财富的源泉充分涌流。

2023 年 1 月

空山夜静

第四卷

日暮千里近

千里行于足下

"社会主义是干出来的。"湖南高速集团党委制定打造国内一流现代化交通综合产业集团的发展目标，张家界分公司党委明确建设"四个一流"现代化企业和"四个全力"的目标，并把"强三基、争三创"（抓基本、打基础、强基层，创先进、创特色、创品牌）作为各项工作的总抓手。"九层之台，起于累土；千里之行，始于足下。"把蓝图变为现实，唯有干字当先，需要倡导"五干"精神，勇当"五型"干部，把基层单位建设成干事创业、创先争优的主战场，把班组、岗位建设成攻坚克难、提质增效的主阵地。

1

想干是初心。思路决定出路，想法决定办法，格局决定结局。提升站位主动干。推动"强三基、争三创"的过程，检验"不忘初心、牢记使命"的成效。想干就要主动想事谋事，干最好，做第一，当标杆，以党建引领为龙头，推进模块化、精细化、智能化和全过程管理，成为落实集团部署要求的先锋队、改革转型的示范地、高质量发展的排头兵。胸怀大局带头干。要胸怀"国之大者""省之大事"和打造国内一流现代化交通综合产业集团的发展大局，带好三支队伍，即党员、干部、员工队伍。坚持亲自抓、带头干，做到有困难时带头解决，有危险时带头向前，有责任时带头担当，以"带头干"的硬作风推动工作开展。屹立"高处"谋划干。凡事预则立，不预则废。要"预"在高处，顺势、应时、识变，身在高速想高速，跳出高速看高速，以抓基本、打基础、强基层推动干事创业，以创先进、创特色、创品牌的高度创先争优，以张家界一域之力为湖南高速高质量发展增光添彩。

2

快干是信心。我们前有规模大、步子稳的标兵，后有速度快、势头猛的追兵，需要快干、干成、干好。突出一个抢字。要分解全年重点工作和目标任务，制定时间表、路线图，明确责任人，打足提前量、预估性，抢时间、抢进度，抓关键指标、抓重点工作，事不过夜，案不积卷，干一件，成一件。突出一个盯字。咬定青山不放松，实现关键指标从"基本"盯到"卓越"，重点任务从"布置"盯到"完成"，安全隐患从"排查"盯到"销号"，文化创建从"计划"盯到"成功"。突出一个超字。张家界高速集团管理里程不靠前，但我们各项工作必须靠前，要用"跳起摸高"的姿态谋发展，用"进位赶超"的决心抓落实，做到规定动作不漏项，自选动作有特色，天天有新进展、月月有新变化、年年有新突破。

敢干是雄心。创新者生，守旧者死。做好应该做的事、力所能及的事是基础，敢做没做过的事、破旧立新的事是创新。要敢于担当。有多大担当才能干多大事业。要倡导"头狼精神""雁阵效应"，鼓励干部敢担当、真干事、善作为。坚持以发展论英雄，以成效比高低，推动干部提能力、机制释能量、创新强能级。要敢于负责。主动担责、敢于负责、全力尽责，推动干部把奋斗精神落实到本职岗位上，特别是在重大节假日、防汛抗冰及恶劣天气下高速公路保安保畅时，积极当先锋、做模范、树标杆。要敢于创新。始终保持一种敢闯敢试敢冒的激情和锐气，以创新办法寻求创先争优的"钥匙"，以创新举措打开实现品牌特色的"锦囊"。只要符合上级精神、工作实际、员工意愿，就大胆地试、放手地干、坚决地改。

4

实干是决心。再好的目标，再美的愿景，如果不沉下心来抓落实，也只是镜中花、水中月。要坚持实干兴邦，实干强企，实干成才。聚焦对标对表。对标对表先进企业、先进做法，向最好看齐、与最强比拼，确保集团、分公司部署在自己手上不走样、不跑偏。全面推进集团"三化一对标"部署和分公司"强三基、争三创"要求，主动认领任务，逐条细化措施，干到实处，走在前列，创出亮点。聚神解难破困。坚持目标、问题、结果导向。针对年度工作计划和目标，要聚焦重点、攻克难点、打通堵点，做到卓越完成。针对长期存在的"顽瘴痼疾"和群众急难愁盼问题，敢抓难题、敢管矛盾、敢克风险，做到减量清零。聚力求真务实。坚持目光下视、脚步下移、重心下沉，做到情况一线掌握、措施一线落实、成效一线检验。在分公司纵深推进"路长制"和"路灯"志愿者服务，开展"工匠"、劳模、能手分片区巡讲，进一步转观念、转作风、转方法，以实干出实效，实效出实绩。

5

会干是诚心。"善学者尽其理，善行者究其难。"推进"强三基、争三创"活动想要取得实效，不仅要想干、愿干，还要会干、干好。坚持敏思好学。事有所成，必是学有所成。在分公司推行"标杆管理""流动红旗"，鼓励"比学赶超"。深学政治理论，精学本职业务，广学各科知识，向群众学、实践学、"巨人"学，做到"知全局、懂本行、善落实"，干一行、钻一行、成一行。坚持强基提能。统筹发展和安全、疫情防控和运营管理、改革和稳定。针对基本能力不足、基础数据不清、基层管理不实的问题，进行经常性、全方位的岗位培训和技能练兵活动，进一步增强"七种能力"；完善绩效激励机制，做到科学、量化、公平、公开、竞争、择优。坚持廉洁自律。会干是指既要干成事，还要不出事。全力推进集团"清廉高速"和分公司"亲清澧水"廉洁文化建设，讲政治、讲大局、讲发展，守纪律、守规矩、守程序。把好用权"方向盘"，筑好日常"防洪堤"，系好廉洁"安全带"。提升精气神、展现真优美、构建亲清和，营造激浊扬清、风清气正、干事创业的环境和氛围。

2022 年 7 月

芙蓉国里

　　这是一封写给全体与高速公路工作相关人员的家书。在与
高速公路朝夕与共的十余年里，笔者见证了无数建设者奋战在
三湘四水的高山密林、深湖湍流，克服冰灾、洪水，不惧酷暑、
严寒，让湖南高速公路网从无到有，形成"芙蓉国里尽朝晖"
的新发展格局。

您好：

　　也许您是一个集体，是一个人，这并不重要，重要的是您
与高速公路息息相关，或者就在高速公路上。

　　给您写这样的一封信，是我很久以来的一个愿望，这个愿
望可能从我第一次在高速公路上行驶时就有了。当时我还在家
乡永州工作，因为需要不时出差到外地，可以说饱受路途颠簸
之苦、堵车漫长之困，高速公路开通后，带给我的大道宽阔、
风驰电掣的感觉，至今仍是那样清晰。

　　十年前，我进入高速公路集团工作，更加近距离地感知了
您的形象、姿态和声音，并且与您同呼吸、共命运，特别是我
到张家界高速公司工作后，与您朝夕与共、冷暖相知。那些"建
设黄""收费绿""路管蓝""养护橙"，那些奋进的身影、奋斗
的故事，那些动人的细节、感人的瞬间，前所未有地充盈我的
视野、激荡我的心灵……

忘不了 2008 年、2009 年开始的大建设，湖南高速集团开启了弯道超车的赶超模式，两年开工建设多达 43 条高速公路，无数高速公路建设者奋战在三湘四水的高山密林、深湖湍流，高速人成为综合交通建设的主力军、先锋队和排头兵，发挥着重要的战略、基础和先导作用。

　　忘不了 2012 年、2013 年，湖南连续两年通车里程均超过 1000 公里，开创全国高速公路建设的先河。到 2019 年年底，湖南高速公路通车里程 6802 公里，从 2007 年全国排名第十七位跃居全国第四位，连南通北、承东接西的高速公路网络基本形成，"芙蓉国里尽朝晖"的区域发展新格局开始形成。

　　忘不了那些长期在边远地区工作的高速人，数年甚至是数十年如一日扎根基层，用自己的双手一砖一瓦垒建湖南高速的高楼大厦；忘不了"五一"、"十一"、春节等重大节假日，高速公路运营管理战线的工作人员舍弃家人团圆，始终坚守一线，用行动书写着"人民过节，我们过关"的担当。

　　忘不了 2020 年 7 月，张家界遭受 50 年一遇的特大洪涝灾害，张家界高速水毁面积占全省水毁面积的比例超过十分之一，路产、养护、收费的"路长""路灯"在滂沱大雨中日夜巡查蹲守、抢险应急，圆满完成工作任务。也忘不了酷暑烈日，高速人冒着地表 50 摄氏度的高温，汗如雨下在路面作业、在岗位值守的身影。忘不了冰天雪地、寒风凛冽中，高速人夜以继日坚守一线，奋不顾身地保障高速公路的安全畅通。

　　"天若有情天亦老，人间正道是沧桑。"站在"两个一百年"的历史交会点，集团召开第一次党代会，吹响了奋力开启"十四五"高质量发展新征程，建设一流现代化交通综合类产业集团的号角。改革在路上，发展无穷期，让我们一起继往开来、攻坚克难，尽管前进的道路上仍有险滩、棘刺。期待与您携手相聚在胜利的彼岸，再看云卷云舒、花开花落。

　　衷心祝愿您身体安好、生活美好、事业顺好！

您的战友

2021 年 8 月

日暮千里近

路景共生

2021年是建党100周年，是"十四五"开局之年，是建设现代化新湖南的起步之年，也是湖南高速集团打造国内一流现代化交通综合类产业集团的突破之年。奋斗赋予时间以意义，精神照亮事业的未来。我们要大力发扬"三牛"精神，以甘于苦、不怕苦、能吃苦的牛劲牛力，立足新发展阶段，贯彻新发展理念，加快湖南高速高质量转型发展。

坚持以人民为中心，是新发展理念的核心要义。大国之复兴，必有国企之担当。不断满足人民群众日益增长的美好出行需要，是高速公路人秉持的初心和目标。湖南高速集团张家界分公司作为进入世界旅游目的地"国际张"的窗口，更要推动服务提质升级，进一步使为民服务的"孺子牛"形象响彻国内外。

以为人民群众提供"畅、安、舒、美"高速出行环境为目标，实施安全生产专项整治、养护品牌建设、服务区升级改造、收费站形象塑造三年行动计划，着力提升路况服务质量水平。顺应张家界国际旅游发展需求，对环武陵源景区的站名、桥名进行更改，统一规范标识标牌、完善公共服务设施，更好地满足国内外游客需求，实现路地双赢、多赢。

以数据化、信息化、高效化为抓手，以对标管理、模块化管理、标准化管理为基础，推进路网运营向智慧运营转型升级。大力推进收费站智能化设施设备、智能养护数字化、智慧服务区建设，强化应急智能化管理体系建设，推进数字信息化集约建设。加快推动5G、物联网、人工智能、区块链、云计算、大数据与高速公路深度融合，大幅度提升基础设施效能和运输服务效率。

在全省探索"高速＋文旅"发展新模式，加快茅岩河特大桥和服务区综合开发，打造张家界西线旅游核心景观和网红打卡地。逐步实施"路景共生"工程，使服务区、观景台、收费站、桥隧、连接线等工程成为风景，实现"车在路上行，人在画中游"。全面推广"路灯"志愿服务品牌，突出服务的人性化、专业化、智能化，让"志愿红""养护橙""路管蓝"成为张家界高速公路最迷人的色彩。

"百舸争流千帆竞，改革创新勇者先。"党的百年是一部开天辟地的辉煌史，也是一部波澜壮阔的改革史。当前，湖南高速正处于改革转型的关键时、攻坚期和深水区，不发展就会被时代淘汰。张家界分公司要敢于当改革创新的支持者、促进者、实干家，向改革要效益、向市场要效益、向管理要效益。

思想不解放，改革无方向。要切实解决原有事业单位"业主思维"和等、靠、要现象这些前进路上的"拦路虎""绊脚石"，真正从思想上、体制机制上解决"敢不敢干""会不会干""由谁来干""该怎么干"的问题。要把发现问题、破解难题、推动发展作为解放思想的出发点和落脚点，以思想的大解放推动改革创新，绝不能让过时的思想束缚我们的行动。

深入贯彻"两个一以贯之"要求，对标对表一流企业和行业先进，建立"权责法定、权责透明、协调运转、有效制衡"的现代企业治理体系。大力推进国企改革三年行动计划、混合所有制改革、三项制度改革，推进"放管活"改革，深入推进全员绩效管理和激励机制改革，建立科学规范、开放包容、灵活高效的人才管理制度，旗帜鲜明地坚持"三个区分开来"，使人才成为推动湖南高速高质量发展的"动力源"。

始终坚持以创新发展为第一动力，探索养护自养、大物业和管理分中心管理模式，建管养一体化等体制机制创新，有效控制人力成本，提升管理效能。加大科技投入和加强技术创新，推进产学研用深层次发展。创新信息化手段，利用视频监控、信息智能管理代替人工，提升管理效率。推行安全生产标准化管理，健全完善"一路多方"联动机制，强化"巡查＋科技"在"路长制"工作中的运用，提升巡查质量和效率，保障安全畅通。

无数事实告诉我们：没有等出来的成功，只有干出来的精彩。国有资本在国民经济发展中起着基础性、支撑性和引领性作用，国资、国企的发展质量直接影响"两个一百年"奋斗目标的实现。面对新时代新任务，我们唯有以"老黄牛"的踏实坚韧，勤奋耕耘，才能在湖南高速转型发展的新征程上行稳致远。

深入推进党建引领、融合、促进工程，筑牢"根"和"魂"。始终坚持提高政治站位，胸怀"两个大局"，心系"国之大者"，找准坐标、明确方位、瞄准靶心。始终增强大局意识，自觉把工作融入湖南"三高四新"战略和湖南高速改革转型大局，不仅为一域争光，更为全局添彩。始终强化规矩意识，以规矩和程序意识砥砺品行、推进发展、开拓局面，用市场逻辑谋事、资本力量干事、法治思维成事。

任劳任怨"苦干"。大力弘扬劳模精神、劳动精神、工匠精神，爱岗敬业、努力工作，在平凡岗位上续写不平凡的故事。担当作为"实干"。向最好看齐、与最强比拼，锤炼崇高品格、练就扎实技能、成就辉煌理想，用"实干"书写最"出彩"的篇章。雷厉风行"快干"。加快推进全年重点工作和落实目标任务，形成"闻风而动、马上就办、办就办好"的执行力。

把正面导向鲜明"树起来"，坚持德才兼备、任人唯贤、公平公正，树立选贤任能的"风向标"。把正确标准鲜明"划出来"，将在关键时刻冲得上、顶得住、打得赢的干部选出来，抓好"关键少数"，带动绝大多数。把正向激励鲜明"立起来"，以发展论英雄，以成效比高低，关注、关心、关爱员工，使员工有盼头、工作有劲头、生活有想头，推动员工、企业、事业的发展相统一。

2021 年 4 月

花开时，再逢君

武大的樱花是美的。

每年三月，不管是天气晴好，还是春寒料峭，樱花总是如期而开。珞珈山下，樱花纷飞，如雨似海；人群摩肩接踵，如织如潮，一时蔚为壮观。

春节之前，我与江城武汉的一位老友联络。十余年前，我们在武大的一次学术会上相识，多少次曾在珞珈山下欢歌笑语，促膝长谈，而那次分开后我们一直再未晤面。逝者如斯夫，于是我们相约，在今年樱花开放时节，一起在珞珈山畔踏青。旧友重逢，并且是在被大文豪郭沫若称为"物外桃源"的珞珈山，想想都惬意！

为什么我的眼里常含泪水？因为我对这土地爱得深沉。后来友人在情况好转时，曾作一首七律记录自己的心声，其中写道："灯火孤城独倚楼，楚江脉脉走寒流……白衣送药方舱宿，无语无言分国忧。"

而我所在的湖南高速集团，第一时间成为疫情防控的主通道和主防线。一万多名同事取消春节休假，铠甲上身，雷霆出击，打响了一场与时间赛跑、与病毒较量的生死鏖战。大战大考中，大家舍妻离子、夙夜坚守，用自己的身体驱散疫情之下的寒冷和阴霾，彰显了担当、大爱和力量。

"最美人间五月天"，当我与友人重新联络上时，江城解除了封闭，高速公路也已恢复了正常工作状态。岁月无声、江河渐满，一个明媚丰盈的夏天正在展开。

雨后彩虹多美丽，斗艳之花倍璀璨。今年的樱花虽然没有看到，但是我想，明年的春天，大美高速湘鄂行，花开时节再逢君，必定更具风采、更加动人、更有意义！

2020 年 9 月

花开时，再逢君

绝知此事要躬行

感谢新时代、新集团、新机会，让我站在这个舞台。

我想有三个原因，一是积极响应集团党委的号召，要敢于"亮剑"；二是推动总部和各单位之间干部交流，让人才之水"活"起来；三是我认为自己在政策水平、实践经验等方面能胜任这个岗位。

从政策水平上讲，在战略、综合、管理上有深入研究，连续11年牵头负责起草了湖南高速集团工作报告。曾经有领导总结说，能够胜任综合写作的人，也能够胜任其他任何工作。1997年提出的《中小城市社区建设存在的问题及对策》被永州市民政局以文件形式下发各县区。《可爱的湖南——中部崛起与湖南经济发展战略思考》在2006年湖南省委献计献策活动中获省委、省政府有关领导好评，得到时任省委办公厅主任亲自接见。2018年《用改革创新推动湖南高速科学发展》得到湖南省国资委主要负责人充分肯定。从实践经验上讲，在政府机关、企事业单位等各个重要岗位历练过。2009年之前我在永州市民政部门任办公室副主任等职，还停薪留职担任过湖南三泰房地产策划销售部主任、中保财险永州分公司合规部主任、湖南锦绣潇湘文化创意产业园副总经理等职。2009 年到湖南高速集团工作后，先后担任秘书科长、办公室副主任，每年多次到基层调研，熟悉和掌握运营管理情况。现为中国技术经济学会投融资分会会员、潇湘文化研究会副秘书长以及"红网——论道湖南""财新网"和湖湘智库等智库专家、特约评论员。

运营管理分公司是湖南高速集团的生命线、支撑器和落脚点。比如，收费管理是集团当前和今后一段时期的重心、中心，特别是产业经营暂时还没有实现大突破的情况下，没有收费的持续发展，就没有集团的持续发展；安全通畅是高速公路在经济社会发展中发挥基础作用、承担社会责任的使命所在；集团一万二千多人，运营管理分公司一万一千多人，占据九成，运营管理分公司稳，则集团稳。在集团处于改革改制关键期和转型发展攻坚期的今天，运营管理分公司怎么搞，我认为，总体上讲，就是按照集团党委部署和今年工作报告的安排，以三项制度改革为抓手，以管理体系建设为支撑，以保障安全通畅为基础，以推进降本增效为关键，实现"一二三四五"的工作目标。

坚定一个信心。就是在集团党委的领导下，打造集投、建、管、营于一体的国内一流交通综合类企业集团，继续担当湖南高速公路建设运营主力军的历史使命这个大背景下，以问题为导向、以目标为导向、以结果为导向，建设管理一流、效益突出、活力激发的运营管理分公司，力争所在单位成为集团高质量发展运行管理的排头兵。

抓好两大任务：深化改革和制度建设。全面落实集团党委今年推行的"三项制度改革"，推进运营管理分公司中层和基层班组"全员竞聘"，并建立真正意义上的绩效目标激励机制，以目标为导向，以业绩论英雄，激发每一个员工特别是收费等一线员工的积极性、主动性、创造性。牢牢抓住"管理的核心就是控制"的理念不放，抓住分公司"征、管、养"的中心工作，按照集团的基本制度制定相应的管理办法和实施细则，建立健全现代企业制度，用制度管人管事，重点从收费、养护、路产、监控等几个方面推行对标管理、模块管理和信息化管理，并形成制度模式。"细节决定成败"，要更加关注细节，解决"水长流、灯长明"等粗放管理问题，做到精细管理、精准施策、精明增长。

经受三项考验：责任、公正、廉洁。把责任作为第一担当，守土有责、守土负责，以身作则、以上率下，不负集团党委所托、不失基层群众所盼。牢记朱镕基同志的座右铭："吏不畏我严而畏我廉，民不服我能而服我公，公生明，廉生威。"[1] 把公正作为第一要求，所有事项都做到公开公平公正，接受群众监督。把廉洁作为第一底线，做到勤政廉政，推动所在单位形成风清气正、奋发向上的政治生态。

提升四大能力：掌控力、创新力、竞争力、凝聚力。加强掌控力。要带领团队把控好政治方向、发展方向，树立问题导向和底线思维，提前预判、及时发现、及早化解问题和风险。提升创新力。"抓创新就是抓发展，谋创新就是谋未来"。要提高因时制宜、开拓创新的科学思维，不断推动管理、制度创新。培植竞争力，从人才、品牌、文化、技术等入手，不断增加国企影响力。形成凝聚力，牢固树立以人民为中心的发展思想，推动员工、企业、事业的发展相统一，使每一个"螺丝钉"都充分发挥作用。

实现五大成效：党建加强、班子团结、安全通畅、效益提升、服务优质。

一是党建加强。坚持党对一切工作的领导，履行全面从严治党主体责任，推动深化党建与改革发展相结合，做到两手抓，两手都要硬。落实国有企业基层组织工作条例，进一步加强"三基建设"，充分发挥基层党组织坚强战斗堡垒作用和共产党员先锋模范作用。二是班子团结。抓好领导班子这个关键少数，做到胸中有数，带动绝大多数。要弹好"钢琴"，增进团结。树立正确的选贤任能导向，在分公司和各战队打造政治过硬、战斗力强的干部职工队伍。三是安全通畅。要做好科学养护工作，保持"畅、安、舒、美"的路况路容路貌，大力提升科技创新、数据分析、信息快导、多方联动、路面管控、应急处置等方面

1〔明〕郭允礼《官箴》

的能力，抓好重大节假日、重点路段和恶劣天气下的安全保畅工作，确保不发生长时间、长距离、大范围拥堵事件和较大以上安全生产责任事故。四是效益提升。要彻底打破"事业单位思维"，真正向企业化市场化转型。以收费管理为重点，以日常管理为支点，以预算管理为抓点，做好"降本增效""堵漏增收""开源挖潜"三篇文章，开展"拧毛巾、降成本"行动，向改革、管理、创新要效益。学习永蓝等社会投资项目在绿通管理上的好做法，做到"应收尽收、颗粒归仓"。按照集团工作报告要求，主动以共建共享方式引进多种经营主体，分年建成一批特色示范服务区。五是服务优质。把"司乘群众安全便捷舒适送达目的地"作为最高要求，不断提高服务的人性化、专业化、科技化水平，树立一批能够推广的基层文明单位和先进典型，使分公司特别是收费站、服务区成为展现高速公路良好形象的窗口。

没有天生的领导者，只有后天的领导力。我想，有集团党委的坚强领导，有分公司班子的同心协力，有基层一线的三军用命，只要我们不忘初心、牢记使命，只争朝夕、奋发作为，就一定能建设效益一流、管理一流、服务一流、形象一流的运营管理分公司，为推动湖南高速集团高质量转型发展作出新的更大的贡献！

2020 年 3 月

大道相通

　　湖南高速集团整体转企改革，是湖南省委、省政府贯彻落实党的十九大精神和中央推进政企分开、政资分开决策部署的具体举措。湖南高速集团作为综合交通基础设施建设的主阵地和先行军，其改革和发展，既事关公共管理和公共服务，出行群众的获得感、幸福感和满意度，又紧系市场竞争和经济效益，企业持续健康发展和国有资产保值增值。

1

　　2008 年以来，湖南省委、省政府抢抓机遇，全力推动我省高速公路建设"弯道超车"、后发赶超，高速公路成为湖南交通基础设施建设的主战场，为湖南经济社会发展发挥了重要的先导、基础和服务作用。

"对外大联通、对内大循环"的交通网络基本形成。经过十余年努力，湖南高速公路通车里程由2007年年底的1765公里，排名全国第十七位，发展到2019年底的6802公里（其中湖南高速集团5047公里，约占74%），全国排名第五位。对内，全省122个县区有121个基本实现"半小时上高速"；对外，湖南高速公路形成了连南通北、承东接西的"五纵七横"枢纽路网。

基础支撑和先导产业作用逐步显现。高速公路建设的投资拉动和辐射带动效应非常明显，据测算投资乘数效应在3左右。在湖南高速公路大建设、大通车的高峰时期，如2011年、2012年分别完成投资672.53亿元、571.41亿元，占全省交通建设投资的72.59%、70.30%和全省重点项目建设投资的43.19%、36.05%。湖南高速集团在稳投资、稳增长、稳就业中发挥了重要作用。

高速公路极大改善了湖南经济的运行环境。高速公路的加快建设，不仅改善了湖南的投资环境，大幅度提升了湖南对外开放的广度和深度，促进了人流、物流、资金流、信息流的集聚和发散，而且使全社会各行业都分享了建设成果，有力地改变了人们的精神面貌，特别是对"老少边"地区的帮扶工作起到关键性的带动和促进作用，形成了"芙蓉国里尽朝晖"的区域发展新格局。

大
道
相
通

2

湖南高速集团于2017年12月整体改革转企，"二次创业"的湖南高速集团又一次担负起一个追赶者的角色。只有对标对表，权衡利弊，去劣存优，乘势而上，才能从追赶者变成领跑者。

从不利因素看。

整体全面深化改革滞后。改革也有窗口期。山东、广东、浙江等省在 2000 年年初实施了改革，湖北、江西在 2010 年前后实施了改革。山东高速集团成为省内税收利润排名第一的国企，浙江交投集团营收超过 1000 亿元。实践证明，改革越早，就越主动、发展越好，市场化、专业化、规模化程度就越高。

债务包袱重，风险防化压力大。湖南高速集团加入到省管企业序列后，既是资产最大的企业，也是债务最大的企业。据统计，湖南省管企业 2017 年平均负债率是 65.9%；全国各省级交投（高速公路）集团资产负债率平均水平为 66%。

产业结构不优，产业经营收入弱化。2017 年湖南高速集团共计收入 127.56 亿元，其中主业通行费收入 118.28 亿元，主业占比高达 92.72%。其他产业发展严重不足。山东高速集团、浙江交通主业通行费收入仅占总收入的 1/3，2015 年 7 月成立的齐鲁交通发展集团，到 2018 年年底集团主业通行费收入约为 150 亿元，其他产业收入达到 140 亿元，基本与主业持平。

从有利因素看。

整体经济形势有利。我国发展仍处于重要战略机遇期，特别是国家宏观政策逆周期调节力度加大，积极的财政政策大力提质增效；省委、省政府高度重视和关心高速公路工作，多次研究调研湖南高速集团工作，在今年湖南省委的经济工作会议上，省委、省政府提出实现县县通高速，这些为集团公司转型发展带来了重大机遇。

改革路径方法已经清晰。省政府专门批复集团公司转型发展方案，明确了路线图和时间表。山东、浙江、广东等省级交投（高速公路）集团给我们提供了好的发展经验。并且从各省即将制订的高速公路"十四五"规划思路看，高速公路建设有望迎来第二次大建设期，在稳增长、稳投资、稳就业、惠民生等战略实施中仍然大有可为。

自身的资源资产优势。一方面，湖南高速集团拥有的承东接西、南连北通的高速公路枢纽路网（目前全国排名第五），为集团保持主业通行费收入持续增长创造了基本条件；另一方面，集团高达 5000 亿元的高速公路资产所衍生的相关资源和产业有着巨大的开发价值，通过市场手段和企业行为，可以使资产优势变为资本资金优势。

3

新时代是奋斗者的时代。转型发展路犹长，实干奋斗正当时。停滞和倒退没有出路，必须以更大的决心、更实的举措、更高的效率推动湖南高速集团高质量转型发展，打造并擦亮新时代"高速湘军"的品牌和底色。总体而言，即实现"一个目标"、把握"两个阶段"、抓实"三项举措"。

实现"一个目标"。按照成为湖南省管企业"排头兵"和综合交通设施建设"主力军"的定位，实施"湖南高速公路集团高质量转型发展三年行动计划"，用三年左右的时间分三步实现战略发展目标：第一步是"2020 年营业收入达到 230 亿元，实现整体盈亏平衡，资产负债率控制在 70% 以下"；第二步是"2021 年实现营业收入 300 亿元，产业经营收入达到 40%（120 亿元）以上，企业整体实现盈利"；第三步是到 2022 年年底，将集团公司发展成为多元并举的综合交通设施承建商、技术先进的道路运养机构、资本雄厚的产业集团、管理科学的国内一流企业，实现高质量发展。

把握"两个阶段"。各省级交投（高速公路）集团基本都以高速公路为主组建，其他包括交通科研、设计、施工乃至铁路建设等，形成涵盖综合交通基础设施领域的投资、建设、运营、管理以及配套土地、物流、金融等"全产业链"，最大限度进行资源共享和互补。从湖南情况来看，应为两个阶段。

现在的高速集团阶段。根据省政府"扶上马送一程"要求，参照齐鲁交通、辽宁交投集团组建做法。在湖南高速集团体制改革方案（湘府办函〔2017〕110 号）基础上，再制定一个政策和一个意见，即高速集团改革后续支持政策，进一步明确税

大道相通

费优惠、土地出让金减免、资产免提折旧等方面的具体政策；参照湖南铁路建设投融资机制的意见，制定相似高速公路建设意见，对新建高速公路实行省市共建、沿线地方政府以征拆和土地费用入股方式把控解决概算征拆费用等模式。高速集团要继续担当湖南高速公路"十四五"建设的主力军，既为经济社会发展勇挑重担，也是自身持续健康发展的需要使然。

两三年后的大交通集团阶段。结合国企深化改革的需要，将目前省管企业中的高速、交水建、轨道、水运投（水利投）等交通行业企业进一步整合，组建湖南交通投资控股集团，定位为综合交通行列国有资源配置平台、资本运作平台、战略性投资平台，形成集聚度、规模性、影响力，为湖南推进"交通强省"、实现中部崛起发挥更大作用。

打好产业经营突破战。以产业发展论英雄、以经营效益比能力，大力推进产业经营业务重组、机构重建、机制重塑。实施"511工程"，即推动服务区（加油站自营）、金融服务、物流信息（土地整理开发）、工程（材料、施工）、文化旅游等关联度高的五大产业经营板块大突破，力争2020年实现100亿元产值、10亿元利润，形成新的规模和效益增长极，实现辅业反哺主业。以混合所有制形式组建与湖南高速集团相关的环境治理、新能源、新材料等新兴产业发展平台，抢占制高点。同时，采取"营收归总、利润分成"等办法，激发各市州管理处（分公司）在服务区、广告等产业经营板块的主动性、积极性。

打好债务防化攻坚战。高速集团债务规模大，背着包袱负重前进，必然走不好、走不快。一方面，要做"减法"，用市场化手段通过设立基金、组建SPV公司实施债转股，按照"高转低、短转长"原则进行融资再安排和实施债务重组，大力推进股权多元化、资产证券化，力争用三年时间化解1000亿元左右的存量债务。另一方面，要做"加法"，加强产金融合和资本运作，促使资产成分转换。抓住当前经济形势复杂多变和资产价格低位的时机，发展银行、信托等优质金融产业和收益稳定、现金流充沛的交通基础设施产业，实现资本价值收益。

打好制度建设持久战。以健全法人治理结构和完善风险管控（财务委派）为主线，推进企业治理体系和治理能力现代化。以财务、投资、人事为重点理顺集团总部和下属公司权责关系，形成竞争、激励、约束和监督四位一体的管理机制。全面实施人才强企战略，打造企业化、市场化、专业化经营管理人才队伍。建立严格规范、公平公正的干部职工招聘、选拔、轮岗、调动、交流、退出等机制，深化三项制度改革，在二三级竞争性公司推行职业经理人、员工持股等制度，激发企业发展活力、动力。

2018 年 9 月

大道相通

归零的勇气

在省委、省政府的高度重视和大力推动下，湖南高速集团实施撤销省高管局、整体转企改制的"一次性"改革。习近平同志强调，唯改革创新者胜。站在新时代中国特色社会主义的关口，如何用改革创新来推动我省高速公路事业科学持续发展，是一道极其重要而又亟待解决的命题。

1

问题是实践和创新的起点。湖南高速集团体制改革既是上级要求和科学持续发展的需要，也是问题倒逼改革。主要体现在：一是体制机制不顺，用事业思维和方式去干企业、管企业，原省高速公路建设开发总公司一直是省交通运输厅二级事业单位（2017年12月移交省国资委管理，湖南在全国属最后转企改革的几个省份），但总公司下属的数十个经营公司、项目建设公司都是企业。二是债务大、负债率高，2008 年开始加大建设巨量投资形成的政策性亏损和功能性负债急剧增加，在省管企业和全国同行列中都处于较高水平。三是管理粗放、不规范，没有形成政（事）企分开、产权清晰、权责明确、管控有效的现代企业制度，导致成本过高、国有资产流失。如省高速公路总公司所属经营公司多数资不抵债、入不敷出，基本上是由过去的投资失误和管理不善造成的。

2

凡是过去，皆为序章。湖南高速集团体制改革就是在"归零"的基础上进行"翻篇"。2018 年是中国改革开放 40 周年，也是湖南高速集团改企改制第一年，要充分利用好改革这个点火器，创新这个新引擎。通过改革创新展现干部责任担当。湖南高速集团具有经济效益、社会效应和政治责任三位一体的特殊性质，又处于改革发展的关键阶段，更需要这样的责任担当。通过改革创新实现管理降本增效。善于用改革创新的思路和办法加强管理，节约成本，提高效益，力求在全国同行业做到成本最低、效率最高、效益最好。通过改革创新释放企业发展活力。要通过高速公路体制机制、理念方法、管理制度等的改革创新释放改革红利，形成新的增长点，增添发展活力。

归零的勇气

3

省政府对湖南高速集团体制改革提出明确要求，要创新发展方式，理顺体制机制，建立现代企业制度，进一步盘活资产、增加收入，提高运行质量和效益。因此，对湖南高速集团而言，发展还是第一要务。要通过发展来解决当前发展中存在的问题，要通过发展来走上科学持续发展的轨道，要通过发展来完成省委、省政府下达的战略任务。

坚定一个信心。坚定新时代中国特色社会主义高速公路发展的信心，担当高速公路集团发展的历史使命，彰显新气象，创造新作为。只要思想不滑坡，办法总比困难多。有省委、省政府和省国资委的坚强领导，有省直相关部门的大力支持，只要湖南高速集团系统上下戮力同心、攻坚克难、励精图治，一定能再创湖南高速集团的美好明天。

厘清两大目标。概括来讲，就是盘活存量，做大增量。一是做精做细高速公路的投资、建设、管理、收费主业。湖南是经济大省和中部交通枢纽，通行费收入还有较大的潜力可挖。二是做大做优主业产业链上的服务区、管网、建筑材料、广告、土地以及物流、旅游、燃油（气）、电力等经营与管理、信息技术及增值服务等新兴产业。例如，山东齐鲁交通 2015 年 7 月改革成立，2017 年年底衍生产业收入达到 130 亿元，基本与通行费主业持平。湖南高速公路总公司同年的经营收入仅为 10 亿元左右。

推动三个转变，即体制机制、思想观念、工作方法的转变，向改革要效益、向市场要效益、向管理要效益。从体制机制看，湖南高速集团改革转企后，要尽快形成一套权责明确、规范有序、运转高效的现代企业体制机制。从思想观念看，要把职工的思想从原来旱涝保收的事业单位状态转变到强调市场、效率和效益的企业状态上来。从工作方法看，不能稳定有余、发展不足，守成有余、创新不足，要不断探索适应市场经济要求的新理念、新方法。

抓牢四个重点，即战略布局、班子建设、制度设计、人才保障。

战略布局决定企业发展方向。战略的设计与选择是企业最重要的决策。要充分借鉴先进省份经验，向市场要活力，改变主业（收费）单一的格局。一是通过并组、置换、注销、破产等方式，对现有经营公司进行改革重组，出清僵尸企业，下力抓好历史遗留问题的清理处置。按照"总部定战略、控风险，二级公司管经营、投项目，三级公司做实业、创利润"的总体

日暮千里近

设计，明确权属公司产权关系、健全财务管控机制，加大项目投资（经营）管控力度，全面实施"三项制度改革"。二是从以贷款为主向以资本运作为主转变，充分发挥湖南高速集团财务公司作用，加强产金融合和资本运作，设立产业基金，推进资产证券化，实现投资主体多元化和发展多元化，打造现代化、专业化、生态化资本运营管控平台。三是整合高速公路沿线服务区（加油、加气、充电）、广告文旅、金融、信息数据、物流材料、土地开发等产业链，创新发展路衍新兴产业（如山东高速集团实现金融全牌照，齐鲁交通发展加油气、光伏等新能源，贵州高速集团瞄准大数据产业），由闲、散、重置资源向优势集聚资源转变，形成规模，提升竞争力，"力争三年左右时间，实现非收费的经营收入占总收入40%"的目标。

领导班子决定企业发展成败。优秀的企业经营管理者是使企业由小变大、由弱变强的关键因素。一是加大协调力。改革后的湖南省高速公路集团仍然是全省高速公路筹融资、建设和运营管理的主体。要争取省委、省政府和相关省直部门对湖南高速集团改革"扶上马，再送一程"，提供税费优惠、优质资产注入、土地出让金减免、建设模式等后续政策支持。二是加强掌控力。树立问题导向和底线思维，把紧安全风险、资金风险、廉政风险三大关键，确保个人的发展、企业的发展、事业的发展相统一。三是提升创新力。面对市场变化和竞争，破旧立新、推陈出新，厚植创新文化，建立创新体系，培育创新人才，提高技术与产品创新、管理创新、商业模式创新的能力。

制度设计决定企业运营绩效。企业管理制度就是企业的"基本法"。一是建立和完善企业现代治理体系和治理结构。建立完善由党委、董事会、监事会和经理层共同组成的"一委二会一层"治理结构，并确保其有序运转。管理层级和法人控制在三级以内。成立项目建设中心和全面推行设计施工总承包、组建运营管理中心和实行收费站大站托小站等，降低管理成本。探索整合纪检监察、审计、监事会的监督力量。二是借助国资委的管理经验和第三方咨询的专业服务，从发展战略、管理流程、管理制度、组织生态、内控体系、企业文化等进行科学设计，全面建立现代企业管理制度。三是推进多位一体的改革举措，如在竞争类子公司引入混合所有制、股权激励、职业经理人、员工持股等改革，打造具有使命感的治理管控体系和具有活力的价值创造体系，充分激发企业内生力、员工创造力和运行管理活力。

人才保障决定企业发展的动力、活力。人才是第一资源，员工是最大财富。要着眼转企改制需要，构建人才支撑体系。一是要弘扬"企业家精神"，按照"管企业懂企业""管资本懂资本"的现代国有企业要求，重点引进管理、经营、金融方面的专门人才充实到领导班子和关键岗位。二是不拘一格降人才。彻底打破人才录用中的唯学历、身份、资历的"行政化、事业化"桎梏。三是坚持"富员强企"，不断优化利益分配机制，有效解决同工不同酬问题，增强员工的归属感、获得感、幸福感。四是变"相马"为"赛马"，建立严格规范的人才上下、进出和调派、选拔机制，锻造一支"大国工匠"式的国企优秀职工队伍。

实现五大成效。以全新的面貌来检验改革的成果，以经营的绩效来检验改革的成果，以建设的成绩来检验改革的成果。

党建加强。坚持党对一切工作的领导，把党建工作"融入"和"内嵌"到公司治理之中，把党性原则与企业家精神相结合，把党建工作与企业文化建设相结合，把全面从严治党与依法治企相结合，做到改革发展和党的建设两手抓，两手都要硬。

管控到位。管理的核心在控制，要由经验型管理向高效化、精细化管理转变，防止一管就死、一放就乱。要把牢三个关键，即财务集中，实行集中上线管理、全面预算管理体系、财务负责人委派制；投资拢住，集团公司对各单位投资实行分类管理，既保证各单位的经营活力，又确保集团资金安全；考核到位，集团公司每年初与各单位签订经营目标责任书，年底考核各权属单位业绩，严格兑现奖惩。

安全通畅。安全通畅是高速公路运营管理的基本要求和政治性、社会性、公益性的集中体现。要瞄准"建设全国信息化程度最高和最安全的高速公路"这个目标，以安全评价为导向，以信息化为抓手，实行新建项目建设和后期运营管理一体化，提质升级已通车高速公路运营管理，大力提升科技创新、数据分析、信息快导、多方联动、路面管控、特情处置等方面的能力。

效益提升。高速公路集团本质上是一个企业，效益是第一位的要求。要全力抓发展重点，补管理短板，强运行弱项，防债务风险，做好"降本增效""堵漏增收""开源挖潜"三篇文章。力争3～5年内摆脱借新还旧、借短还长的困境，实现收支平衡，打造运行规范高效、核心能力、品牌形象一流的现代化企业集团。

优质服务。服务是展现高速公路社会形象的窗口，也是企业竞争的资本和创造利润的法宝。微笑来自内心，要不断增加企业的发展力、凝聚力和员工的归属感、成就感。服务需要创新，要与时俱进，提高服务的时代化、科技化水平。文明植根灵魂，要培育和造就现代企业员工，使文明成为一种素养、一种文化。

2016年6月

归零的勇气

轻舟已过万重山

东汉政论家王符曾说"夫奇异之梦，多有收而少无为者矣"，意思是做梦总有原因可寻。回想起第一次坐车驶过高速公路时，应该就是这种感受。因为不时外出的我，已久为家乡那些弯曲坎坷的道路所困，也常被旅途中看不到尽头的塞车所累。而此时大道宽阔，风驰电掣，两旁山葱水绿，万物生机勃勃，"轻舟已过万重山""一日看尽长安花"，不就是梦想里的境界吗？

当第一次穿越雪峰山隧道时，我已经与高速公路结缘并在此工作。但我仍旧被雪峰山隧道的险峻及通达所深深震撼。作为东西大通道沪昆高速湖南段的瓶颈工程，雪峰山隧道长度时为全国最长，贯通误差创造了特长隧道世界最小的纪录，并且创中国隧道施工史上罕见的"零死亡"纪录。民谣道："雪峰山，山连山，三百三十一道弯，三百三十一道关，关关都是'鬼门关'。"雪峰山隧道通车后，汽车穿越雪峰山的时间由原来的一小时四十分钟缩短为七分钟。这不就是"坐地日行八万里"的惬意与潇洒吗？

再当我站在创造了四项世界第一的矮寨特大悬索桥上远

眺，雄伟的德夯大峡谷蜿蜒远去，湘西独特的秀丽景色尽收眼底，而对面，就是被誉为"公路奇观"、曾在中华抗战中立下奇勋的湘川天险——矮寨盘山公路。风云激荡，往事如烟，但山顶的"开路先锋"铜像可以为昨日的荣光与今天的卓越作证。记得那晚我彻夜难眠，特填词一阕《菩萨蛮·湘西矮寨特大桥》以解心怀："风急堑险车负重，山高路远人怀窘。凤凰宿城垣，神女何日还？巨虹天上架，世界称奇葩。天堑变绝景，携云观太平。"

个人的梦想只是集体的缩影或者映射。就在这几年，湖南高速集团开启了梦的进程，2007年、2008年、2009年开工建设多达43条高速公路，2012年和2013年连续两年通车里程均超过一千公里，在全国没有先例。目前湖南通车高速公路59条、5183公里，到2014年年底可通车5493公里，全国排名从2010年的第十七位跃升至第四位，规划的25个出省通道打通21个，首次跨入全国高速公路大省行列。

在湖南高速集团大建设、大通车的高峰时期，湖南是全国最大的交通建设市场，施工、监理等从业单位有七百多个，建设队伍超过20万人，拉动投资数千亿元，成为"四化两型""三量齐升"的基础支撑和先导产业。更为重要的是，连南通北、承东接西的高速公路网络基本形成，"湖南通则中部通，中部通则全国通"的梦想已经成为现实。要想富，先修路；要快富，修高速。高速公路具有的快速度、大负荷、远辐射、高效益的特点，极大地提高了运输半径，促进了现代物流业的蓬勃兴起，直接加快了经济社会发展的进程。高速公路修通后，对那些"养在深闺人未识"的经济落后地区而言，资源优势就会转化为经济优势，从而补齐了全省区域发展的短板，形成"芙蓉国里尽朝晖"的区域发展新格局。

梦想的过程并不只是坦途如一，更不只是宏大的纪事。从现状看，战线向山区、湖区转移，建设和筹融资压力增大，特别是湖南高速集团正面临体制改革的"关键期"和"阵痛期"，如何平稳有序迈过这道"坎儿"极其关键。从发展看，主动适应新常态，推进湖南高速集团重心由建设向管养过渡，提升安全保畅、综合服务和应急处置能力，充分发挥路网效应和存量效应，实现从高速公路大省向高速公路强省转变的任务重大而迫切。

党的十八大提出，改革开放是坚持和发展中国特色社会主义的必由之路，要始终把改革创新精神贯彻到治国理政各个环节，坚持社会主义市场经济的改革方向，坚持对外开放的基本国策。近年来，湖南省委要求，地处内陆，不能为内陆意识所缚；位居中部，不能甘居中游。进一步树立国际视野，增强接纳外面人才的容量、接触外面事物的气量、接受外面经验的度量，绝不能输在新一轮改革的起跑线上。对正处于转型升级、提质增效关键期的湖南高速集团而言，尤需如此。

改革要增强攻坚意识。既然绕不开、躲不过，晚改不如早改，温吞水地改，不如大喝一声、猛击一掌，按照中央政企分开、政资分开的要求，改彻底、改到位。

运营管理要善于学习借鉴。今年我省 ETC 用户已突破 115 万户，名列全国第三。反观其他地区，台湾高速公路服务已经实现了 ETC 全覆盖，人工收费全部取消。江西高速公路服务区按照"一年争取全省达标、两年争取全国一流、三年争取全球典范"的整治目标，全面落实保洁、保通、保绿、保亮、保安、保形象的"六保"要求，通过新建、改扩建和集中整治等措施，两三年内形象发生了翻天覆地的变化。山东省坚持政企分开和市场化改革，在 2004 年将山东高速集团划归省国资委，由省委管理领导班子。近十年来，集团年经营收入由 21 亿元增至 300 亿元，增长了 14 倍；资产负债率由 98% 降至 66%；资产规模从 60 亿元发展到 3200 亿元，增长了 53 倍，居全省企业和全国同行业第一位。由原来经营"一条半高速公路"的单一企业，发展成为集公路、高速公路、铁路、港口、航运、物流、信息、金融、地产于一体的特大企业集团。控股威海市商业银行，2014 年新投资国内首条由地方控股的国铁网干线济青高铁，成为集团重要的效益增长极。

大力加强人才建设。湖南高速集团在前几年的大建设时期破格选用了一大批专业人才，有力推动了科学跨越发展。现在搞经营管理同样需要不拘一格用人才，使想干事的人有机会、能干事的人有舞台、干成事的人有地位。

如果说中国梦是璀璨的星空，则每一个集体、每一个人的梦想就是那些闪亮其中的繁星。对湖南高速集团而言，就是要突破体制机制的障碍，以增强企业活力、提高效率为中心，建立产权清晰、权责明确、政企分开、管理科学的现代企业制度，走上科学规范可持续发展的轨道；对一万多名湖南高速集团员工而言，就是要弘扬社会主义核心价值观，从过去筚路蓝缕、手胼足胝的艰苦奋斗到今天攻坚克难、锐意进取的改革创新。

梦想并不是神秘的命题，不是观望星空、低吟浅叹，更非故步自封、抱残守缺，而是要脚踏实地、立足实干、革故鼎新。这是中国梦实现的必由之路，也是一个集体、一个人梦想实现的必由之路。

2014 年 12 月

轻舟已过万重山

跋

生命只有一次

我是一个中国人。

这是我一出生就注定了的。不管我是来自天南地北、大漠边陲，还是繁华都市，偏僻山村。

我无法也不希望去选择我的父母，但我希望我来到这个世界之后，第一眼看到的是他们健康、自然、真诚的笑脸。

我甚至希望我能够出生在农村。但那里不是荒凉和贫穷的代名词，那里天蓝地绿，山清水秀，白云翻飞，炊烟袅袅，鲜花在脚旁绽放，树叶上缀满晶莹的露珠。

我不愿意被亲人们当作掌中的珍宝细心呵护，严实地保护，我喜欢按自己的方式咿呀地发声，好奇地观察周围陌生又熟悉的一切，并不像大人们期待的那样安稳地行走。

随着年龄的增长，我需要按照生命的规律循序渐进地进入小学、初中和高中学习。学校是我成年前待的时间最长的地方，也是我成长过程中最为关键的地方，所以它对我来说非常重要。

这里应该有建筑结实的校舍，有卫生合格的食堂，有设施齐备的体育设施，有可以随便出入的图书室。教室不仅有琅琅

241

的读书声，而且充满欢歌笑语。这里需要的是我的学习愿望，而不是沉默的户籍本。这里不应该有围墙。

过早地戴上近视眼镜，背上沉重的书包不是我的理想。我既向往在知识的大海里畅游，也希望在学校的运动场上奔跑，我更希望任凭自己的兴趣去学习或运动，树立那些看起来似乎遥远而不可及的梦想。

我希望有健实的体格、健全的人格与健康的品格。我希望老师教导我掌握知识和方法，也开拓我的视野、培养我的能力。我渴望了解我生存的这个国家的历史和文化，我也渴望了解其他国家的历史和文化，乃至地球之外的世界。我既要接受人文、科学教育，也要接受公民教育；既要懂得自强不息、厚德载物、乐天知足、崇尚礼仪等传统精神，也要懂得民主、博爱、平等、自由等现代理念。

高中毕业之后，首先我要依法去服兵役，这是公民对自己的国家应尽的义务。或许高考时我的成绩没有达到那些著名的大学所要求的分数线。这并不重要，一般的大学和专业的技校同样也是我的目标。甚至校园有没有宏伟的大楼、塑胶的跑道和球场也不重要，重要的是这里有没有宁静而宽松的环境，能不能远离官场和商场，学生听课能不能选择自己喜欢的老师，能不能自主选择课程学习。

大学毕业的我对未来充满信心。我不会首先选择去考公务员，原因并不仅仅是认为公务员的岗位四平八稳、缺乏挑战。年轻人去创业、创造，也是这个时代、这个国家的发展要求。为此，我希望政府能够构筑相对完备的创业环境，降低创业风险，提供创业保障。当然，我也想到边远的山村去支教，去点亮那些希望的眼睛。要是能够创办一份杂志或电子刊物，理性地表达我对国家和社会的观点，也是我的选择。

可能我永远成为不了比尔·盖茨、乔布斯或是任正非，但我相信集腋成裘，聚沙成塔，付出总有回报。经过努力和拼搏，我希望能够成为一个目光敏锐、开拓创新的企业家，拥有一个遵纪守法、讲究诚信的企业，或者成为一个专业型或综合型的人才。但不论从事哪个行业、哪个职业，只要能够发挥特长，

跋

有所裨益，我都常怀感恩之心，常葆进取之志。同时，我希望能像许多人一样，组建一个和谐的家庭，并且免除安全、就医、住房和养老的困扰。

生命只有一次。我不愿意只是一个工作狂，我应该有时间有精力去领略祖国的大好河山，去观摩世界风情，让自己的生活丰富多彩。如果条件允许，我要成立一个慈善组织，即使不能，我也要积极参与慈善机构的活动，去帮助那些需要帮助的人，让心灵到达那些平常不能到达的地方。我最大的愿望，是在我实现自己的创业梦想之后，能够按照宪法和法律的规定，不计报酬地参与社会的管理，回报生育我的土地，回报关爱我的人民。我会在意我曾经留下过什么，但绝不是存款和房子。我始终相信，我们本来是光溜溜地来到这个世界，最后也是光溜溜地离开这个世界。

这样，当我回首往事的时候，我就不会因虚度年华而悔恨，也不会因碌碌无为而羞耻，我会自豪地说："作为一个中国人，我已经实现了我的人生梦想。"

这就是我的中国梦。

2013 年 6 月

颜色简单，只有两种，花瓣也不大，却是骨骼
清奇，超拔飘逸，长于一片常绿的灌木丛中。

图书在版编目（CIP）数据

春山空 / 杨峻著. -- 北京：国际文化出版公司，2024.5

ISBN 978-7-5125-1609-0

Ⅰ.①春… Ⅱ.①杨… Ⅲ.①散文集－中国－当代
Ⅳ.①I267

中国国家版本馆CIP数据核字(2023)第249477号

春山空

作 者	杨 峻
责任编辑	罗敬夫
责任校对	祝东阳
美术作品	胡昌辉
题 签	张德林
策 划	刘 蔚
装帧设计	唐 玄
出版发行	国际文化出版公司
经 销	全国新华书店
印 刷	北京盛通印刷股份有限公司
开 本	889毫米×1194毫米 32开
	印张8 239千字
版 次	2024年5月第1版
	2024年5月第1次印刷
书 号	ISBN 978-7-5125-1609-0
定 价	69.80元

国际文化出版公司
北京市朝阳区东土城路乙 9 号　　邮编：100013
总编室：（010）64270995　　传真：（010）64270995
销售热线：（010）64271187
传真：（010）64271187-800
E-mail：icpc@95777.sina.net

是深秋银杏的遗香，还是它落寞的萧瑟；
是历史残留的智慧，还是它斑驳的衣角？

或另辟蹊径，在深涧幽谷、泉林环绕中游览。